오신통 1

오신통 1

초판1쇄 인쇄 | 2019년 10월 16일
초판1쇄 발행 | 2019년 10월 21일

지은이 | 이원호
펴낸이 | 박연
펴낸곳 | 한결미디어

등록 | 2006년 7월 24일(제313-2006-000152호)
주소 | 서울시 마포구 모래내로 83 한올빌딩 6층
전화 | 02-704-3331
팩스 | 02-704-3360
이메일 | okpk@hanmail.net

ISBN 979-11-5916-121-6 979-11-5916-120-9(set) 04810

ⓒ한결미디어 2019

오신통

1. 부처의 연꽃

이원호 지음

한결미디어
HANGYEOL
MEDIA

저자의 말

오신통(五神通)을 가진 인간이 어디서 무엇을 하며 어떻게 살 것인가?

지금까지 100여 종, 200여 권의 소설을 써왔지만 《오신통》을 쓸 때처럼 중압감을 느낀 적은 없었다.

참으로 역설적이다.

오신통: 신족통(神足通), 어디든 갈 수 있는 능력

　　　천안통(天眼通), 천계, 지옥, 사후 세계, 미래까지 볼 수 있는 능력

　　　천이통(天耳通), 세상 모든 소리를 들을 수 있는 능력

　　　타심통(他心通), 타인의 마음을 읽을 수 있는 능력

　　　숙명통(宿命通), 과거와 전생의 모습을 알 수 있는 능력

부처만이 가질 수 있는 누진통(漏盡通)을 제외한 오신통을 획득한 인간. 이 모든 능력을 갖게 되면 소설은 무한대로 시공을 종횡무진하며 기존의 관념과 가치를 뛰어넘어 거침없이 뻗어나갈 것 같았다. 그러나 현실과 소설 사이의 터무니없는 괴리는 공감을 얻을 수 없기에 오히려 어깨가 무거워지면서 발을 내딛기가 불안해졌다. 지금까지 이런 경우는 처음이었다.

소설은 현실에 바탕을 둬야 흥미롭다, 독자 스스로가 소설 속의 공간에서 함께 놀아야 하기 때문이다.

이 소설은 길게 이어진다, 주어진 능력을 요령 있게 사용하는 것이 신의 뜻일 것이며 독자에게도 재미를 느끼게 할 테니까.

고정 관념에서 벗어나되 욕심은 부리지 말라, 이 엄청난 능력을 제대로 써야 재미가 일어날 테니까.

2019. 9. 30. 이원호

차례

1장
65명을 죽였다

"카카캉!"

총구에서 번쩍이는 섬광과 함께 요란한 총성, 그 순간 김승구는 가슴에 격렬한 충격을 받고 벽에 등을 부딪쳤다. 무의식중에 손바닥에 쥐어진 돌멩이, 김승구가 팔을 휘둘러 돌멩이를 던졌다.

"퍽!"

돌멩이가 날아가 탈레반의 얼굴에 맞는 소리. AK-47 소총을 늘어뜨린 탈레반이 머리를 젖혔을 때 김승구가 바위에 걸쳐 놓았던 M16A2를 집어 들자마자 비틀거리는 탈레반을 향해 쏘았다.

"타타탕!"

거리는 5미터. 탈레반의 몸이 한 발짝이나 뒤로 젖혀지면서 바위틈 사이로 넘겨졌다.

"김, 괜찮아?"

달려온 매캔트가 김승구를 내려다보았다. 한낮, 이곳은 아프가니스탄 남쪽 자하드 산맥의 골짜기 안. 김승구가 소속한 레인저 부대는 동굴을 수색 중이다. 그때 김승구가 방탄복 가슴에 박힌 총탄 2개를 손으로 빼내었다. 그것을 본 매캔트가 감탄했다.

"그 자식, 방탄복만 겨누고 쐈구나. 명사수다."

"꽝!"

엄청난 폭음과 함께 김승구의 몸은 훌쩍 허공으로 떠올랐다. 폭풍으로 몸이 뒤집힌 채 떠오른 것이다. 그러나 의식은 말짱했다. 아래로 뒤집힌 머리가 바위에 부딪치면서 먼저 떨어질까 봐 걱정까지 되었다. 그러나 날아간 몸이 엉덩이부터 나무에 부딪치며 떨어졌다. 수류탄이 바로 뒤에서 폭발한 것이다.

"이것 봐."

이번에는 료지 하사가 김승구의 등을 가리키면서 외쳤다. 입은 웃었지만 눈은 놀람으로 크게 떠졌다.

"옷까지 다 찢어졌지만 등이 멀쩡해!"

수류탄 파편 여러 개가 방탄복과 옷까지 찢고 철모까지 날려 버렸지만 등에 긁힌 자국만 났고 멀쩡했기 때문이다.

"탁!"

총탄이 맞는 소리가 그랬다. 고개를 돌린 김승구는 옆에서 머리만 내놓고 앉아 있던 스톤이 뒤로 넘어지는 것을 보았다. 참호 안, 김승구는 서 있었고 스톤은 앉아 있었는데도 그렇다. 스톤의 이마에 동전만 한 구멍이 뚫려 있었다.

그날, 스톤이 죽은 날, 처음 꿈에 대머리가 나타났다, 얼굴 윤곽은 흐렸지만 대머리인 사내. 안개 속인지 구름 속인지 모르는 곳에 가만히 앉아 있었는데 그것을 본 김승구의 가슴이 차분하게 가라앉았다. 편안했다. 그래서 그날 밤 잘 잤다. 스톤이 죽은 날이어서 기억하고 있다.

"썬, 장기복무를 하는 것이 어떠냐? 그럼 3개월 후에는 상사 진급이될 텐데."

윌리엄 대령이 주름투성이 얼굴을 들고 김승구를 보았다. 윌리엄은특수부대로 불리는 레인저의 부대장이다. 이곳은 아프가니스탄 남서부의 미군 제17기지 부대장 막사 안, 김승구가 윌리엄을 보았다.

"요즘 꿈에 자주 대머리들이 보입니다."

"대머리라니?"

"한국에서는 부디스트라고 하지요."

"아, 부디스트. 근데 왜?"

"처음에는 한 놈이었는데 지금은 여럿이 나옵니다."

"그게 네 장기복무하고 무슨 상관인데?"

"모릅니다."

"개소리 말고 곧 결정해라, 썬."

윌리엄은 김승구를 아꼈다. 그만 한 '용사'가 드물기도 해서 '썬(Sun)'이라고 부르는 것 같다.

"너희들은 왜 온 거야?"

김승구가 묻자 쇼티는 눈만 끔벅였지만 벤슨이 대답했다.

"썬, 알면서 왜 물어?"

"알긴 뭘 알아, 이 자식아."

옆쪽의 프랭크와 마크는 쓴웃음만 지었고 토미는 못 들은 척했다. 막사 안, 오후 6시. 김승구의 팀으로 바로 옆쪽 팀의 쇼티와 벤슨이 전입해 온 것이다. 부상자가 자주 발생하고 팀장까지 결원이 되는 경우가 많아서 수시로 팀이 재편성된다. 그런데 쇼티와 벤슨은 김승구의 팀으로 지원해 온 것이다. 그때 벤슨이 대답했다.

"썬, 네 머리에서 빛이 난다는 거야."

"이 개자식."

김승구가 어깨를 부풀렸을 때 프랭크와 마크가 마침내 소리 내어 웃었다. 그 소문은 김승구도 진즉 들었다. 지난번 옆에 앉았다가 저격병에게 당한 스톤은 같은 팀원이 아니었다. 지금까지 1년 동안 김승구의 팀원 중 사망자는 나오지 않았던 것이다. 그래서 부대 내에서 김승구가 '신'의 보호를 받고 있다는 소문이 났다. 그게 어떤 '신'인지는 모른다.

김승구가 제대하고 한국으로 돌아왔을 때는 26살이 되었을 때다. 5년 동안 군 생활을 했고 4년을 미군으로 복무하는 동안에 미국 시민권을 받았다. 김승구는 대전의 유성전문대 요리학과 1학년을 마치고 입대했기 때문에 2학년으로 복학했다. 유성에 오피스텔을 얻어놓고 전공인 중국요리를 배우면서 3개월을 보냈다.

그러던 어느 날 밤, 꿈에 대머리 하나가 나타났다. 얼굴 없는 '중'이다. 오랜만에 나타난 중이다.

"너 세상 사는 게 싫으냐?"

중이 불쑥 물었기 때문에 김승구가 긴장했다. 그동안 수십 번 꿈에 나왔지만 직접 대화는 처음이다. 김승구가 대답했다.

"싫고 좋고 없어. 그냥 나왔으니까 사는 거지."

"네가 세상에 나온 것이 인연 때문이라는 생각은 안 드나?"

"인연은 개뿔."

김승구가 눈을 부릅떴다.

"그런 개떡 같은 소리 하려면 앞으로 내 앞에 나타나지 마라."

김승구는 고아로 자랐다. 생후 6개월쯤 되었을 때 집에 불이 나 부모가 죽고 김승구 혼자 살아남았다. 그 후로 의지할 일가친척이 없었기 때문에 고아원에 맡겨져 고등학교 졸업 때까지 자란 것이다.

그때 중이 말했다.

"한국에 돌아온 이유는 뭐냐?"

"내 맘이야."

"요리학과 졸업하고 중국식당 차리게?"

"갈 데 없어서 거기 간 거야."

"뭐 할래?"

"근데 왜 자꾸 나타나는 거야?"

김승구가 되물었다.

"왜 자꾸 날 따라다녀?"

"인연."

"개뻑다구 같은 소리."

"네가 아프간에서 몇 명 죽인 줄 알아?"

"51명."

"잘 기억하네."

"부상 입힌 놈은 45명, 그중 10명 정도는 죽었을 것 같고."

"14명이 죽었어."

"근데 당신 누구야?"

"중."

중의 목소리에 웃음기가 섞여졌다. 얼굴이 보이지 않아서 웃는 것처럼 느껴졌을 뿐이다.

"별로 살고 싶지가 않다."

다음 날 아침, 침대에서 일어난 김승구의 머릿속에 떠오른 생각이다. 문득 떠오른 생각이지만 '생각'은 마음속의 상태를 형태로 만들어주는 것이다. 지금까지 26년을 살아오면서 이런 의식이 떠오른 것은 처음이다. 아프간에서 2년 동안 전쟁을 치렀을 때도 이런 생각은 떠오르지 않았다.

"개뼉다구 같은 인연."

김승구의 입에서 저절로 말이 이어졌다.

"난 고아란 말이다, 이 땡중아."

고아원에서 19년 6개월을 자라면서 강한 생명력은 갖춰졌다. 주변 환경 때문이기도 했지만 김승구의 천성이 강하고 끈기가 있었기 때문이다. 체격도 커서 저보다 서너 살 위한테도 지지 않았다. 아파도 내색하지 않아서 한번은 감기 때문에 죽을 뻔했다. 아프다는 소리를 안 했기 때문이다. 고아원에서는 중학교, 고등학교까지 교육시켜준다. 사춘기 시절을 고아로 보내면서 온갖 상처를 받았지만 다 넘겼다.

그래서 강한 인간이 되었느냐고?

해병대에 자원입대해서 미군부대에 지원, 레인저로 혹독한 훈련을 거쳐 '빛나는 썬'이라는 별명을 얻을 정도의 용사가 되었지만 '외면'이다. 외부에서 보이는 면일 뿐이다. 강한 생명력과 대조적으로 내면은 '꽝'이다. 그것이 오늘 침대에서 일어나 혼잣말로 표출되었다.

"별로 살고 싶지가 않아."

남을 믿지 못하고 따라서 남에게 의지한 적이 없는 성격이 김승구를 유능한 전사(戰士)로 만들었다. 방심하지 않았기 때문에 빈틈을 주지 않았다. 그래서 팀의 생존력이 높아졌지만 그 결과는 무(無)다. 생존하기 위한 무의식적인 행동일 뿐이다. 삶의 목적이 없으니 공허할밖에.

'중'이 '꿈'에 나타난 후부터 김승구는 학교에 나가지 않았다. 중국요리를 배우다 말았지만 아쉽지 않았다, 대학을 꼭 가겠다는 생각도 없었으니까. 중국요리과도 미달이어서 들어간 것이다.

며칠 후에 우연히 신문에서 본 팩스코에 입사원서를 내었다. 팩스코가 미국 기업인 줄은 알고 있었기 때문에 은성무공훈장 등 훈장 4개를 탄 기록을 써 넣었다. 그랬더니 일주일 후에 연락이 왔다. 미국 시민권자에다 군에서 훈장을 탄 경력을 인정받은 것 같다. 팩스코는 미국 달라스에 본사를 둔 대기업이다. 전 세계에 수천 개의 매장을 보유한 유통 그룹으로 구직자들에게는 꿈의 직장이다. 김승구는 팩스코 한국 본사의 구매 본부 소속 말단 사원이 되었다. 새 인생의 시작이다.

입사 첫날, 이곳은 다른 대기업처럼 오리엔테이션이나 사원 연수기간 같은 것이 없다. 바로 실무에 투입된다. 다만 기존 사원과 한 팀이 되어서 아침부터 퇴근 때까지, 때로는 밤늦게까지 붙어 있는 것이다. 그런데 팀원이며 사수가 바로 임하경이다. 25세, 서울대 영문과 졸, 입사 2년 차, 168센티의 신장에 50키로, 미모. 그야말로 막장 드라마에서나 나올 법한 기가 막힌 우연, 아니 조합이다. 이런 우연은 절대, 기필코 일어나지 않는다. 확률이 로또 1등에 당첨되는 것만큼은 될 것이다.

"미군 복무를 해서 시민권을 땄고 전쟁영웅으로 입사가 되었다고 들었어요."

첫날, 처음 출장을 나가면서 임하경이 핸들을 잡고 말했다. 임하경의 포드 세단이 마포대교를 달려가는 중이었다.

"뭐, 여긴 능력으로 평가받는 회사니까 잘해 봅시다."

임하경이 말하더니 힐끗 김승구를 보았다.

"난 전쟁영웅은 처음 봐요. 무슨 일로 영웅이 되었어요?"

"그냥, 살아남았더니 훈장 줍디다."

그렇게 말하는 것이 낫다. 작전이 어떻고, 연막탄, 미사일, 살고 죽고, 탈레반, 동굴, 그런 이야기 해봐야 듣는 척만 할 뿐이지 하품 참느라고 애먹는다. 이런 인간들은 잘 만든 전쟁영화에는 환장하지만 전쟁영웅한테서 실화를 3분만 들으면 잔다.

많이 겪었기 때문에 김승구는 입을 다물었다. 역시 많이 겪었기 때문에 임하경 같은 족속한테는 무관심해지기로 결심했다. 이런 미모에 이런 학력만 갖고도 김승구하고는 등급이 맞지 않기 때문이다. 모든 문제는 욕심에서 일어난다. 분수에 맞지 않는 욕심을 부리는 것이 불행의 원인이 된다. 그때 임하경이 혼잣말처럼 말했다.

"그래요. 살아남는다는 건 전쟁터나 여기나 마찬가지죠. 회사에는 살아남은 자들만 꿈틀거리고 있거든요."

임하경이 그 말을 한 날 밤에 중이 또 나타났다. 여전히 얼굴이 없는 달걀귀신 같은 형상으로 나타난 중이 말했다.

"어떠냐? 살아갈 의욕이 일어나느냐?"

"의욕 같은 소리 하고 자빠졌네."

김승구가 투덜거렸다.

"지금 임하경을 놓고 말하는 것 같은데, 내가 당신한테 꿈 깨라고 말해주고 싶군."

"임하경은 전생에 네 발 씻는 종이었다."

"전생에 박테리아였을지도 모르지."

"너는 전생(前生)이 3만 7천5백여 번이다."

"재미없어."

"네가 죽인 65명은 전에 널 죽였던 놈들이야."

"51명이라니까?"

"부상자 중 14명이 더 죽었다고 했지 않느냐?"

"그랬던가?"

"다 인연이야, 우연은 없다."

그 순간 달걀귀신이 사라졌고 김승구가 꿈에서 깨어났다.

김승구는 '발 씻는 종'의 성실한 조수 노릇을 했다. 삶의 의욕은 시들했어도 맡은 일에는 최선을 다하는 성격 때문이다. 욕심 부리지 않고 열심히 배웠기 때문에 두 달이 지나자 임하경 대신으로 오더 상담을 할 정도가 되었다. 물론 간단한 오더다. 그동안 아침부터 때로는 밤늦게까지 붙어 있었지만 김승구는 단 한 번도 사적(私的) 대화를 한 적이 없다. 임하경도 마찬가지다. 이것이 버릇이 되자 사수와 조수 간 협조가 자연스럽게 이루어졌다. 회사 내의 어떤 팀보다도 낫다고 김승구가 느끼고 있을 때다.

어느 날 모처럼 일찍 퇴근해서 임하경과 헤어져 옆쪽 팀원과 함께 술을 마셨다. 김승구와 동년배지만 경력 1년짜리 고려대 출신이다. 소주를 한 병쯤 마신 팀원이 웃음 띤 얼굴로 물었다.

"너, 임하경이 팀원 교체 신청을 한 거 알고 있어?"

김승구가 고개만 기울였을 때 팀원이 빙그레 웃었다.

"모르고 있었군. 하긴 당연하지. 하지만 소문이 진즉부터 났어. 임하경이 네가 수준에 안 맞다고 다른 팀장들한테 말하고 다녔거든."

수준이라, 김승구가 다시 고개를 기울였다. 전문대 중국요리과 중퇴 학력 때문인가? 난 상담은 제대로 한 것 같은데.

그날 밤, 중이 꿈에 나타났다. 달걀귀신이 웃음기가 섞인 목소리로 말했다.

"다행이다."

"뭐가?"

김승구가 언짢은 얼굴로 중을 보았다.

"뭐가 다행이란 거야?"

"네 분수를 느끼게 해줬으니까."

"임하경과는 신분이 다르다는 말인가?"

"현생은 그래."

"내 분수는 뭐야?"

"네 자신을 돌아봐."

"밑바닥인가?"

"그런데 넌 잊어가고 있었어. 임하경이는 그것을 느낀 것이고."

맞다. 어느덧 자신의 위치를 망각하고 있었다. 당해도 싸다. 정신을 차린 김승구가 정색하고 다시 물었다.

"도대체 당신은 왜 이렇게 나를 따라다니는 거야?"

"곧 알게 되겠지."

중의 목소리에도 웃음이 사라졌다.

"네가 불사조처럼 살아남았던 수수께끼도 풀려야 될 테니까."

다음 날 김승구는 '그룹장' 클라크에게 불려갔다. 클라크는 팩스코 유통 2부의 5개 '그룹장' 중 하나로 25개 팀을 관리하고 있다. 임하경, 김 승구도 그 25개 팀 중 하나다. 클라크가 앞에 선 김승구의 가슴께에 시 선을 준 채 말했다.

"오늘부터 재고부로 발령이 났어. 재고부장한테 가서 신고를 해."

"알겠습니다."

김승구가 고분고분 대답했다. 재고부는 창고 관리를 맡는다. 그래서 노상 하는 일이 입출고 내역을 조사하는 일이다. 주로 한국인으로 구성 되었고 숫자만 셀 줄 알면 되기 때문에 저학력자가 가장 많다. 자리로 돌 아왔더니 임하경은 보이지 않았다. 인사 한마디 없이 사라진 셈이다. 옆 쪽 팀원 서너 명이 다가와 위로해주었기 때문에 김승구가 악수를 나누 면서 말했다.

"할 수 없지 뭐. 덕분에 분수를 알았어."

꿈에 나온 중이 한 말이다.

이렇게 사람이 앞뒤가 다른가?

그동안 임하경이 전혀 내색하지 않았기 때문에 그런 의문이 일어난 것은 당연했다. 창고로 가서 재고부장한테 신고를 하면서도 내내 김승 구의 머릿속은 개운치 않았다. 실망이나 좌절은 하지 않았다. 기대한 것 이 없었기 때문일 것이다. 다만 꿈에서 중이 한 말.

"임하경은 전생에 네 발 씻는 종이었다."

그것이 이번 일과 관계가 있는 것일까? 임하경이 '종'이었던 보복으로 무의식중에 분수를 깨우쳐 줬는지도 모른다는 생각이 머릿속에 찌꺼기로 남았다.

팩스코는 세계적 기업이다. 팩스코한국 본부에는 직원이 6천 명이나 된다. 서울 사무소는 강남에 자리 잡았지만 본사는 용인 교외에 있다. 창고도 그쪽에 있었기 때문에 김승구는 그다음 날부터 용인 창고로 출근했다.

"쾅!"

엄청난 소음, 버스에 앉아 깜박 잠이 들었던 김승구는 먼저 소음에서 깨어났고 다음 순간 몸에 격렬한 충격을 받았다. 그러고 나서 다시 꿈속으로 들어갔다.

실제는 꿈속이 아니다. 의식을 잃은 것이다. 용인 창고로 출근하는 첫날에 고속도로에서 통근버스가 다리 아래로 떨어진 것이다. 김승구는 꿈속 같은 무의식 상태에서 목소리를 들었다.

"엄청 죽었어. 해외 토픽감이야."

"몇 명?"

"이 사람까지 스물넷."

"어쩌다 떨어졌지?"

"타이어가 나간 거야. 다리 위에서 터진 바람에 홀떡 뒤집히면서 떨어졌지."

목소리가 또렷해서 눈을 뜨려고 했지만 안 되었다. 그때 김승구의 눈앞에 중이 나타났다. 그런데 이번에는 중의 얼굴이 드러났다, 아주 평범

한 얼굴. 중이 그 얼굴로 웃는다. 50대쯤 되었나? 시장에서 채소 장사하는 아저씨 같다.

"너도 이제 대충 눈치를 챈 것 같은데."

"뭘요?"

김승구가 되물었더니 중이 다시 웃었다.

"네가 지금 몇 번째 죽을 고비를 당했는 줄 아냐?"

"내가 어떻게 압니까?"

"이번까지 14번"

"그래서요?"

"네가 바로 전생(前生)에서 남의 목숨을 17번 구해줬거든."

"그래서요?"

"이번에 네가 깨어나면 3번 남았다는 말이다."

"3번 지나면 아주 가요?"

"저승이라고 있지. 저 세상으로 간다."

"거기서도 나한테 나타날 겁니까?"

"왜, 지겹냐?"

"도대체 나한테 자주 나타나는 이유가 뭡니까?"

"인연."

"어떤 인연인데요?"

"쫌 있다 알려주지."

그때 사내의 목소리가 울렸다.

"아, 이 사람 살았어! 숨을 쉬어!"

떠들썩한 목소리여서 김승구도 놀랐다.

임하경이 문병을 왔다. 오후 3시 반, 병실에는 김승구 혼자 누워 있다.

"미안해요."

임하경이 김승구의 목에 시선을 준 채 말했다.

"정말 다행이에요."

버스에 탄 직원 41명 중 23명 사망, 18명 중경상이다. 그중 김승구는 경상자 3명에 포함된다. 그 3명 중에서도 상처가 가장 적은 경우다. 의사는 내일 퇴원해도 된다고 했다.

김승구는 머리를 조금 숙인 임하경의 입술을 보고 있다. 임하경은 화장을 거의 안 한다. 반쯤 벌어진 입술이 조금 갈라졌다. 그러나 아랫입술이 아주 약간 튀어나와서 익은 과일이 벌어진 것 같다. 그래서 저 입술을 입 안에 넣고 빨아먹고 싶은 충동이 일어났다. 그때 다시 중의 말이 떠올랐다, 임하경이 '전생에 자신의 발 씻는 종이었다'는 말. 그 전생이 언제인가? 어쨌든 발 씻는 종의 입술을 빨 수는 없지. 그때 고개를 든 임하경이 김승구를 보았다.

"곧 퇴원한다니까 그때 봐요."

김승구는 눈만 껌벅였고, 임하경이 몸을 돌렸다. 임하경한테 한마디도 말을 하지 않은 셈이다.

군에 있을 때 부대 내에서 신의 보호를 받고 있다는 소문, 벤슨이 말했던가? 김승구의 머리에서 빛이 난다는 소문도 떠올랐다. 그렇구나. 그렇게 13번의 위기가 지나갔다. 그래서 내가 불사신이 되었단 말인가? 이번 버스 전복 사고에서 마침내 중이 그 이유를 설명해 주었다. 앞으로 3번이 남았다고 했는가? 조금 전에 다녀간 '내 발 씻는 종'이었던 임하경은 현세에서 나에게 전생의 복수를 하는 셈이고. 김승구의 얼굴에 웃음이 떠올랐다.

'그래, 중을 찾아가자.'

퇴원한 다음 날 김승구는 배낭 하나만 메고 떠났다. 목적지는 절, 중이 사는 곳이다. 장소는 전라도 '금산사'로 잡았는데 우연히 TV에서 보았기 때문이다. 꿈에 나오는 중은 우연은 없다고 했지만 이젠 상관하지 않는다. 가자. 이것저것 속세에 인연도 없지만 미련도 없다. 중이 자꾸 꿈에 나타나고 간섭하는 걸 보면 날 끌어들이려는 수작 같은데 쳐들어가자. 가서 물 흘러가는 것처럼 내 인생을 맡기겠다. 3번 남은 거? 개뿔. 한꺼번에 다 가져가라.

"어디서 오셨는지요?"

금산사, 산문을 거쳐 두리번거리다가 안쪽으로 들어갔더니 중 하나가 물었다. 오후 5시 반. 산속의 절은 그늘이 졌다. 이곳은 인적도 드물어서 늙수그레한 중과 김승구 둘이 마당에 서 있다.

"예. 꿈에 중이 자꾸 나타나서요."

김승구가 털어놓았다. 거짓말할 이유가 없다. 그때 중이 허허 웃었다.

"그래서?"

"세상에 인연도 없고 그래서."

"중이 되려고?"

"꼭 그런다는 게 아니라 잠깐."

"잠깐 뭐?"

"좀 찾아보려고요."

그때 중이 발을 떼어서 앞쪽 요사채 마루를 가리켰다.

"저기 가서 앉지."

김승구 같은 인간을 자주 보는 것 같다.

어디 사느냐? 가족은? 직장은? 대충대충 물어본 중은 요사채 끝 방을 눈으로 가리켰다.

"저녁 공양을 먹고 저기서 자."

그러더니 엉거주춤 일어서며 웃었다.

"내일 면담을 하지."

"무슨 면담요?"

"중이 되려고 온 거 아냐?"

"아직 그렇게까지는⋯."

"내가 한두 사람 겪었나, 이 짓이 15년이야."

몸을 돌린 중이 말을 이었다.

"내일 면담 시간까지 남아 있을 확률이 45프로."

그러더니 껄껄 웃었다.

"얼굴에 쓰여 있어."

땡중이다. 저 혼자 결론을 내고 멋대로 확률을 낸다. 뭐, 45퍼센트?

저녁을 먹고 일찍 잠자리에 들었다.

9시 반쯤 되었을까? 주위가 조용해졌고 멀리서 들리던 목탁 소리도 뚝 그쳤다. 이때 온갖 생각이 다 난다는 것이다. KTX 타고 오면서 유튜브를 뒤졌더니 중이 되려고 절에 갔던 체험기가 수십 개나 올라와 있었다. 내일 면담 때까지 못 견디고 전날 밤에 오만 가지 상상으로 밤을 새우다가 새벽에 도망간다는 것이다. 면담까지 끝낸 경우도 바로 머리를 깎지 않고 행자복만 입은 채 사찰 생활을 한다. 두어 달이 지나야 삭발을 하고 은사가 지정된다. 그것이 출가고 정식으로 구족계를 받아 '스님'이 되려면 5년은 걸린다. 그때 방문이 열렸기 때문에 김승구가 누운 채로 고개를 돌렸다.

"아!"

그 순간 낮게 외친 김승구가 상반신을 일으켰다. 그 중이다, 꿈에서 나타나던 그 중. 시선이 마주친 순간 중이 빙그레 웃었고 김승구의 얼굴에도 웃음이 떠올랐다. 가슴이 편안해졌다. 이곳에 온 것이 이 중을 만나려고 온 것이다. 그래서 끌려오듯이 발이 떼어진 것이다. 그때 중이 김승구의 앞쪽에 앉았다.

"왔구나."

중이 웃음 띤 얼굴로 말했다.

"기다렸다."

"여기 근무하쇼?"

김승구가 묻자 중이 고개를 끄덕였다.

"응."

"직급은 뭔데요?"

"야, 중한테 직급이 뭐냐? 스님들이 하사, 중사, 상사 다는 것 봤냐?"

"아니, 그게 아니라."

"대리, 과장, 부장도 아니고."

"말 딴 데로 돌리지 맙시다."

"너는 인연을 찾아 온 거다."

정색한 중이 말했기 때문에 김승구가 숨을 들이켰다. 그러나 부정할 생각은 없다. 중이 말을 이었다.

"현실과 꿈을 맞춰보고 싶기도 했을 것이고."

"지금 현실입니까?"

"꿈이다."

다시 빙그레 웃은 중이 똑바로 김승구를 보았다.

"그리고 현실이기도 하다."

"또."

"너에게 다섯 개 능력을 주마."

"왜요?"

"넌 전생에서 '에슈탄'이란 이름의 내 시종무사였다."

"댁은 누구셨는데요?"

"난 부처다."

"아유."

"네가 나를 지키다가 목숨을 잃었다. 그래서 너를 찾아온 것이다."

김승구의 시선을 받은 중이 말을 이었다.

"본래 부처의 능력에는 육신통(六神通)이 있지만 부처만 가질 수 있는 누진통(漏盡通), 즉 번뇌를 제거하는 능력만 빼고 너한테 다섯 개 능력을 주마."

"…."

"그것은 신족통(神足通)으로 어디든 갈 수 있는 능력, 천안통(天眼通)으로 천계는 물론 지옥, 사후 세계, 미래를 보는 능력, 천이통(天耳通)으로 세상의 모든 소리를 들을 수 있는 능력, 타심통(他心通)으로 타인의 마음을 읽는 능력, 그리고 숙명통(宿命通)으로 과거 세상, 전생의 모습을 아는 것이다."

"그걸 다 갖습니까?"

"새 인생을 살아라. 앞으로 네 인생이 달라질 것이다."

"내가 에슈탄이란 이름이었습니까?"

"용감하고 순수한 내 시종무사였지."

중의 얼굴에 다시 웃음이 떠올랐다.

"네 모습은 수천 년 전과 같구나."

"그, 내 발 닦는 종이었다는 여자는요?"

"그다음 생(生)이었지. 그것도 수천 년 전일 것이다."

한숨을 쉰 김승구가 다시 물었다.

"제가 어떻게 삽니까?"

"능력을 받으면 다른 생이 펼쳐질 것이다."

그러더니 부처가 손을 들어 김승구의 머리를 가볍게 툭 치면서 불렀다.

"에슈탄."

"예, 부처님."

김승구의 입에서 저절로 그렇게 말이 나왔다.

"잘 살아라."

그 순간 김승구가 눈을 뻔히 뜨고 있었는데도 앞에 앉아있던 '부처님'이 사라졌다. 꿈도 아니고 그렇다고 현실 같지도 않은 일이 눈앞에서 벌어졌기 때문에 김승구는 한숨을 쉬었다.

"에슈탄."

그러나 입에서 저절로 그 이름이 뱉어졌다. 귀에 익은 이름 같다.

다음 날, 방문을 연 김승구의 귀에 사내의 목소리가 울렸다.

'저 자식 표정을 보니 집에 돌아갈 것 같군.'

고개를 돌린 김승구는 어제 방을 정해준 중을 보았다. 중의 마음속 말이 들린 것이다. 타심통(他心通)이다.

시선이 마주친 순간 중이 벌거벗고 쇠창살을 움켜쥔 채 악을 쓰는 장면이 떠올랐다. 주위에 불길이 번져 있다. 옆쪽 유리창에 목욕탕 그림이 그려져 있다. 목욕탕에 화재가 난 것이다.

이건 천안통(天眼通)인가?

시선이 마주쳤을 때 중이 말했다.

"왜, 집에 가려고?"

"예."

"어젯밤에 생각이 바뀌었어?"

어쨌든 맞는 말이어서 대답은 했다.

"네."

중이 다가왔다. 목욕탕 안에서 불길에 싸여 악을 쓰는 장면은 사라졌다. 이 사람은 불에 타 죽는가? 다가선 중이 지그시 김승구를 보았다.

"잘 생각했어. 중은 아무나 되는 게 아냐. 어쩌면 속세에 사는 것보다 더 어려울지도 몰라."

"네."

고마운 생각이 들었고 김승구가 저절로 조금 전의 목욕탕을 떠올렸다. 껐던 TV를 다시 켠 것처럼 악을 쓰는 중의 모습이 비쳤다. 김승구가 중의 옆쪽을 보았다. 벽, 시선을 옆으로 옮겼더니 장면이 벽을 뚫고 나갔다. 어라? 마치 카메라맨이 장면을 옮기는 것 같다. 이곳은 건물 밖, 사람들이 모여들었는데 3층 창문으로 검은 연기가 뿜어 나오고 있다. 한낮, 몇 시냐? 카메라가 이쪽저쪽을 비춘다. 김승구 생각대로 카메라맨이 화면을 옮기는 것 같다. 아, 찾았다. 건물에 장착된 전광시계. 오후 3시 42분, 날짜는? 몇 년도? 카메라맨이 분주하게 화면을 돌리다가 어떤 건물 5층 사무실로 뚫고 들어갔다. 옳지, 책상 위에 노트북이 펼쳐졌고 밑에 날짜, 시간까지 보인다, 2020년 7월 15일 오후 3시 44분. 카메라의 렌즈가 다시 화재 현장으로 돌아왔다. 소방차 사이렌 소리가 들린다. 구경꾼들이 더 모였다. 아, 목욕탕 간판과 전화번호가 입구에 있구나. 김승구가 입을 열었다.

중을 쳐다본 지 3초밖에 지나지 않았다.

"잘 들으세요."

"뭘?"

"적어 놓으시든지."

"뭘?"

"2020년 7월 15일 오후 3시경에 김제시 영원 목욕탕에서 불이 나요."

"영원 목욕탕?"

"거기 가지 마세요."

"왜? 내가 자주 가는 곳인데."

"아저씨한테 인사로 말씀드리니까 그 시간에 거기 가시면 안 돼요."

"왜, 어젯밤 자면서 신통력이라도 얻으셨나?"

중이 벙글벙글 웃었기 때문에 김승구가 무안했지만 곧 정색했다. 이것은 미래를 보는 천안통(天眼通)이다. 그렇다면? 그 순간 사내의 과거가 순식간에 머릿속에 들어왔다. 이번에는 눈앞에 펼쳐진 것이 아니라 컴퓨터처럼 입력이 되어버렸다. 김승구가 입을 열었다.

"오경한 씨, 속세 이름이 오경한 씨였네요. 21살 때 입산하셨다가 25살 때 석산스님을 은사로 전법계를 받으셨고."

중이 숨만 들이켰고 김승구가 말을 이었다.

"입산하시기 전에 충주에 있는 큰아버지 집에다 불을 질러 전소시켰 군요. 그 화재로 큰아버지가 사망했고, 그것이 23년 전이네요."

"그, 그것은…."

어느새 새파랗게 질린 중이 더듬거렸을 때 김승구가 몸을 돌리면서 말했다.

"내가 인사로 드리는 선물이니까 잘 기억하고 더 사세요."

이번에는 과거를 보는 숙명통(宿命通)을 확인했다.

5개 능력은 다 기억하고 있다.

고속버스 터미널로 가면서 김승구의 머릿속에 떠오른 생각. 신족통 (神足通), 어디든 갈 수 있는 능력. 이건 가장 돈이 되는 능력 아닌가? 직 접적, 현실적으로 말이다. 고속버스 요금 낼 것 없이, 아니 비행기 일등석 요금도 필요 없다, 마음먹은 대로 갈 수 있다니까.

터미널로 달리는 택시 뒷좌석에 앉아 운전사의 뒤통수를 노려보면서 김승구는 문득 자신이 달라져 있는 것을 느꼈다. 온몸에서 활력이 솟아 나고 있는 것이다. 미래에 대한 희망이다. 뭔가 해보고 싶은 의욕이기도 하다. 그때 '목소리'가 울렸다.

'그래, 주자. 자식을 낳은 죄지. 지 마누라가 죽는다는데 내가 해야지.'

사내의 목소리다. 김승구는 지금 자신이 시선을 주고 있는 운전사의 목소리라는 것을 알았다. 백미러를 보았더니 운전사의 주름진 얼굴 위 쪽이 보인다. 그때 운전사의 목소리가 이어졌다.

'위암 말기라는데 지금까지 모르고 있었다니 그놈도 무심한 놈이지. 어린 자식 둘이나 있는 놈이.'

운전사의 한숨 뱉는 소리는 귀로 들렸다. 지금까지는 마음속 말로 들린 것이다. 운전사의 마음속 말이 이어진다.

'집 담보로 3천을 빌리면 나는 죽을 때까지 이자만 갚는데도 허덕이겠다.'

김승구가 이맛살을 찌푸렸을 때다. 다른 사내의 목소리가 울렸다. 좀 젊은 사내.

'아버지가 3천 줄 거야. 넌 아버지 전화 오면 위암 말기 같은 목소리로 대답해.'

그러자 여자의 웃음소리가 들리더니 말이 이어졌다.

'위암 말기 목소리가 있어? 나, 참.'

'죽어가는 시늉을 하란 말이야.'

'알았어.'

'곧 전화 올 거야.'

'이번에 돈 받으면 차 바꿔야겠어.'

'야, 눈치채면 안 된다니까, 좀 있다.'

그때 김승구가 머릿속 스위치를 끄고는 운전사에게 말했다.

"아저씨, 돈 주지 마세요."

"예?"

운전사가 백미러로 김승구를 보았다.

"무슨 말씀이오?"

"며느리가 위암 말기라는 말, 거짓말이라고요. 아들하고 둘이 아저씨한테 돈 뜯어내려고 짰어요."

"그, 그게…."

택시가 속력을 줄였다.

"어떻게 아시오?"

"3천 달라고 했지요?"

"그런데요?"

머릿속 말을 녹음기로 재생해서 들려줄 수도 없었기 때문에 김승구가 입맛을 다셨다.

"며느리 행동을 몰래 숨어서 보세요. 위암 말기라면 표시가 날 테니까요."

"어떻게 압니까?"

운전사가 마침내 택시를 길가에 세우고는 몸을 돌려 김승구를 보았다. 노인이다. 마른 얼굴, 두 눈이 번들거리고 있다. 김승구는 이런 아버지도 없었기 때문에 숨을 들이켰다. 알려줄 방법은 많다. 나는 다섯 개 능력을 쥐고 있지 않은가?

"어, 왔어?"

김승구를 본 재고부장 오정길이 웃음 띤 얼굴로 반겼다.

"며칠 더 쉬지 그랬어?"

앞쪽 소파에 김승구를 앉도록 한 오정길이 묻는다. 김승구는 용인의 재고부 출근 첫날에 사고를 당한 것이다. 전날에 와서 인사는 했다. 오전 9시 반, 김승구는 금산사에서 올라와 다음 날에 바로 출근한 것이다. 용인의 본사 건물 13층에 위치한 재고부는 영업부와 달라서 한가하다. 사무실은 넓었지만 근무자는 10여 명뿐이다. 오정길이 책상 위에 놓인 서류를 집더니 김승구 앞에 놓았다.

"이게 제4창고 경비팀 현황이야."

서류를 집어든 김승구에게 오정길이 말을 이었다.

"자네는 제4창고 경비팀에 배속되었어. 팀장한테 연락할 테니까 지금 가봐."

"알겠습니다."

"어쨌든 이렇게 돌아와서 다행이네."

오정길의 말을 들으면서 속생각은 들리지 않았다. 딴 생각이 없는 것 같다.

"무사해서 다행이야."

이번에는 팀장 고찬호가 손을 내밀면서 맞았다. 고찬호는 39세, 육군 상사 출신. 김승구의 이력카드를 본 것 같다. 군 출신은 군 출신에 대해서 호감을 보인다.

"어쨌든 잘 왔어. 미국 레인저 출신은 드물거든."

경비팀 사무실은 창고 정문 옆에 있다. 사무실 안에 직원이 셋 있었는데 모두 김승구를 주시하고 있다. 미국인은 하나도 없고 모두 한국인, 김승구가 고분고분 대답했다.

"잘 부탁합니다. 열심히 하겠습니다."

"영업부에서도 겪었겠지만 여기서도 사수가 필요해."

고찬호가 손짓을 하자 사내 하나가 다가와 섰다.

"이 친구야. 경력 5년, 공수부대 출신이고 중사로 제대했어."

자리에서 일어난 김승구가 고개를 숙였다.

"김승구입니다."

"잘 해보자고."

사내가 손을 내밀어 악수를 청했다. 가슴에 단 명찰에 강기태라고 박혀 있다. 30대 초반쯤으로 김승구보다 7, 8년 연상 같다. 다섯 개 능력을 쥔 후에 이렇게 김승구의 새 생활이 시작되었다.

밤 11시 반, 이 시간이면 광대한 용인 팩스코 사업장은 무거운 정적에
덮인다. 본사 건물과 10개의 부속 건물이 세워진 30만 평 부지의 사업장
은 골짜기 안에 위치하고 있어서 외부와 단절된 느낌도 든다. 이때는 각
건물의 경비팀만 움직이는 것이다. 본부 건물은 28층 빌딩이어서 밤에도
불을 켜고 근무하지만 건물 밖으로 나오는 직원은 없다. 경비팀만 움직
인다.

팩스코 자재본부는 10개의 창고를 관리하는데 각 창고마다 1개 팀 8
명의 경비원을 배치, 주야 4명씩 2교대로 근무시킨다. 그래서 자재본부
소속의 경비팀은 12개. 본부 건물에다 정문과 후문 경비까지 맡았기 때
문에 사무 요원 포함해서 100명 가깝게 된다.

"별것 없어."

야간조가 되어서 12층을 돌고 비상계단으로 11층으로 내려오면서 강
기태가 말했다.

"여기 4창고는 덩치가 큰 전자제품이라 대개 오전에 입출이 되거든."

"도둑맞은 적은 없어요?"

뒤를 따르면서 김승구가 건성으로 물었더니 강기태가 힐끗 돌아보았
다. 얼굴에 쓴웃음이 떠올라 있다.

"작년에 경비조에서 전자제품 3박스를 가져간 적이 있지. CCTV도 없
는 곳에서 가져갔는데 무려 3억 원어치를 가져갔어."

"경비조에서 말입니까?"

"그래, 둘이 짜고."

"둘이 호흡이 맞았군요."

"그런 셈이지."

"그런데 잡혔습니까?"

"재고 정리도 안 돼서 6개월 후에나 없어진 게 발견되었고 또 3개월이 지나서야 범인을 잡았지."

"경찰이 잡았어요?"

"아니, 자체 조사에서. 우린 이미지 때문에 자체에서 조사해."

"그렇군요."

"그래서 근무조를 2개 조씩 늘린 거야. 서로 감시하도록 말이지."

"아!"

"솔직히 건물이 크지만 1개 조면 충분하거든, CCTV도 다 장착되었고."

11층 복도를 걷던 강기태가 걸음을 멈추더니 벽에 등을 붙이고 섰다. 그러고는 김승구에게 물었다.

"미국 시민권자에 레인저에서 훈장까지 받았으면 서울 사무소나 여기 본사 총무부라도 옮겨갈 수 있었는데 도대체 뭐로 찍혀서 여기로 온 거야?"

벌써 소문이 다 난 모양이다.

"난 사수가 수준이 안 맞는다고 하는 바람에."

김승구가 바로 대답했다.

"거기선 그게 치명적이라."

"젠장. 여긴 안 그래."

강기태가 빙글빙글 웃었다.

"보고서도 각각 써내거든. 서로 감시하는 구조라 그래."

"그 사건 있고 나서 그래요?"

"아니, 있기 전부터."

"삭막하네."

그때 김승구가 숨을 들이켰다. 강기태의 '마음속'이 말로 들렸기 때문이다.

'이 자식은 뭘 모르는 모양인가? 첩자로 내려온 놈은 아닌 것 같은데.'

이건 또 뭐야, 하는 느낌으로 김승구가 강기태를 보았다. 타심통(他心通)으로 마음을 읽었으니 어디 천안통(天眼通)으로 미래를. 그때 눈앞에 고찬호와 마주앉아 있는 강기태의 모습이 보였다. 식당의 방 안, 식탁 위에는 부대찌개가 끓고 있었지만 둘은 휘적거리지도 않는다. 심각한 표정, 고찬호가 입을 열었다.

"여자 사수가 수준에 맞지 않다고 탈락시킨 건 사실이야. 서울 사무소 영업부는 그래."

"아니, 그렇다고 막장인 창고 경비조로 보냅니까? 레인저 출신의 미국 시민권자를 말입니다."

강기태가 눈썹을 모으고 고찬호를 보았다. 벽시계가 오후 12시 40분을 가리키고 있다.

"내가 어젯밤 지난번 사고 이야기를 했더니 전혀 모르고 있는 눈치더라고요. 시치미를 뗀다면 아주 전문가인데 그런 것 같지는 않고."

"서울에서 우리 감시하려고 그놈을 보냈을 리는 없어. 입사 석 달도 안 되는 놈을 말이야."

"그럼 계획대로 진행합니까?"

"상의 좀 해보고."

"엄청난 좌천을 당했는데도 느긋한 것이 이상하지 않습니까?"

"자재부 근무 첫날에 버스가 추락한 사고가 난 것이 더 이상한 것 아니냐?"

"하긴 그러네요."

"그것도 본사에서 조종한 거야?"

"에이."

"미국 시민권자라지만 바탕이 온양인가, 유성의 전문대학 요리학과 1년 수료야."

"유성입니다."

"상의해 보겠지만 밀고 나가야 될 것 같다."

그때 눈을 깜박인 김승구가 강기태를 보았다. 시선이 마주치자 강기태가 빙긋 웃었다. 짧은 순간에 내일 오후의 일이 머릿속에 펼쳐진 것이다. 천안통이다. 그때 강기태가 웃음 띤 얼굴로 물었다.

"무슨 생각 했어?"

생각은 무슨? 내일의 너를 보았지.

눈을 떴더니 오전 11시 반이다. 오전 8시에 퇴근해서 통근버스 편으로 서울 역삼동의 오피스텔에 도착했을 때는 9시 20분. 씻지도 않고 바로 침대에 누워 3시간을 잔 셈이다. 3시간을 잤지만 피로는 싹 가셨고 온몸에 새로운 에너지가 채워진 것 같다. 그러나 김승구는 침대에 누워 일어나지 않았다.

강기태와 고찬호가 무슨 일을 꾸미고 있는 것은 분명했다. 둘뿐만이 아니라 그 윗선까지 포함된 대규모의 작업이다. 창고의 물건을 빼가려는 것일까? 강기태는 김승구가 염탐꾼이 아닌지 의심까지 하고 있었다.

"참 내, 능력을 받고 나니까 별일이 다 벌어지는군."

저절로 김승구의 입에서 혼잣말이 나왔다. 그렇다, 전(前) 같으면 모른 채 지나갔을 일들이 다 들리고 보이게 된 것이다. 다시 혼잣말이 이어졌다.

"뭐야, 이거? 내가 나쁜 놈들을 다 처리할 수도 없는 노릇이고."

"설마 부처님이 그러라고 하지는 않았겠지?"

"내가 싫으면 안 해도 되는 거 아냐?"

"에슈탄이 그런 역할이야?"

그 순간이다. 에슈탄이 김승구의 입에서 터져 나온 순간이라고 해야 맞다. 부처가 김승구의 눈앞에 떠올랐다.

"에슈탄."

부처가 부르자 김승구는 저도 모르게 침대에서 벌떡 일어섰다. 두 손을 모으고 선 김승구가 부처를 보았다.

"주인이시어."

저절로 그렇게 말이 나왔다. 그때 부처가 빙그레 웃었다. 이제는 시장 아저씨처럼 보이지 않는다.

"에슈탄, 너한테 큰일을 기대한 것이 아니니까 부담 갖지 말거라."

"예, 주인님. 하지만…"

"너에게 닥치는 모든 일이 네 숙명(宿命)이다. 다 전생(前生)에서 이어진 것이니 더도 없고 덜하지도 않다."

"예, 주인님."

"너의 다섯 가지 능력으로 만들고, 얻고, 헤쳐 나가거라."

"예, 주인님."

"네 능력에 익숙해지면 저절로 갈 길이 정해질 것이니라."

"예, 주인님."

그때 눈도 깜박이지 않았는데 부처가 눈앞에서 사라졌다. 꿈인가? 하고 둘러보았더니 자신이 침대 앞에 서 있었기 때문에 김승구는 서서 꿈을 꾼 것 같았다.

창고 경비 야간조는 1주일 만에 주간조로 바뀐다. 야간조 근무는 오후 8시부터 다음 날 아침 8시까지다.

오후 2시 반, 김승구는 서울 사무소의 그룹장 클라크와 마주보고 앉아 있다. 회의실 안이었는데 김승구가 클라크에게 면담 신청을 한 것이다. 의외로 클라크는 바로 시간 약속을 해주었고 친절하게 맞았다. 사고가 났을 때 클라크는 병원에 문병까지 와 주었다.

"어젯밤부터 근무했다면서?"

"예, 그룹장님."

"며칠 더 쉬지 그랬어?"

"괜찮습니다."

김승구의 시선을 받은 클라크가 빙그레 웃었다. 그 순간 클라크의 '머릿속'이 목소리로 전달되었다.

'운이 좋은 놈이야. 하지만 전쟁영웅도 여기선 별수 없군. 사수가 부적격자라고 판단하면 바로 교체되는 곳이니까.'

클라크는 푸른 눈동자의 백인이다, 45세. 타심통(他心通)으로 현재 마음은 읽었지만 김승구는 클라크가 임하경한테서 어떤 보고를 들었는지 궁금했다. 부적격자라니? 수준에 맞지 않다고 한 것과는 조금 차이가 나지 않는가?

그때 클라크와 임하경이 마주앉아 있는 장면이 눈앞에 펼쳐졌다. 바로 이 회의실이다. 임하경이 정색하고 말한다.

'영업직에는 맞지 않는 것 같습니다. 영어는 군대에서 배웠기 때문에 자주 욕이 섞이고 표현력, 이해력이 부족합니다. 겉은 열심히 하는 척하

지만 집중하지 않습니다. 그리고 가장 참을 수 없는 것은.'

임하경이 똑바로 클라크를 보았다.

'나를 유혹하려고 합니다.'

그때 클라크가 바로 대답했다.

'그건 문제죠. 바로 교체하기로 하지. 그 친구에게는 재고부 경비팀이 맞겠군.'

이렇게 되었구나. 숙명통(宿命通) 덕분이다.

내가 임하경한테 언제 그런 짓을 했단 말인가?

회사에서 나와 근처 커피숍에 들어가 곰곰이 생각해 보았지만 떠오르지 않았다. 임하경은 미인이다. 서울 사무소에 엘리트급 여직원이 수백 명 있었지만 그중에서도 톱 10 안에 든다. 그러나 김승구는 그런 적이 없다. 혹시나 자신도 모르는 사이에 그런 분위기를 피운 적이 있는가, 하고 열심히 떠올렸지만 없다. 그러다가 내가 애초부터 마음이 없었는데 어떻게 무의식적인 상태에서 행동이 나올 수가 있겠는가? 임하경의 모함이다. 그렇게 결론을 내렸다. 결론을 그렇게 내고 나니까 화가 났다. 공주병에 걸린 년이 저를 봐주지 않으니까 열을 받아서 그런 건가?

오후 4시 반, 결국 김승구는 임하경에게 전화를 했고, 소공동의 커피숍에서 둘이 마주앉았다. 금산사에 내려가기 전만 해도, 아니 임하경이 전생(前生)에서 자신의 발 닦는 종이었다는 말만 듣지 않았어도 이러지 않았다. 임하경이 수준에 안 맞는다고 했건 덮쳤다고 했건 관심도 없었기 때문이다. 하긴 사는 것 자체가 시큰둥했으니까.

그런데 지금은 다르다. 임하경과 마주보고 앉은 순간 김승구는 이

발 닦는 종을 가만 안 두기로 마음먹었다. 그 방법이야 나중에 생각해도 된다.

"근데 무슨 일이죠? 중요한 이야기라고 했는데."

먼저 임하경이 입을 열었다. 임하경은 아직 조수를 받지 못하고 혼자 뛴다. 김승구가 지그시 임하경을 보았다. 그 순간 임하경의 과거가 김승구의 머릿속에 입력되었다. 숙명통(宿命通), 물론 현생(現生)에서의 지난 일이다. 전생(前生)까지는 볼 여유가 없다. 임하경을 불러낸 것은 마음도 읽고 싶었지만 현생의 과거를 알고 싶기 때문이다. 그래야 그런 모함을 한 이유를 알 수 있지 않겠는가? 이제는 너에게 관심이 많아졌다, 이 발 씻는 종아. 다 자업자득이다.

"이상해."

임하경이 친구 홍미영에게 말했다. 장소는 카페 안, 시끄럽지만 고급스러운 분위기. 둘은 구석자리에서 술을 마시고 있다.

"뭐가?"

술잔을 쥔 홍미영이 물었다. 밤, 둘은 약간 취한 상태, 과거다.

"그 남자가 가깝게 있으면 거북해, 부담이 되고 무거워. 암말 안 하고 있으면 숨이 막혀. 어쩌다 눈이라도 부딪치면 찌릿한 느낌이 와, 전기가 통하는 것처럼."

"한번 자보지 그래."

"뭐?"

"그게 성욕 같은데? 성적 욕망, 그런 거."

"이 미친년이."

"네 조수라는 놈. 나한테 소개해줘 봐. 만날 그놈 이야기. 그건 네가 그놈한테 끌리고 있다는 증거야. 증오하다가 사랑으로 빠진 경우가 덤덤한 사이보다 2배가 많다는 통계가 있어."

"그놈의 통계."

"참, 너 승현 씨 요즘 안 만나?"

그때 임하경이 한 모금에 술을 삼켰다.

"응. 바빠서."

눈을 깜박인 김승구가 임하경과 친구 홍미영과의 대화 장면을 정지시켰다. 임하경이 자신에 대해 어떤 감정을 갖고 있었다는 것을 이제 알았다. 하긴 이유도 없이 그냥 미운 놈도 있기 마련이다. 더구나 전생에서 그놈의 발을 닦는 신세였다면 한(恨)이 이어져 올 수도 있지 않겠는가? 그런데 승현이 만나는 남자인 모양이군. 남자가 없을 리가 없지.

'그러나 넌 비열했다. 내 영어의 표현력, 이해력이 부족하다고 했지만 레인저 특수부대를 무시하는 소리다. 특수부대에서는 하버드 수준으로 영어를 구사하도록 배운다. 내가 너보다 수준이 높다고 믿는다. 그리고 또 기가 막혀. 내가 너를 유혹하려고 했다고? 네 친구 홍미영한테는 제법 정직하게 말한 것 같구나.'

지금까지 생각은 임하경이 묻고 나서 순식간에 김승구의 머릿속을 채운 것이다.

묻는 말에 대답은 해야지. 김승구가 대답했다.

"이상해요."

"뭐가요?"

눈을 빤히 뜨고 묻는 임하경을 응시하면서 김승구가 말했다.

"내가 지금에야 임하경 씨한테 솔직하게 말하겠는데."

임하경이 긴장했다. 김승구가 술술 말을 잇는다.

"임하경 씨가 가깝게 있으면 거북했거든요. 부담이 되었어요. 무거웠고 암말 않고 있으면 숨이 막힙디다. 어쩌다 눈이라도 마주치면 찌릿한 느낌이 드는데 전기가 흐르는 것 같더라니까요."

그 순간 임하경이 숨을 들이켰다. 얼굴이 백지처럼 하얗게 되어서 굳어졌다. 이 말을 토시 몇 개만 다르게 홍미영에게 자신이 한 것이다. 제가 한 말을 기억하고 있는 터라 다른 때 같았으면 신통하다고 박수를 쳤을지도 모른다. 김승구가 말을 이었다.

"그래서 잘 되었다는 생각이 들었어요. 들리는 소문으로는 내가 수준이 안 맞으니 임하경 씨를 유혹하려다가 실패했느니 별별 이상한 말이 다 떠돌지만요."

제 입으로 클라크한테 김승구가 유혹했다고 한 임하경이다. 얼굴이 붉어진 임하경이 말했다.

"그런 소문 믿지 마세요."

"클라크한테는 뭐라고 했습니까? 사수가 싫다고 하면 떼어놓을 수가 없지 않습니까?"

"미안해요."

"아니. 내가 이런 말 물으려고 만나자고 한 것도 예의가 아니죠. 하지만 이유는 알고 나가야 될 것 같아서."

"저는 그냥 맞지 않는 것 같다고 했어요. 그랬더니…"

거짓말이다. 이 상황에서 제대로 말하는 상대가 있다면 아주 독한 성격일 것이다. 오늘 클라크, 임하경을 만난 목적은 그들 입으로 나오는 '소리'를 들으려는 것이 아니었다. 그들 입으로는 '뻔한' 말이 쏟아지겠지만 타심통(他心通), 숙명통(宿命通)으로 진실을 알려는 의도였다. 이만하면 됐

43

다. 김승구가 자리에서 일어섰다.

"그럼 또 봅시다."

'발 닦는 여자'와의 인연은 이어질 테니까 서두를 필요는 없다. 그동안 연애를 하든지 실연을 당하든지 해봐라.

"하나씩, 주변에서부터."

통근버스 안에서 눈을 감고 앉은 김승구가 생각하고 있다. 부처도 그렇게 말씀하셨다. 하나씩 헤쳐 나가면 자연스럽게 갈 길이 정해진다고 하셨다. 이 모든 일이 전생(前生)에서 이어진 일이라고 하지 않았는가? 오신통(五神通)을 가졌다고 부담도, 자만도 느끼지 말고, 만들고, 얻고 헤쳐 나가리라.

그때 옆쪽에서 인기척이 들리더니 옅은 향내가 맡아졌다. 여자다. 눈을 뜬 김승구와 여자의 눈이 마주쳤다. 검은 눈동자, 쌍꺼풀이 없는 눈, 눈꼬리가 조금 위로 솟았다. 갸름한 얼굴에 단정한 입술, 화장을 하지 않았지만 입술은 윤기가 난다.

"안녕하세요."

낮게 말한 여자가 곧 머리를 돌려 앞을 보았다. 버스에는 승객이 절반 쯤 찼다. 김승구는 곧 머릿속에 떠있는 여자의 얼굴을 다시 보았다. 미인이다. 이 여자도 인연일 것이다. 이제는 그렇게 믿어진다. 수천 번 환생을 하는 터이니 옷자락을 한 번 스쳐도 전생에 수십 번 인연을 맺은 사이라는 말. 이것이 엄연한 불가의 진리다. 요즘 수천 가지나 떠도는 환생 이야기. 죽었다가 깨어나서 재벌이 되고 복수를 하는 이야기하고는 다른 세상 이야기다. 그때 김승구의 머릿속에서 여자의 목소리가 울렸다.

'이번에 구사일생한 사람이야. 재고부 경비팀에 배치되었고. 실물이 사진보다 낫네. 난 유통영업팀에서 잘려 창고 경비로 좌천되면 회사 안 나갈 것 같아. 하긴 미국 시민권자이긴 하지만 전문대 요리학과 1년 수료 학력으로는 취업이 어렵지.'

끊임없이 마음속 말이 울렸기 때문에 질려버린 김승구가 여자 옆얼굴을 보았다. 차분한 표정, 굳게 다물린 입술, 전혀 말 많은 여자 모습이 아니다. 김승구가 한숨을 쉬었다. 여자 내면(內面)은 왜 이렇게 다른가? 그 순간 아주 잠깐 능력을 갖지 못한 일반인들이 부러웠다. 이 여자의 외모만 보고 행복했을 것이기 때문이다. 그때 여자의 '마음 말'이 또 울렸다.

'한 달만 잘 버티면 돼. 한 달하고 이틀쯤 지났을 때는 호치민에 가서 여왕처럼 살고 있을 테니까.'

이건 또 뭐야? 하고 김승구가 숨을 죽였더니 여자의 말이 이어졌다.

'한국 돈도 이젠 달러처럼 쓸 수 있어서 다행이야. 5억짜리 뭉치 1백 개. 후훗.'

여자의 짧은 웃음소리에 김승구가 숨을 들이켰다. 이건 또 뭔가? 같은 조 강기태에 이어서 또 이쪽은 강도야 뭐야?

"저기요."

김승구가 불렀을 때 여자가 고개를 돌렸다. 시선이 마주쳤고 여자의 신상이 주르르 입력되었다. 숨을 들이켠 김승구는 차 안에 앉은 여자를 보았다. 여자 이름은 서경아, 25세, 본사 경리부 대리.

그때 옆에 앉은 사내가 갑자기 비닐을 꺼내더니 서경아 얼굴에 씌웠다. 서경아 얼굴이 일그러졌고 두 손을 저었지만 뒤로 붙은 사내의 완력을 당할 수가 없다. 사지를 버둥거리는 서경아. 그때 김승구는 사내의 얼굴을 보고는 눈까지 치켜떴다, 강기태다. 차 앞쪽에 앉은 사내의 얼굴도 보인다, 고찬호다.

"어, 오늘은 따로따로 돌지."

사무실에서 만난 강기태가 김승구에게 말했다. 12시간 근무 중 6시간은 순찰, 6시간은 경비실 근무다. 다른 조하고 교대로 근무하는 터라 경비실은 비는 때가 없고 제4창고인 17층 건물도 계속 순찰을 하는 셈이다. 지하 3층까지 포함하면 20층. 김승구가 고개를 끄덕이자 강기태는 순찰 일지를 내밀었다. 김승구 일지다.

"당신은 16층에서 8층까지"

강기태는 지하 3층에서 7층까지다. 오후 8시 10분 전, 자리에서 일어선 강기태가 말했다.

"오전 2시 10분 전에 7층 복도에서 만나."

6시간 동안 혼자 다니지만 무전기가 있으니 수시 통화가 가능하다. 강기태가 먼저 사무실을 나갔을 때 다른 조 선임자 유택근이 그의 뒷모습을 힐끗 보았다.

'저 새끼, 또 혼자 농땡이 치는군.'

강기태가 혼자 자주 농땡이를 치는 것 같다. 타심통으로 속마음을 들은 것이다.

17층에서 15층까지 내려온 김승구가 잠깐 벽에 등을 붙이고 멈춰 섰다. 이곳은 아래쪽 경비실의 CCTV 화면에 다 비치는 위치다. CCTV에 비치지 않는 곳은 복도 끝 화장실 안뿐인데 사생활 침해로 법에 명시되어 있기 때문이다. 곧 등을 뗀 김승구가 끝 쪽 화장실로 다가갔다. 마음을 굳힌 것이다.

　신족통(神足通)을 처음 썼다. 화장실 안에서 서경아를 떠올리고 '옆에 가고 싶다'라고 생각했더니 서경아가 바로 눈앞에 앉아 있는 것이었다.
　"으악!"
　놀란 김승구가 몸을 뒤로 젖히고는 신음했다. 제 신음 소리에 두 번째 놀란 김승구가 숨을 들이켰지만 서경아는 컴퓨터의 모니터를 응시한 채 꼼짝 안 한다.
　"뭐야, 이건?"
　김승구가 입속말로 말한 순간이다. 서경아가 모니터에서 시선을 떼고 앞에 선 김승구를 보았다. 김승구가 숨을 죽였다. 시선이 마주쳤고 조급해진 김승구가 입을 열었을 때다. 김승구는 서경아의 시선이 먼 곳을 보는 것 같았기 때문에 눈을 똑바로 보았다. 거리는 50센티밖에 되지 않는다. 그 순간 김승구는 숨을 들이켰다. 서경아의 눈동자에 자신의 얼굴이 박혀 있지 않은 것이다. 사진이 찍히지 않았다. 지금 자신의 몸이 보이지 않는다는 증거 아닌가. 김승구는 어깨를 늘어뜨렸다.
　아, 신족통이 바로 이것이구나. 몸은 아마 15층 화장실 그 자리에 있는 것 같다. 그리고 이곳에는 영혼이 왔다. 김승구가 손을 들어 제 다른 쪽 팔을 움켜쥐었다. 손이 공기를 쥔 것처럼 아무것도 잡히지 않았고 주먹과 팔이 겹쳐져 있다. 나는 지금 형체가 없다. 내 눈에만 보일 뿐이다. 실체를 파악한 김승구가 서경아 앞에 팔짱을 끼고 섰다. 이곳은 본사 빌딩의 경리부. 야간 근무팀 10여 명이 근무하고 있지만 조용하다. 가끔 김승구의 앞뒤로 사원들이 스치고 오갔는데 어느 놈은 등을 반쯤이나 통과하고 지나갔다. 김승구가 서경아의 지난날을 보았다. 숙명통(宿命通)이다.

"7개 계좌로 입금해줘. 그것이 오전 10시쯤 되어야 해."

고찬호가 쪽지를 내밀며 말했다.

"다시 이곳에서 분산시킬 테니까 그 작업이 끝나려면 최소한 오후 3
시야."

서경아가 고개를 끄덕였다. 서울 대림동의 커피숍 안, 둘이 구석에서
마주보고 앉아 있다. 쪽지를 쥔 서경아가 고찬호를 보았다.

"오후 비행기로 내가 떠나야 돼요. 그러니까 현금 준비해 놓도록 해요."

"아, 물론이지."

고찬호가 웃음 띤 얼굴로 말을 이었다.

"날짜만 알려줘. 우리는 준비가 다 되었어. 오후 5시에는 틀림없이 줄
테니까."

"내가 여러 가지 정리할 것이 많아서 그래요."

서경아가 눈을 흘겼다.

"당신들은 금방 흔적이 잡히지 않지만 사건이 일어나면 당장 내가 드
러날 것 아녜요? 그러니까 미리 철저하게 준비를 해야죠."

고개를 끄덕인 고찬호가 다시 묻는다.

"그럼 언제가 될 것 같아?"

"일주일쯤 후에."

"금액은 대충 1500억?"

"그 이상이 될지도 몰라요. 요즘 잔고가 많아졌으니까."

"근데 환전 안 해도 되겠어?"

"내가 다 알아서 할 테니까 현금만 가져와요."

"그렇다면 나도 편하지."

고찬호가 손목시계를 보는 장면에서 커피숍 밀담 장면이 김승구의 눈

앞에서 사라졌다.

숙명통의 법칙 1. 영혼이라도 본인 앞에 있어야 한다.

'돌아가자.'

15층 화장실에 서 있던 '몸'이 걱정이 된 김승구가 마음을 먹은 순간 김승구가 옮겨왔다. 아직도 그 자리에 서 있다. 시간이 얼마나 지났는지 모르겠다. 시계를 보았더니 3분쯤밖에 안 걸렸다. 서경아와 고찬호가 대화한 시간은 10분도 넘은 것 같은데 '주르르' 머릿속에 입력된 것 같다. 화장실을 나왔을 때 곧 무전기에서 신호음이 울렸다.

"김 형?"

아래층 사무실에서 CCTV를 보던 A조 유택근이다. 화장실에서 나오기를 기다린 것 같다. 이제 CCTV에 비칠 것이다.

"아, 예. 왜요?"

"김 형은 좀 쉬어. 너무 착실하게 돌아다니지 말고."

유택근의 목소리에 웃음기가 떠어졌다.

"어제도 한 번 돌았으니까 요령 알잖아? 이제는 14층 베란다에서 한숨 자라고."

"거기선 왜요?"

"거긴 CCTV가 없거든."

"아, 그렇구나."

"강기태 씨가 말 안 해줘?"

"못 들었는데요."

"나쁜 사람이군. 저는 지금 지하 1층 휴게실에 들어가 있으면서. 거기도 CCTV가 없는 데야."

"참고하겠습니다, 유 형."

"서로 상부상조하는 거지."

유택근 조도 그런다는 말이다. 발을 뗀 김승구가 14층을 향해 다가갔다. 그렇다면 할 일이 많다.

14층 베란다의 소파에 길게 앉아서 김승구가 이번에는 임하경을 떠올렸다. 신족통(神足通). 그 즉시로 김승구는 임하경의 앞에 섰다. 그런데 이곳은 호텔방 안. 눈앞의 장면을 본 김승구가 숨을 들이켰다. 임하경이 웬 놈하고 부둥켜안고 있다. 옷은 반쯤 벗겨진 상태, 재킷이 한쪽 팔에만 걸쳐져 있다. 스커트는 허벅지 위로 추켜 올라갔는데 지금 사내의 손이 팬티 속으로 들어가는 중이다. 가쁜 숨소리, 임하경은 사내의 손을 막지도 않는다. 입술은 겹쳐진 상태.

"이런 순"

입맛을 다신 김승구가 사내를 보았다. 흐린 눈으로 정신없이 임하경의 입술을 빨고 있었지만 잘생겼다. 최승현. 지난번에 친구 홍미영이 최승현이 안부를 물었지. 27세, 서울법대 졸, 3년 전 고시패스 후 연수원을 거쳐 지금은 서울 동부지법 검사. 임하경과 만난 지 1년. 이것은 임하경과 홍미영의 머릿속에 입력된 최승현의 프로필. 그 순간 최승현의 숙명통이 김승구의 눈앞에 전개되었다.

"오늘 50만 원이 있어야 돼."

박영주가 말하자 허주상이 고개를 끄덕였다. 오전 7시 반, 아파트 안이다.

"알았어. 저녁에 만들어 올 테니까."

"그, 전자회사는 잘 되는 거야?"

"응. 내년에 나한테 영업팀장을 시켜준다고 했어."

"그럼 월급은?"

"한 달에 5백은 되겠지."

거울 앞에서 넥타이를 매는 허주상의 뒤로 아이를 안은 박영주가 다가왔다. 6개월쯤 된 아이다. 이곳은 봉천동의 20평대 연립주택 2층, 허주상의 월세집이다. 거울 속의 허주상을 보면서 박영주가 다시 물었다.

"오늘 몇 시에 집에 와?"

"응. 8시까지는 돌아올게."

"저녁 해나?"

"내가 6시쯤 전화할게."

몸을 돌린 허주상이 박영주의 입술에 가볍게 입을 맞추고는 아이의 볼에도 입을 맞췄다. 다정한 가장이다. 김승구가 허주상의 옆에 서서 투덜거렸다.

"이런 도둑놈."

물론 김승구의 목소리는 들리지 않는다. 허주상이 최승현이었던 것이다.

휙, 돌아왔다. 이곳은 호텔방 안, 방금 허주상은 임하경의 몸 위로 엎어지려는 참이다. 밑에 깔린 임하경은 정신이 없고 방 안은 거친 숨소리로 가득 찼다. 그때 김승구가 침대 옆 탁자 위에 놓인 생수병을 들고 허주상의 머리에 쏟았다.

"앗, 차거."

놀란 허주상이 질색을 하고 떨어졌고 물벼락을 절반쯤 얼굴에 받은 임하경이 푸, 푸, 거리면서 상반신을 일으켰다.

"이게 어떻게 쏟아진 거야?"

물병을 집어든 허주상이 가쁜 숨을 쉬면서 투덜거렸다.

"아유, 수건 좀."

얼굴을 두 손으로 씻으며 상반신을 일으킨 임하경이 화장실로 달려갔다. 그때 김승구가 허주상의 핸드폰을 들고 화장실로 따라 들어섰다. 영혼이 물병을 쏟고 핸드폰을 옮길 수가 있게 된 것이다. 사람들의 눈에는 생수병과 핸드폰이 공중에 떠서 움직이는 것으로만 보일 것이다. 임하경이 수건으로 얼굴을 닦는 사이에 김승구는 허주상의 핸드폰을 옆쪽 구석에 놓고 메시지 버튼을 눌렀다.

"자기야, 언제 와?"

핸드폰에서 박영주의 목소리가 울렸다. 깜짝 놀란 임하경이 고개를 돌렸을 때 박영주의 목소리가 이어졌다.

"그럼 오늘 50만 원 안 되는 거야? 내일 승원이 옷 사러 가기로 했는데."

임하경이 핸드폰으로 다가가 굽어보았다. 다시 박영주의 목소리가 욕실을 울렸다.

"빨리 연락해."

그러고 나서 이제는 임하경의 목소리가 울린다. 임하경도 메시지를 남겼기 때문.

"승현 씨, 나 지금 동부지검 건너편 커피숍에 있어요."

숨을 들이켠 임하경이 허주상, 아니 최승현의 핸드폰을 노려보았다. 맞다. 최승현의 핸드폰이다. 임하경은 갑자기 핸드폰의 메시지가 울린 이유를 생각할 겨를이 없다.

"어? 어디가?"

시트로 머리를 닦고 다시 시작할 준비를 하고 있던 허주상이 옷과 가방을 집어든 임하경을 보고 놀랐다.

"왜 그래?"

엉거주춤 일어선 허주상이 물었어도 임하경은 몸을 돌려 문으로 다가왔다.

"무슨 일이야?"

임하경의 등에 대고 허주상이 소리쳤지만 뒤를 따르던 김승구가 쳐다봤을 뿐이다.

"병신. 넌 이제 클 났어."

김승구가 눈을 부라리며 말했으나 허주상이 들을 리가 없다.

베란다의 소파에 길게 앉은 몸으로 돌아온 김승구가 투덜거렸다.

"세상 참, 나쁜 놈들이 많군."

그것도 하나둘이 아니고 사건도 금방 여러 개로 벌어진 바람에 삭막하다. 사기꾼, 강도, 살인 예비자들만 주변에 깔려 있다. 그건 그렇고, 살인 예비자 강기태는 지금 지하 1층 휴게실에서 뭘 하고 있나?

"팀장, 서경아도 보통내기가 아뇨. 그리고 혼자 뛰는 게 아니라니까 그러네."

강기태가 짜증난 얼굴로 말했다. 지금 강기태는 휴게실 창틀에 걸터앉아 팀장 고찬호와 통화 중이다.

"서경아 남자가 있단 말이오. 그놈은 보지 못했지만 서경아가 그놈하고 같이 움직인다니까."

"복잡하게 생각할 것 없어."

고찬호 목소리가 수화구에서 울렸다.

"서경아 가족이 어제 중국으로 떠났어. 관광여행 간 것처럼 했는데 아파트도 일주일 전에 처분했고 짐은 베트남 호치민으로 보낸 거야."

"그럼 중국 거쳤다가 베트남으로 가는 건가?"

"베트남에서 일 봐주는 놈이 있는 거지. 거기서 짐 받아서 정리하는 동안 가족들은 중국관광을 하는 거고."

"야, 철저하네. 일행이 몇이지?"

"아버지는 없고 어머니, 여동생, 남동생까지 네 식구지."

"그럼 이제 서경아가 날짜 정할 일만 남았군."

"그렇지."

"우리도 준비 다 끝났는데 그것이 걸리는군."

"야, 다 결정된 거야. 넌 가만있어."

고찬호가 자르듯 말하자 강기태는 한숨을 쉬었다.

"알았습니다."

강기태가 서경아를 죽이는 역할이다, 비닐로 얼굴을 덮어 씌워서.

다음 날 아침, 퇴근 버스에 탄 김승구가 목소리를 들었다.

'저를 도와주십시오. 저에게 힘을 주십시오.'

이게 무슨 소리인가? 여자의 애달프고 간절한 목소리. 버스 안을 둘러본 김승구가 이맛살을 찌푸렸다. 안에는 남자만 타고 있었기 때문이다. 그렇다고 임하경, 서경아, 홍미영이나 사기꾼 허주상의 아내 목소리도 아니다. 그때 여자가 다시 말했고, 이제는 울먹이고 있다.

'저에게 이 역경을 이겨낼 힘을 주시기 바랍니다.'

직접 도와달라는 것이 아니라 이겨낼 테니 힘을 달라는 말이다. 김승구가 눈을 크게 떴다. 이것은 천이통(天耳通)이구나. 세상의 모든 소리가 들린다는 능력. 그럼 그 소리가 들리는 곳으로 가보자. 신족통(神足通)이 이런 때 필요하다.

2장
너는 악마의 제자이기도 하다

날아갔다. 눈 깜박하는 순간, 몸은 달리는 버스 안에 두고. 눈을 감고 차의 진동에 흔들리면서 잠을 자는 것처럼 보이겠지, 숨도 쉬니까.

"앗!"

다음 순간 김승구의 입에서 외침이 터졌다. 이곳은 어두운 동굴, 아니 우물이다. 깊은 우물 안이나 바닥은 말라서 맨땅이다. 김승구가 놀란 것은 앞에서 꿈틀거리는 생명체 때문이다. 개다, 개. 강아지. 고개를 돌린 김승구는 마른 우물 안에 자신과 개, 둘만 있는 것을 보았다. 고개를 들었더니 위쪽 하늘이 손바닥만 하다. 우물 길이가 10미터도 넘는 것 같다. 그때 '개'가 말했다.

"도와주세요."

"으악."

김승구의 입에서 다시 놀란 외침이 터졌다. 여자 목소리, 인간의 여자 목소리 아닌가? 그 말은 지금 50센티쯤 앞에 엎드린 흰 개가 말한 것이다. 어둠 속이었지만 희미한 반사광으로 개가 흰색 털의 '포메라니안'종인 것은 알았다. 김승구가 '개'를 노려보았다.

"네가 말했어?"

"네."

개가 '낑낑'댔지만 김승구의 머릿속에는 여자 목소리로 울린다. 통역가가 통역해주는 것 같다.

"네가 여자야?"

바보 같은 질문이지만 어쩔 수 없다, '암컷'이라고 대놓고 묻기에는 그랬으니까.

"네."

김승구가 한숨을 쉬었다. 자신은 지금 '포메라니안 암컷'하고 대화 중이다.

"네가 도와달라고, 이 역경을 이겨낼 힘을 달라고 빌었어?"

"네."

"누구한테?"

"신(神)에게요."

"이 우물에서 나가게 해달라고?"

"네."

"너 몇 살이냐?"

"네 살요."

"이름이 뭔데?"

"쥬리요."

"왜 여기 들어왔는데?"

"길을 잃고 헤매는데 나쁜 놈들이 저를 잡아서 여기다 던졌어요."

"언제?"

"사흘 되었어요."

"이렇게 깊은데 안 죽었네."

"중간에서 한 번 걸렸기 때문에 다리가 좀 삐었어요."

"네 집이 어딘데?"

"오피스텔에서 주인하고 둘이 살았어요."

"주소가 어디냐고?"

"그걸 제가 어떻게 압니까?"

"참, 개는 주소를 모르지."

고개를 끄덕인 김승구가 개의 눈을 보았다. 그 순간 쥬리의 숙명통(宿命通)이 펼쳐졌다.

"쥬리가 폐교된 안양 성북초등학교 우물 안에 빠져있어요."

눈물로 사흘 밤낮을 보내던 오신영이 이런 '문자'를 받았을 때는 오전 9시가 되어갈 무렵이다. 정신이 번쩍 든 오신영이 차를 몰아 안양 교외에 위치한 성북초등학교 운동장에 진입했을 때는 오전 10시 10분. 오신영은 우물 안에 있는 쥬리를 발견하고 대성통곡을 했다. 119에 연락해서 소방차가 달려왔을 때는 10시 30분. 소방관이 로프를 타고 내려가 쥬리를 안고 올라왔다. 감동한 오신영이 쥬리를 얼싸안고 펑펑 울다가 '은인'이 생각나서 핸드폰을 열었더니 '문자'가 지워져 있었다. 흔적이 사라진 것이다. 꿈을 꾼 것 같았다. 그때 품에 안긴 쥬리가 '캥캥캥' 짖었다.

'언니, 그 사람은 부처님이 보낸 사람이야.'

오신영이 알아들었을 리가 없다.

이곳은 김승구의 오피스텔, 오전 11시 반. 잠깐 잠이 들었던 김승구가 침대에서 일어나면서 투덜거렸다.

"내가 지금도 귀신에게 홀린 기분이네. 개 말을 알아듣다니."

오신영의 핸드폰에다 문자를 보낸 것은 쥬리를 통해 '숙명통'으로 알아보았기 때문이다. 오신영은 23세, '개 미용'으로 알바를 하면서 대학을 다니고 있다.

"이 양반이 내 주변의 일거리를 너무 많이 주는 거 아냐?"

창가의 의자에 앉은 김승구가 다시 투덜거렸다.

"주변에서 벌어지는 일도 많은데 '개' 부탁까지 처리하다니. 이러다가 낚싯바늘에 꿰이는 지렁이가 살려달라 하고, 광어 목소리가 들리는 게 아니냐고."

"아니다."

옆에서 들리는 목소리에 김승구가 깜짝 놀랐다. 고개를 돌렸더니 '실체'는 없고 목소리만 들린다. 부처다.

"너하고 인연이 있는 생명체하고만 만나는 거다. 네가 우물에서 만난 쥬리도 전생에 네 여동생이었다."

"에?"

'예?'가 아니라 '에?'다. 기가 막혔기 때문이다. 포메라니안 쥬리가 전생에 여동생이었다니. 나중에는 흑산도 홍어가 아버지였을 수도 있지 않은가? 그때 목소리가 이어졌다.

"너무 과장하지 마라. 동해의 명태가 네 전생이었을 가능성도 있지만 그것은 기록되지 않는다. 다만 모든 생명체는 이어지고 제각기 인연을 갖고 있다는 것만은 알고 있어야 할 것이다."

"예, 주인이시어."

김승구가 이제는 공손하게 대답했다. 의문이 일었기 때문에 혼잣말을 한 것이지 솔직히 귀찮다고 느끼지는 않았기 때문이다.

제 잘못을 모르는 사기꾼 허주상이 오늘은 팩스코 서울 사무소 앞 커피숍까지 찾아왔다. 오후 6시 10분, 임하경이 결정적인 순간에 짐 싸서 도망치는 바람에 어리둥절했다가 나름대로 온갖 추측을 했을 것이었다. 이런 경우에 사기꾼의 머리 회전은 일반인들의 3배 정도 빠르게 회전되고 뇌 용량이 2배는 커진다. 온갖 가능성, 모든 위험 요소, 수많은 사례를 검토하고 나서는 것이다.

서울 동부지검 사이트에 들어가면 검사 명단에 '최승현' 검사가 있다. 사진까지는 붙어있지 않지만 나이, 경력은 다 기록되었다. 허주상은 그 최승현으로 위장해온 것이다. 나이도 비슷했기 때문에 신분증, 주민증까지 위조해서 임하경한테 보여줬지만 허주상 명의의 핸드폰은 어쩔 수가 없다. 와이프 박영주 때문이다. 허주상은 어젯밤 임하경이 도망친 이유는 물벼락을 맞아서 정신이 났기 때문이라는 결론을 내렸다. 다른 이유는 없다. 동부지검 검사 최승현의 위상은 아직도 건재하다. 허주상이 핸드폰을 켜고 임하경에게 문자를 날렸다.

"나야. 지금 회사 앞 링컨 커피숍에 와 있어. 오늘 저녁 같이 먹자."

이 정도면 될 것이다. 바쁘신 몸이 회사 앞까지 행차하셨으니 임하경은 나오지 않고는 못 배긴다.

"어떻게 할 거야?"

서경아가 묻자 정기성이 길게 숨부터 뱉었다.

"힘들겠어. 난 아무래도 여기 있어야 할 것 같아."

"나하고 같이 안 가겠다고?"

"미안하다."

"아니, 미안할 건 없고."

잠깐 외면했던 서경아가 다시 정기성을 보았다.

"근데 요즘 왜 그래, 바빠?"

"왜?"

"회사에 전화해도 자주 자리를 비우고, 핸드폰은 안 받는 때가 많고. 카톡도 읽씹이거나 느리고."

"아, 좀 정신없어서."

"뭐가?"

"일이 좀…."

"일이 안 돼?"

"안 되기는, 맨날 그렇지."

정기성은 보험회사 직원이다. 영업부여서 출장이 많기는 하다. 서경아가 정기성과 만난 지 1년 반이나 되었고 양가 집안끼리 서로 인사도 나눈 사이다. 이번에 서경아는 정기성과 함께 베트남에 가려고 석 달쯤 전부터 이야기를 해놓고 있었던 것이다. 모아놓은 돈이 있으니까 베트남에 가서 장사라도 하며 살자고 했다. 그런데 막판인 지금 정기성이 같이 안 가겠다고 한다. 더구나 한 달 반쯤 전부터는 정기성과 연락도 잘 안 되어서 지금까지 세 번밖에 만나지 못했다. 서경아 입장으로는 매일 만나 상의를 해도 모자랄 상황인 것이다. 물론 정기성은 서경아가 회사 돈을 빼돌리려고 하는 것을 모르고 있다. 안다면 질색을 하고 경찰에 신고할지도 모른다. 이윽고 서경아가 물었다.

"오빠, 그럼 우리 헤어지는 거야?"

"난 그런 생각 안 했는데."

깜짝 놀란 표정으로 정기성이 서경아를 보았다.

"다만 여기 있는 것이 나한테는…."

"나?"

서경아가 마침내 정색하고 되물었다.

"지금 '나'라고 했어? '우리'가 아니고?"

"경아야."

"난 '우리'를 위해서 베트남 가자고 했어. 이곳에서 쫓기듯이 사는 게 싫어서."

"그건 알아."

"아는 사람이 '나'한테는 여기 있는 것이 낫겠다고 하는 거야?"

"경아야."

"그럼, 끝내."

자리에서 일어선 서경아가 똑바로 정기성을 보았다.

"난 예정대로 갈 테니까."

석 달 전만 해도 가자고, 가서 새롭게 출발하자면서 적극적이었던 정기성이다. 정기성도 홀어머니 한 분뿐인 데다 형제도 없어서 두 식구인 것이다. 둘이 몸만 떠나면 되었다.

"잘 지내. 그리고 우리 그만 만나."

뱉듯이 말한 서경아가 몸을 돌리면서 왠지 마음이 개운해졌다. 뒤에서 정기성이 잡지 않았고 커피숍을 나온 서경아가 한숨을 쉬었다. 그 순간 욕심이 지나쳤다는 생각이 들었다. 다 가지려고 했던 것이 잘못이다. 하나만 목표로 삼자.

서경아가 커피숍을 나갔지만 김승구는 따라가지 않았다. 서경아는 곧 야간 근무 버스를 타러 갈 것이다. 커피숍에 그대로 앉아 있는 정기성 앞에 선 김승구가 고개를 기울였다. 지금 김승구는 오피스텔에 앉아 있다. 신족통(神足通)으로 날아와 둘의 이야기를 들은 것이다. 고찬호와 강기태가 이야기하던 서경아의 남친이 바로 정기성이었다. 그들은 서경아의 배후를 상당히 경계하는 분위기였는데 실상은 아무것도 모르는 '허당'이었던 것이다. 그러면 서경아는 혼자인가? 그리고 결국 강기태가 뒤집어씌운 비닐 백으로 질식사하는가?

퇴근시간이라 손님들이 자주 왔다 갔다 하더니 6시 55분이 되었을 때 임하경한테서 문자가 왔다.

"커피숍 카운터에 가서 내가 맡겨놓은 가방 찾아 가지고 택시정류장으로 와."

그럼 그렇지. 문자를 읽자마자 허주상이 벌떡 일어났다. 카운터로 다가간 허주상이 말했다.

"저기 건너편 팩스코 임하경 씨가 맡겨놓은 가방 있죠?"

그때 종업원이 되물었다.

"누구세요? 저기 혹시 동부 지청의…."

"예, 맞아요."

"최승현요."

"검사님이세요?"

"맞습니다."

그때 옆으로 사내가 바짝 붙더니 허주상의 팔을 쥐었다.

"최승현 검사?"

"누, 누구…."

놀란 허주상이 눈을 치켜떴을 때 반대쪽으로 붙은 사내가 눈을 부릅떴다.

"방금 네가 그랬잖아, 인마?"

사내 둘이 팔을 뒤로 꺾었기 때문에 허주상의 상반신이 앞으로 기울어져 얼굴로 카운터를 박았다.

"피곤하군."

오피스텔의 '몸'으로 돌아와서 출근 준비를 하면서 김승구가 다시 투덜거렸다. 그러나 '죽겠다'처럼 입에 달고 사는 말이라 실제로 피곤한 건 아니다. 오히려 요즘 신족통(神足通)으로 왔다 갔다 하고 천이통(天耳通), 숙명통(宿命通)을 써서 '개'하고 대화까지 나눈 터라 활기가 일어나 있다.

전생에서 '포메'가 여동생이었다는 것이 꺼림칙하긴 해도 모두 인연이 있다지 않는가? 선을 베풀면 수천 번 생(生)후에라도 보답을 받고 악행(惡行)을 하면 역시 수천 번 생(生)후에라도 응징을 받는다고 했다.

역삼동의 통근버스 정류장에서 버스에 올랐더니 서경아가 혼자 앉아 있었다. 수심에 잠긴 표정이다. 오늘 정기성과 결별을 했기 때문일 것이다. 김승구는 서경아의 옆자리에 앉으면서 눈인사를 했다. 그때 서경아의 속마음이 타심통(他心通)으로 들렸다.

'이 사람, 미군 출신이라 그런지 남자답게 생겼어. 기성 씨하고는 반대야.'

김승구가 어깨를 펴고 앞만 보았다. 서경아의 '마음 말'이 이어진다.

'코도 크고 체격도 다부진 걸 보면 섹스도 잘하겠지?'

김승구는 더 어깨를 폈고 서경아는 마음속으로 생각했는데도 고개를 저쪽으로 돌렸다. 그러나 생각은 계속한다.

'그래. 사랑만 갖고는 안 돼. 남자 구실도 잘해야 하고 재력도 있어야 돼.'

김승구는 소리 없이 입 안에 고인 침을 삼켰다.

'덜 배우면 어때? 전문대 요리학과 1년 수료면 어때? 집에서 짜장면 맛있게 만들어주면 되지. 무슨 경제학 이야기 할 것 있어?'

김승구가 어깨를 늘어뜨렸을 때 서경아의 생각이 이어진다.

'내가 이 사람 유혹해볼까? 그래서 같이 동업하자고 할까? 강기태나 고찬호보다는 믿을 만하지 않을까? 그, 고찬호 윗선도 아직 밝혀지지 않은 상황이라 겁나.'

김승구가 어금니를 물었다.

그때 김승구가 말했다.

"업무 끝나고 차나 한 잔 하실까요?"

순간 서경아가 눈을 크게 뜨더니 고개를 끄덕였다.

"네, 그래요."

"내일 아침에 퇴근버스 같이 타시죠."

"그래요."

서경아의 얼굴에 웃음이 떠올랐다.

"1번 게이트에서 뵈어요."

"그럽시다."

김승구의 얼굴에도 웃음이 떠올랐다. 문득 전생에서 서경아와 어떤 인연이 있었는지 궁금해졌다. 임하경은 전생에 자신의 발 닦는 종이었으며, 우물 안에서 구해준 '개'는 전생에 여동생이었다는 것이다. 전생에서 인연이 있는 관계끼리만 다시 만나게 되는 것일까? 그때 서경아가 물었다.

"팩스코가 어떤 기업인지 아시죠?"

"미국에서 두 번째로 큰 유통회사 아닙니까?"

김승구가 바로 대답했다.

"세계에서 세 번째 큰 유통그룹이고요."

"팩스코 회장 도날드 킹스턴은 세계 제2의 갑부지요. 빌 게이츠 다음으로요."

"그건 압니다."

"재산이 1500억 불인데 실제로는 그 두 배인 3천억 불이라는 소문도 있어요."

"소문을 믿어요?"

"내 생각에는 그럴 것 같아요."

서경아가 웃음 띤 얼굴로 김승구를 보았다.

"돈이 왔다 갔다 하는 걸 보면요."

"참, 경리부에 계시지."

"술 잘 드세요?"

서경아가 화제를 바꿨다.

"예, 좀 합니다."

"낮에 술 드신 적 있으세요?"

"그럼요."

"내일 저녁 근무니까 낮에 술 마시는 수밖에 없네요, 그렇죠?"

"그러네요."

다시 고개를 끄덕인 김승구가 서경아를 보았지만 생각이 들리지는 않았다. 마음속을 다 털어놓은 것 같다.

"나, 내일 휴가야."

사무실에서 만난 강기태가 말했다.

"그러니까 내일은 김승구 씨 혼자 근무를 해야겠어."

"뭐, 상관없습니다."

김승구가 발을 떼면서 말했다. 둘은 계단을 올라가는 중이다. 오후 8시 반, 계단을 오르는 두 사람의 발자국 소리만 울리고 있다.

"그런데 말이야."

걸음을 멈춘 강기태가 김승구를 보았다. 이곳은 3층 계단의 중간이다. 14계단씩 2개를 올라야 다른 층이 나오고 14계단 사이에 사방 3미터 정도의 모퉁이가 있다. 둘은 모퉁이에서 마주보고 섰다.

"김승구 씨, 솔직히 경비원 노릇 하는 거 지겹지 않아?"

"강 선배, 갑자기 왜 그러쇼?"

김승구가 웃음 띤 얼굴로 되물었다.

"어디 좋은 곳 있어요?"

"좋은 데 있으면 나부터 가고 나서 소개해줄게."

따라 웃은 강기태가 말을 이었다.

"갑자기 내가 한심해져서 하는 소리야."

"먹고살려면 할 수 없지요."

"미국 시민권자 아냐? 미국이나 가지 그래?"

"거기서 뭐 별일 있습니까? 여기나 똑같지요."

"가족도 없는데 뭐, 가릴 것 있나?"

"그래도 여기서 자랐지 않습니까?"

"미군에 있을 때 아주 군대에서 말뚝 박지 그랬어?"

"전쟁터에 있을 때는 시간 가는 줄 몰랐는데 부대 생활은 따분하더라고요."

"젠장. 나 같으면 말뚝 박았다."

다시 발을 뗀 강기태가 말을 이었다.

"다음 주에 한국법인 사장이 여기 온다는군. 감사를 나온다는 거야."

강기태가 투덜거리며 앞장을 섰다.

"다음 주는 우리가 주간 근무라 고달프겠어. 사장이 며칠 이곳에 있을 테니까 말이야."

팩스코한국 법인 사장은 마틴 포크너다. 김승구는 서울 영업부에 있었지만 포크너 얼굴도 못 보았다.

오늘도 '각자 순찰'이어서 김승구는 14층 베란다의 소파에 앉아 어둠에 덮인 창밖을 본다. 강기태는 7층에서 아래로 내려갔고 김승구는 올라온 것이다. 강기태가 내일 휴가를 냈다는 것은 이번 '강도질' 때문일 것이다. 팩스코에 입금된 세탁용 자금을 빼돌리는 주역은 서경아다. 조연으로 각 은행에 분산시킨 자금을 찾는 역할이 고찬호와 강기태까지 확인되었다.

이곳에 경리부, 총무부 등 본사 건물이 있지만 '서울 본사'라고 불리는 역삼동의 '팩스코 빌딩'에서 근무하는 한국법인 사장 마틴 포크너가 다음 주에 이곳으로 감사를 나온다는 것이 '강도팀'을 다급하게 만든 것 같다.

내일 아침에 함께 퇴근을 하기로 약속한 '대장' 서경아도 그것을 알고 있을까? 김승구의 얼굴에 쓴웃음이 떠올랐다. 강기태가 한 말이 떠올랐기 때문이다. 경비원 노릇 하는 것이 지겹지 않느냐고 물었지만 대답을 안 했다.

"그래, 대답할게."

김승구가 빈 베란다에 대고 말했다.

"목표를 세우기 전까지는 지켜웠다."

그 목표는 팩스코를 장악하는 것이다. 그래서 세계적인 기업의 총수가 되어서 새 세상을 만들겠다.

'그러기 위해서는?'

이것은 김승구의 속생각이다.

'이렇게 경비만 서다가는 백년이 지나도 이 모양 이 꼴이 될 것이다.'

"꽝!"

요란한 폭음에 김승구가 깜짝 놀라 허리를 폈다. 어둠 속에서 앞쪽 건물의 중간쯤이 불타오르고 있다. 마치 9·11 테러 때 건물 중간 부근이 폭발한 것 같다. 폭발 때문인지 17층 건물의 불은 모두 꺼지고 10층 부근만 불길에 덮여 있어서 더 잘 드러났다. 제5창고 건물이다. 그때다. 다시 폭음이 울리면서 불길이 창밖으로 뿜어졌고 건물 잔해가 튕겨 나왔다. 동시에 무전기에서 사무실에 있던 경비원의 목소리가 울렸다.

"4조! 4조! 들리나?"

"들린다!"

김승구가 대답했을 때 강기태 목소리도 들렸다. 그러자 사무실 경비가 소리치듯 말했다.

"5창고에 폭발물 사고! 원인 불명! 지원할 것!"

"아, 그럼 5창고로 가겠다!"

강기태가 먼저 대답했다.

"김승구 씨, 5창고 앞에서 봐!"

대폭발이다. 그들이 5창고 앞에 섰을 때는 이미 불길이 10층에서 위쪽 2개 층까지 번지는 중이었다. 주위에는 각 창고 경비원과 본사 건물에서 근무하던 사원들까지 금세 백여 명이 모여 있었는데 안에 들어갈 엄두를 내지 못했다. 경비대 본부에서 출입을 금지시켰기 때문이다. 안에 있던 경비원도 모두 나온 데다 5창고는 주류 창고여서 휘발성 물체가 많다. 소방차가 올 때까지 기다리라는 당직 책임자의 지시였다.

"꽝!"

그때 11층에서 다시 폭발이 일어났다.

"저긴 고급 주류야! 이젠 들어갈 필요 없어!"

5창고 경비원이 소리쳤다. 불길이 뜨거웠기 때문에 그들은 멀찌감치 물러났다. 그때 멀리서 소방차의 사이렌 소리가 울렸다.

"승구 씨 담당 창고예요?"

뒤에서 묻는 소리에 김승구가 고개를 돌렸다. 서경아다. 시선을 받은 서경아가 웃자 어둠 속에서 이가 더 희게 드러났다.

"아니, 난 4창고 담당입니다."

주위에 모여 선 남녀 사원들은 불구경 하느라고 정신이 없다. 가끔 외침과 탄성이 울리는 것은 불에 탄 파편이 떨어지기 때문이다. 소방차가 진입해왔기 때문에 구경꾼들은 물러섰다. 김승구도 경비팀과 함께 구경꾼 정리를 했는데 서경아는 계속해서 뒤에 붙었다.

"불이 저절로 일어날 리는 없잖아요. 더구나 경비조가 순찰을 하는데."

김승구가 듣기만 했고 서경아가 말을 이었다.

"다음 주에 사장이 온다는 말 들었죠? 그래서 재고 조사를 못 하게 하느라고 창고에 불을 질렀을 수도 있죠."

주위를 둘러본 김승구가 서경아 옆으로 바짝 다가섰다. 주위 사람들은 소방차 구경하느라고 정신이 없다. 김승구도 경비원들이 수군거리는 소리를 들은 것이다. 서경아와 비슷한 소리였다.

"제5창고에 주류가 대부분이라면서요?"

"아뇨. 12층에는 그림, 골동품이 가득 차 있어요. 수억 불 가치가 나가는 외국 작가 작품이죠."

자금 담당 서경아는 경비 신입 김승구보다 팩스코 재산을 잘 아는 것이 당연했다. 바짝 다가선 서경아가 말을 이었다.

"하지만 보험에 다 들어놓아서 손해 보지는 않겠지요."

김승구가 불길이 더 세어진 제5창고를 보았다. 불길은 12층을 삼키고 13층으로 올라가는 중이다.

전화기를 내려놓은 마틴 포크너가 앞에 선 머피를 보았다.

"10층부터 시작해서 14층이 타고 있다는군. 불길이 더 거세진다는 거야."

10층, 11층이 주류창고인 것이다. 머피가 한 걸음 다가섰다.

"전기 누전으로 화재 감정이 될 것입니다. 보험사 감정반이 오겠지만 완벽하게 조치해놨다고 합니다."

"알았어."

벽시계가 밤 11시를 가리키고 있다. 서울 사무실 안. 사장실에서 포크너가 재무담당 전무와 둘이서 용인 창고의 화재 보고를 받고 있는 것이다. 방금 포크너는 화재 현장에 있는 재고부장의 보고를 받았다. 머피가 목소리를 낮췄다.

"2개 보험사에서 5억 8천만 불 정도는 받을 수 있을 것 같습니다."

"당연히 받아야지."

포크너의 얼굴에 웃음이 떠올랐다.

"우리가 보험회사에 낸 돈이 얼만데."

"다음 주에 창고 감사를 내려가기로 되어 있었기 때문에 정리하느라고 어수선한 상황에서 화재가 난 것이죠."

"딱 분위기가 맞는군. 재고 정리를 하다보면 사고가 많이 일어나지."

그때 벽에 붙어 서 있던 김승구가 발을 떼었다. 이제 팩스코를 장악하겠다는 목표가 더욱 굳어졌다. 화재 현장에 있다가 문득 사장 마틴 포크너가 떠올라서 와 봤더니 사건의 내막을 알게 되었다. 이번 화재는 방화다. 보험금을 노리고 재무담당 전무 머피와 사장 포크너가 계획한 범죄다. 공장 안에 둘의 지시를 받은 방화범이 있을 것이다.

제7창고 뒤쪽은 잔디가 깔린 축구장으로 빈 관중석은 어둠에 덮여 있다. 화재가 난 5창고는 6창고 뒤쪽이어서 위쪽 하늘만 붉게 물들었을 뿐 보이지 않는다. 관중석에 두었던 몸으로 돌아왔을 때는 밤 12시, 화재는 17층까지 태우고 조금씩 진화되는 중이다. 신족통(神足通)으로 다른 곳에 갈 적에는 몸이 혼수상태가 된 것처럼 숨만 쉴 뿐이다. 그래서 누가 떼메 가도 모르기 때문에 사람이 없는 곳에 두어야 한다. 그때 옆에 놓인 무전기가 울렸다. 응답했더니 강기태다.

"지금 어디야?"

"예. 화재 현장에 있다가 돌아가는 길입니다."

자리에서 일어나며 그렇게 대답했더니 강기태가 말했다.

"우리 둘은 4창고에서 화재 현장 지원팀으로 배치되었어. 현장에서 봐."

잠시 쉬고 돌아가려 했더니 계속 화재 현장 근무다. 서경아는 본사 건물로 돌아갔는지 이제 보이지 않는다.

그 시간에 서경아는 고찬호와 본사 건물 뒤쪽의 나무 밑 벤치에 나란히 앉아 있다. 이곳은 건물과 떨어진 데다 앞쪽이 꽤 큰 연못이어서 CCTV도 없다. 본사 건물에 가려진 화재 현장은 보이지 않았고 희미한 소음만 들리고 있다. 그때 고찬호가 입을 열었다.

"다음 주 수요일로 하지. 목요일에 사장이 온다니까 말이야."

고찬호가 고개를 돌려 서경아를 보았다. 나무 밑 벤치는 한낮에도 그늘에 가려서 잘 보이지 않는 위치다. 밤인 데다 주위 조명도 없었기 때문에 고찬호의 눈 흰자위만 보였다.

"우린 준비가 다 되었어. 너무 기다리게 하면 긴장이 풀려서 정보가 새나갈 위험이 있어."

"시간은 내가 정해요."

고찬호의 시선을 받은 채 서경아가 한마디씩 분명하게 말했다.

"그리고 돈이 입금된 지 만 하루가 지나야 이동시킬 수 있는 데다 머무는 시간은 사흘에서 길어야 나흘입니다. 그러니까 기다려요."

"이런 지미럴."

"몇 명이나 동원할 거죠?"

"그건 내가 정하니까 그쪽도 상관할 일이 아냐."

"나도 안전장치가 있어야 되겠어요."

서경아가 말하자 고찬호의 눈 흰자위가 더 커졌다.

"안전장치라니?"

"돈만 찾고 오리발을 내놓으면 나만 병, 뜨는 게 되겠죠?"

"찾는 현장 앞에서 같이 있기로 했잖아?"

고찬호가 서경아 쪽으로 상체를 기울였다.

"그럼 애인하고 같이 있든가."

73

"내가 알아서 하죠."

자리에서 일어선 서경아가 말을 잇는다.

"어쨌든 다음 주에 해요. 사장이 오는 날하고는 관계가 없으니까 신경 쓸 건 없다고요."

다음 날 아침, 경비팀은 화재 뒷수습을 해야 되었기 때문에 김승구는 평소보다 4시간이나 늦은 오전 11시 반경에야 퇴근버스를 탔다. 대신 오늘은 휴무다. 내일 오후 8시까지 하루 반나절 휴무인 셈이다. 서경아한테는 미리 전화를 했기 때문에 같이 퇴근해서 차 한 잔 같이 마신다는 계획은 미뤄졌다. 피곤했기 때문에 버스 안에서 잠깐 잠이 들었던 김승구는 온몸에 뜨거운 기운을 느끼고는 눈을 떴다. 그 순간 눈앞에 불덩어리에 덮인 대지가 나타났다. 꿈속이다. 대지는 화염에 싸여 있었는데 멀쩡한 모습의 사내가 김승구를 향해 다가오고 있다. 말쑥한 검정색 양복에 흰 얼굴, 검은 눈동자, 짙은 눈썹, 곧은 콧날과 굳게 다물린 입술, 빼어난 미남이지만 차가운 표정이다. 그때 두 걸음쯤 앞에 선 사내가 김승구에게 말했다.

"내가 너한테 들어간다."

"무슨 말이야?"

김승구가 묻자 사내가 한 걸음 다가섰다.

"넌 부처의 시종장 에슈탄으로 능력을 받았지만 악마의 제자이기도 하다."

사내의 얼굴에 웃음이 떠올랐지만 서늘하다. 불길을 녹일 만큼 차갑다.

눈을 뜬 김승구가 긴 숨을 뱉었다. 꿈이다. 피로했기 때문인 것 같다. 악마가 내 몸 안에 들어오다니, 가당키나 한 말인가? 나는 부처의 시종장 '에슈탄'이었던 몸이 아닌가? 김승구의 입가에 저절로 쓴웃음이 번졌다.

버스에서 내린 김승구가 오피스텔 현관으로 들어섰을 때다. 앞으로 다가오는 여자가 시선에 들어왔다. 날씬한 몸매, 긴 머리가 걸을 때마다 이리저리 흔들린다. 갸름한 얼굴, 맑고 큰 눈이 김승구의 시선을 받더니 더 또렷해졌다. 김승구가 시선을 준 채 여자하고 두 걸음 거리로 다가갔을 때 말했다.

"내 방으로 가지."

여자가 바로 대답했다.

"그래요."

몸을 돌린 여자가 김승구의 옆으로 바짝 붙더니 함께 걷기 시작했다. 여자한테서 상큼한 향내가 맡아졌다. 색향(色香)이다. 엘리베이터에 오른 여자가 김승구에게 어깨를 딱 붙였다. 시선이 마주치자 눈웃음을 친다. 색기(色氣)가 철철 넘치는 모습이다.

한 시간쯤이 지난 후, 침대에 누운 김승구가 물끄러미 천장을 바라보고 있다. 방 안은 이곳저곳에 벗어 던진 옷가지가 흩어져 있고 침대 시트는 아래쪽에 뭉쳐 있다. 욕실에서 샤워기의 물 떨어지는 소리가 들린다. 이제는 김승구도 인정한다. 악마가 몸 안에 들어온 것이다. 앞으로 악마의 소행은 어떻게 이어질 것인가. 그리고 그것을 막을 방도는 없는가? 나는 부처가 주신 다섯 개 신통력에다 악마의 능력까지 가진 존재가 된 것

75

인가? 아니다.

김승구가 상반신을 일으켰다. 악마의 능력은 '죄'를 짓는 것이다. 나는 방금 여자를 유혹하여 '관계'를 맺었다. 여자를 악마의 힘으로 홀려서 욕심을 채운 것이다. 악마는 나를 무너뜨리려고 한다. 나는 부처와 악마를 함께 품고 있는 괴물이 되었다.

그때 화장실 문이 열리면서 고윤희가 나왔다. 27세, 강남 성심병원 레지던트 1년 차. 겉으로는 세련되고 아름다운 용모지만 병원에 들어가면 응급실 막내로 천덕꾸러기다. 오늘도 출근하는 도중에 김승구에게 '홀려서' 이렇게 되었다. 타월로 아래만 가린 고윤희가 다가 왔다.

"큰일 났어."

고윤희가 울상을 짓고 말했다.

"오늘 오후 2시에 출근해야 되는데 벌써 2시 반이야."

"니가 좋아서 따라와 놓고 왜 이래?"

김승구가 옷을 걸치면서 웃었다.

"나 몰라."

타월을 던진 고윤희가 옷을 주워 입으면서 말을 이었다. 얼굴이 빨갛게 달아올랐다.

"내가 귀신한테 홀렸나 봐."

정곡을 찌른 말이었지만 고윤희는 그냥 한 말이다.

대충 옷을 입은 고윤희가 김승구를 빤히 보았다.

"날 어떻게 끌고 온 거야?"

"왜? 기억이 안 나? 네가 따라왔잖아."

다가선 김승구가 빤히 고윤희를 보았다.

"갑자기 끌린 것이지. 사람은 일생에서 이런 일이 한 번쯤 일어날 수도 있다고 들었어.”

“기적이야?”

“그렇게 해석해도 되고.”

“자기는?”

“나도 처음이야.”

“난 자기에 대해서 아무것도 몰라.”

“난 김승구야. 회사에 다녀.”

“내 이름은 고윤희, 레지던트야.”

김승구가 고개를 끄덕였다. 이미 다 알고 있는 것이다.

“난 어떡해?”

다시 정신을 차린 고윤희가 발을 굴렀다.

“선배가 날 잡아먹을 거야. 바이스(레지던트 3년 차) 중 하나가 나를 노리고 있거든.”

“왜?”

“내가 만나주지 않으니까.”

“오늘 아파서 너한테 말도 하지 못할지도 몰라.”

“그 자식 별명이 멧돼지야. 사흘 철야를 밥 먹듯이 해도 쌩쌩한 놈이라고.”

“글쎄, 가 봐, 넌 괜찮을 테니까.”

“나 몰라.”

몸을 돌렸던 고윤희가 핸드폰을 꺼내들고 말했다.

“전번 말해줘.”

색욕이 일어나 욕정을 풀었다. 혼자가 되었을 때 김승구가 고개를 들고 물었다.

"전에는 이런 욕망이 일어나도 절제했습니다. 그런데 지금은 안 됩니다."

대답이 없었지만 김승구가 말을 이었다.

"부처시어, 아십니까? 내 몸 안에 악마가 들어왔습니다."

숨을 고른 김승구가 목소리를 높였다.

"그럼 내 몸의 다섯 개 능력을 악마가 휘둘러도 된단 말입니까?"

그때 옆에서 부처가 말했다.

"악마가 널 찾은 건 당연하다."

깜짝 놀란 김승구가 그쪽을 보았지만 형체는 보이지 않고 목소리만 울렸다.

"인간은 부처와 악마가 함께 있도록 만들어졌다. 그래서 너는 그 둘의 능력을 다 갖게 된 것이다."

"왜 제가…."

"내가 들어왔기 때문이지."

부처의 목소리에 웃음이 띠어졌다.

"그래서 공평하게 악마가 찾아온 거다."

"부처시여, 그러면…."

"힘껏 살아라."

부처가 맑은 목소리로 말했다.

"때로는 선과 악이 싸워야 할 때도 있을 것이다. 누가 이기고 지느냐에 따라서 세상이 변한다는 것만은 명심해라."

김승구의 머릿속이 맑아지는 느낌이 왔다. 부처가 오더니 악마가 따라왔다. 선악이 함께 있는 것이 인간이다. 어디, 부처님만 사는 세상인가? 김승구는 깨우쳤다. 힘껏 살리라. 악마가 될 때도 있겠지만 그때는 힘껏 노력해야 될 것이다. 그때 김승구의 가슴에서 불덩이가 치밀어 오르는 느낌을 받는다. 악마인가?

오후 4시 반, 클라크 미첨은 개운한 기분으로 헬스클럽의 현관을 나왔다. 회사 근처의 회원제 헬스클럽에서 매일 1시간씩 운동을 하고 나오는 것이다.

"클라크 씨."

뒤에서 부르는 소리에 클라크는 몸을 돌렸다. 김승구다. 김승구를 본 순간 클라크가 이맛살을 찌푸렸다가 바로 웃었다. 그 변화가 너무 빨랐기 때문에 꾸민 것 같다. 그렇지만 진심이다.

"아, 김, 여기 웬일이야?"

웃음 띤 얼굴로 물은 클라크가 바로 말을 이었다.

"그래. 지금 회사 들어가는 길에 인사 부장한테 자네를 다시 영업부로 발령 내라고 할게."

김승구는 고개만 끄덕였고 시선을 받은 채 클라크가 열심히 말했다.

"내가 자재 부장한테도 말할 테니까 문제없어. 내일 중으로 발령이 날 거야."

"임하경이 거짓말로 나를 모함한 건데."

정색한 김승구가 말했다.

"그렇다는 증거를 찾기 어려우니까 내가 며칠 만에 복귀하는 명분이 있어야 되지 않겠어?"

"맞아, 맞아."

현관에서 옆으로 비켜선 클라크가 연신 고개를 끄덕이더니 물었다.

"어떻게 하지?"

"임하경이 오늘 퇴근 무렵에 자술서를 보내 올 거야. 김승구를 모함했다는 내용인데 양심의 가책을 받아서 자백을 한 것이지. 그거면 됐지?"

"그렇다면 문제될 것이 없지. 그럼 임하경은 어떻게 조치하지?"

"잘못은 저질렀지만 자백을 했으니까 3개월 감봉쯤이면 되겠지."

"알았어."

고개를 끄덕인 클라크가 몸을 돌렸다. 클라크의 뒷모습을 보면서 김승구가 쓴 웃음을 지었다. 자술서는 임하경의 컴퓨터에서 메일로 보내질 것이었다. 임하경의 통장 비밀번호까지 다 알고 있는 터라 그쯤은 일도 아니다.

"김 선배는?"

고윤희가 묻자 유영호가 어깨를 추켜올렸다가 내렸다.

"지금 누워 있어."

"어디에?"

"내과."

"내과? 왜?"

"한 시간 전에 갑자기 배가 아프다고 해서 여기 있다가 내과로 올라갔어. 지금 강 교수님이 내시경 봐주고 있을 거야."

"미치겠네."

고윤희의 얼굴에 웃음이 떠올랐다. '살았다'는 표정이다. 그러다 문득 김승구의 말이 맞았다는 생각이 들자 숨을 들이켰다. 점쟁이다. 홍대 앞에 가서 '타로 점'을 봐도 되겠다. 아니면 이대 앞에 가서 '북한산도령' 간판을 걸든지. 물론 기뻐서 지금 농담 식 생각을 한 거다.

"미치겠네."

모니터를 노려본 임하경이 지금 세 번째 혼잣소리를 하고 있다. 임하경이 노려보고 있는 것은 자신이 쓴 '메일'이다. 메일함에 자신이 영업 그룹장 클라크에게 보낸 메일이 있는 것을 보고 열었다가 기절초풍을 한 것이다. 메일은 이미 20분 전에 클라크에게 보내졌다. 수신 확인을 했더니 이미 보았다. 메일 내용은 이렇다.

'존경하는 클라크 그룹장 귀하,

영업 2부 3과 7조의 임하경이 양심의 가책을 받고 사실을 말하겠습니다. 지난번 제 조원 김승구가 저를 사적으로 유혹했다는 말은 거짓말입니다. 김승구가 마음에 들지 않아서 지어낸 말이었습니다. 김승구의 업무 태도에 대해서도 거짓말을 했습니다. 이에 사실을 자백하오니 시정해 주시기를 바랍니다. 또한 본인은 이 결과에 대한 책임을 지겠습니다.

임하경 드림.'

임하경이 다시 심호흡을 했다. 내가 쓴 기억은 없다. 그러면 누가 썼단 말인가? 내 컴퓨터 비밀번호까지 다 알고 있다니. 안전장치까지 해놓았는데, 도대체 누가, 귀신이?

"미치겠네."

다시 혼잣말을 한 임하경이 시계를 보았다. 클라크에게 갈 생각은 일어나지 않는다. 이미 엎질러진 물이고 깨진 국그릇이다. 임하경이 컴퓨터를 끄고는 벌떡 일어섰다. 이 자리에 앉아 있기도 무섭다.

"아휴, 형님, 반갑습니다."

활짝 웃으면서 다가온 배기남이 김승구가 내민 손을 두 손으로 쥐었다.

"어, 반갑다."

김승구도 웃음 띤 얼굴로 배기남의 손을 잡는다. 오후 7시, 이곳은 영등포시장 근처의 돼지갈비 식당 안. 손님이 가득 찬 식당 안은 소란했지만 편한 분위기다. 김승구가 먼저 와서 기다렸지만 이곳은 배기남의 집 근처다. 배기남에게 약속장소를 잡으라고 했더니 이곳으로 정한 것이다. 술과 돼지갈비를 시킨 김승구에게 배기남이 물었다.

"형님, 몸은 괜찮으시죠?"

사고가 난 것은 열흘 전이다. 언론에도 떠들썩하게 보도되었고 김승구가 입원했을 때 배기남은 문병까지 왔었다.

"응, 멀쩡해."

"거기, 경비 일은 잘 되시고…"

배기남이 우물거렸기 때문에 김승구가 풀썩 웃었다. 배기남은 26세. 김승구보다 생일이 반년 늦지만 깍듯이 '형님'으로 모셨다. 그것은 배기남도 전문대를 나온 데다 공수특전대 하사 출신이었기 때문이다. 한국 군번도 늦다. 김승구와 배기남은 팩스코 입사 동기로 면접장에서 몇 시간 말을 튼 사이였는데 그 후로 시간이 나면 서로 안부를 물었다. 배기남은 총무부 소속이 되어 팩스코 트럭을 운전하고 있다.

"넌 운전사가 적성에 맞니?"

"먹고살려고 하는 거지 지금 적성 따질 만한 형편입니까?"

김승구의 잔에 술을 채우면서 배기남이 말을 이었다.

"형님도 영업부로 갔다가 경비팀으로 옮기니까 기분 안 좋지요?"

"당연하지."

술잔을 든 김승구가 얼굴을 펴고 웃었다. 배기남은 180 정도의 키에 100킬로쯤 나가는 거구다. 제대하고 나서 20킬로가 늘었다는데 배가 조금 나왔을 뿐이지 운동 부족은 아니다. 유도 3단, 격투기에도 능해서 '한 번 잡으면' 끝낸다고 본인이 호언한다.

"계속 경비 일 하실 거요?"

다시 배기남이 묻자 김승구의 얼굴에서 웃음이 지워졌다.

"너, 나하고 영업부에서 같이 일하지 않을래?"

"영업부요?"

퍼뜩 눈을 크게 떴던 배기남이 피식 웃었다.

"형님, 그 농담 진심입니까?"

"진심이다."

"형님이 무슨 재주로 그렇게 합니까?"

"난 내일 영업부로 복귀할 거다."

"어떻게요?"

"업무 착오로 발령이 났던 거지. 그래서 복귀되는 거야."

"그게 나하고 무슨 상관입니까?"

"영업 그룹장 클라크 미첨이 널 선발할 거다. 네 근무 성적이나 적성이 영업부에 맞는다고 하겠지."

"날 어떻게 알고 그런답니까?"

"내가 말해줄 거야."

"형님이 클라크를 밀가루 반죽처럼 주물럭거린다는 겁니까?"

"내가 밀가루 반죽은 잘했지. 요리학과에 다닐 때 말이다, 1학년만 마쳤지만."

"형님, 농담 그만 합시다."

배기남이 소주잔을 들었기 때문에 김승구도 머리를 끄덕였다.

"어쨌든 내일 발령을 받으면 놀라지 말고, 군소리 말고 영업부로 와라."

그러고는 김승구가 똑바로 보았다.

"명심해."

앞으로 배기남은 조수가 된다.

다음 날 오전 10시 정각, 김승구는 핸드폰으로 인사발령 통보를 받았다. 핸드폰과 연결된 메일로 통보가 온 것이다. 김승구는 다시 영업 2부 5과로 복귀되었다. 아직 조(組)는 결정되지 않았다. 어제 늦게까지 근무해서 공장 경비직은 쉬는 날이었지만 김승구는 11시에 서울 사무소에 출근해서 클라크에게 신고를 했다. 사무실 동료들이 겉으로는 반기는 기색을 보여도 속으로는 엄청 놀랐을 것이다. 이런 일은 처음이었기 때문이다. 임하경은 사무실에서 보이지 않았다.

그 시간의 총무부 사무실, 수송팀 사무실은 용인 본사에서 4킬로쯤 떨어진 주차장에 있었는데 배기남은 막 배달을 나가려다가 부장급 팀장에게 호출을 당했다. 부장이 앞에 선 배기남에게 물었다.

"너, 사장님하고 뭐 되냐?"

팀장은 50대 초반으로 정년이 내년이라고 했다. 부장의 시선을 받은 배기남이 고개부터 저었다.

"아뇨? 그 양반 얼굴도 모르는데요?"

"근데 왜 이렇게 되었지?"

"뭐가요?"

"너 말이다."

"제가 어째서요?"

"정말 암 것도 모르냐?"

"나, 참, 뭘 안단 말입니까?"

"너 오늘 자로 본사 영업부로 발령 났다, 그것도 영업직으로."

긴가민가했던 배기남은 심장이 뚝 떨어지는 느낌을 받고는 입만 떡 벌렸다. 부장이 고개를 비틀면서 말을 이었다.

"내일부터 영업부로 출근하란다."

"…"

"회사가 불이 나서 인사부장 정신이 나간 건가?"

"…"

"아니면 영업부장이 네 이름하고 같은 동명이인을 잘못 뽑은 것인지…"

"…"

"물어볼 수도 없고 난처하네."

"…"

"너, 정말 몰라?"

"저, 가도 되죠?"

"어디를 가?"

"부장님 헛소리만 듣고 서 있으란 말입니까?"

"아니, 이 자식이 영업부로 간다고 지금 나를…"

그때 배기남이 몸을 돌렸고 부장은 잡지 않았다.

서경아의 전화가 왔을 때는 오전 11시 반이었다.

"잘 쉬었어요?"

서경아의 나긋나긋한 목소리를 들은 김승구가 어깨를 부풀렸다가 내렸다. 금방 눈이 뜨거워졌고 입 안이 마른 느낌이 든다. 전에는 이러지 않았다.

"아, 좀 쉬었더니 개운하네. 그런데 경아 씨, 사내 소식 못 본 모양이네."

"뭐를요?"

"내가 오늘 10시에 다시 원부서로 복귀 발령을 받았어요."

"어머나!"

"나도 예상 못 한 일이라 지금도 어리둥절해."

"축하해요."

서경아의 목소리는 조금 굳어졌다. 거리감을 느낀 것 같다. 정신을 차린 서경아가 이제는 조금 밝은 목소리로 떠들었는데 가식이 끼었다. 그래서 길다.

"어머, 정말 잘 되었네요. 한잔 사셔야겠어요. 이제 보기 힘들겠지요?"

"아니, 천만에."

"지겹지 않느냐고 물은 게 바로 어젠데, 그것을 하느님이 들으셨나 봐요."

"그런가?"

사람들은 뜻밖의 횡재는 왜 꼭 하느님이나 귀신 탓으로 돌릴까? 그것은 파충류의 혼(魂) 때부터 이어진 억겁의 인연 때문이란다, 이 바보야. 그때 김승구가 말했다.

"경아 씨, 오늘은 출근해야 되니까 그렇고, 내일은 저녁 근무인가요?"

"아뇨. 내일부터 낮 근무에요."

"잘 됐네. 그럼 내일 저녁에 한잔합시다. 경아 씨하고 첫 축하주 마시는 거요."

"좋아요."

서경아가 바로 승낙했다.

“내일 저녁 시간, 장소 알려주세요.”

서경아는 만나야 한다.

그날 저녁 8시, 오늘도 김승구와 배기남은 영등포 돼지갈비 식당에서 술을 마시고 있다. 오늘은 축하주다. 배기남도 내일부터 영업부에 출근하게 될 것이다. 술잔을 든 김승구가 배기남을 보았다. 이제 둥근 탁자 위에 빈 소주병 3개가 놓였고 4병째 소주를 마시는 중이다.

“잘 들어라.”

“예, 형님.”

“넌 내 조수다.”

“예, 형님.”

지금까지 김승구는 자신의 '능력'을 말해주지 않았다. 믿지도 않겠지만 믿는다면 존경심이 떨어지게 될 것이다. 그냥 놀라게 하는 것이 이롭다. 그래서 배기남은 갑자기 닥쳐온 행운에 기뻐하면서도 불안해한다. 당분간 능력은 숨기는 것이 낫다.

“잘 들어.”

“예, 형님.”

“클라크는 내일 우리를 같은 조(組)로 편성할 거야.”

“예, 조장님.”

“둘이 있을 때는 편하게 형님이라고 해.”

“예, 형님.”

“영업부 일은 둘째 치고 우리가 당장 해야 될 일이 있다.”

“뭡니까?”

“곧 엄청난 자금이 팩스코 계좌에서 빠져나갈 거다.”

"무슨 말입니까?"

"경리부 대리가 팩스코에 입금된 불법 자금을 빼돌리는 것이지. 이번 주 중에 거금이 빠져나갈 거야."

서경아가 고찬호, 강기태 등과 공모한 자금 횡령 계획을 설명하는 동안 배기남이 숨도 쉬지 않고 들었다. 다 듣고 나서 배기남의 첫 번째 질문이 이것이다.

"형님은 어떻게 해서 이 계획을 알게 되신 겁니까?"

제정신인 사람은 당연히 그것이 가장 먼저 궁금했을 것이다. 이미 예상하고 있었던 터라 김승구가 바로 대답했다.

"우연히 엿들었어. 그러고 나서 계속해서 그놈들의 말을 엿듣고 미행한 것이지."

"정말이라면 형님이 대단하십니다."

배기남이 김승구에 대해서 먼저 놀랐다.

"용인 경비실에서 근무한 지 며칠 만에 그런 음모를 발견하시다니요."

"그건 됐고."

"회사에 신고하실 겁니까?"

"내가 미쳤냐?"

김승구가 눈을 치켜떴다.

"이놈들이 썩었다. 자, 두 번째 사건을 말할 테니까 들어."

"그것도 엿들으신 겁니까?"

"그래."

술잔을 들고 한 모금에 삼킨 김승구가 이번에는 제5창고 화재 사건을 말하기 시작했다. 보험금을 타려고 창고에 불을 지른 사건이다. 주모자는 '팩스코 서울법인' 사장 마틴 포크너. 예상 보험 수령액은 5억 8천만 불. 재무담당 전무 머피와 짜고 방화한 사건이다. 이윽고 다 듣고 난 배기남이 심호흡을 두 번이나 했다.

"가만두면 안 되겠네요, 개새끼들."

이제는 어떻게 알게 되었느냐고 묻지 않았다.

"뭐요? 김승구가 다시 본사로?"

오후 10시, 강기태가 고찬호의 전화를 받고 소리쳐 되물었다. 고찬호와 강기태도 오늘은 쉰다. 그래서 고찬호가 이제야 인사이동 발표를 보고 강기태에게 연락을 한 것이다.

"아니, 그게 웬일이래?"

강기태가 툴툴거렸다. 지금 강기태는 행동대로 뛸 후배 두 명하고 같이 술을 마시는 중이다. 카페 복도로 나온 강기태가 핸드폰을 귀에 딱 붙이고 물었다.

"형, 그놈이 눈치챈 것은 아니지요?"

"그걸 나한테 물으면 어떻게 해. 네 조원 아니었어?"

"눈치챈 것 같지는 않아요. 하지만…."

"내가 알아보았더니 김승구 조장이었던 기집애가 양심의 가책을 받고 모함했다는 자백서를 보냈다는 거야. 소문이 다 났대."

"별 미친년 다 보았네."

"내일부터 영업부 근무라니까 경비팀으로 내려와서 인사하고 자시고 하지도 않을 모양이다."

"하긴 며칠 근무했다고…."

어깨를 늘어뜨리면서 강기태가 말을 이었다.

"빨리 일 끝냅시다. 이것저것 신경 쓰여서 신경쇠약 걸리겠어."

핸드폰을 귀에서 떼면서 강기태는 김승구에게 연락을 하지 않는 것이 낫겠다고 마음먹었다.

오피스텔로 돌아왔을 때는 오후 11시가 되어갈 무렵이다. 씻고 나온 김승구는 탁자 위에 놓았던 핸드폰에 문자가 와 있는 것을 보았다. 고윤희다.

'안녕, 자기 말이 맞았어. 그 못된 선배는 내가 가기 전에 뭘 잘못 먹고 지금도 누워있어. 환자가 된 거지. 위 속에서 여러 가지 약품이 발견되었는데 병원에서 난리가 났어. 생명은 건졌지만 열흘쯤 입원해야 된대. 자기 말이 맞았어. 자기는 진짜 귀신이야.'

김승구의 얼굴에 쓴웃음이 번졌다. 레지던트 3년 차가 마시던 커피잔에 근처 서랍에 진열되어 있던 약병들을 집어 몇 방울씩 액체를 떨어뜨렸으니 그 성분을 분석하려면 애 좀 먹을 것이었다. 고윤희가 떠난 후에 금방 신족통(神足通)으로 다녀왔던 것이다. 고윤희가 문자로 말을 맺었다.

'나, 사흘 후에나 돌아가, 그것도 잠깐. 하지만 만나고 싶어. 연락할게.'

만나자마자 침대로 직행한 사이여서 군더더기가 없는 표현이다. 김승구가 고개를 끄덕였다. 개운한 관계다.

"자네들은 제18조야."

다음 날 아침, 출근한 둘을 회의실로 부른 클라크가 말했다. 클라크가 배기남을 보았다.

"자네는 조장 김승구의 조원이고, 조장과 함께 행동하는 거야."

"알고 있습니다."

"자네들 조는 내가 관리하는 유통 2부의 63개 조(組) 중에서 가장 경륜이 짧은 조야."

클라크의 시선이 김승구에게 옮겨졌다.

"무슨 말인지 알겠나?"

"알겠습니다."

"열심히 해."

"예, 그룹장."

자리에서 일어선 클라크가 말했다.

"곧 자네 조의 직속상관이 와서 업무 배분을 해줄 거네."

클라크가 나가고 이어서 들어온 사내는 팀장 오한경. 51세, 10개 조(組)를 관리하는 과장급으로 군대식으로 치면 소대장급이다. 그러나 인사권은 없고 업무 관리 역할이며 본인도 조를 이끈다. 김승구와 낯이 익은 오한경이 웃음 띤 얼굴로 입을 열었다.

"잘 돌아왔어. 임하경 씨하고 다른 팀이라 어색하지도 않을 거고."

"어색할 것 없습니다."

김승구가 따라 웃으며 말했다.

"덕분에 좋은 경험 했으니까요."

"그래도 임하경 씨가 클라크한테 메일 보낸 건 대단한 거야."

"고맙다고 할까요?"

"아직 못 만났지?"

"예, 만나면 덕분에 원대 복귀했다고 한잔 사야겠군요."

"나, 참."

쓴웃음을 지은 오한경이 서류를 내밀었다.

"이게 김승구 씨 조가 맡을 오더야. 경험이 있으니까 설명하지 않겠어."

오한경이 나가고 둘이 남았을 때 배기남이 긴 숨을 뱉고 나서 김승구를 보았다.

"형님, 아니, 조장. 다들 웃으면서 말하지만 왜 그런지 찬바람이 왔다 갔다 하네요. 안 그래요?"

"겁나냐?"

"아니, 내 말은…."

"금방 트럭 운전하고 다니는 것이 낫겠다는 생각 했지?"

"아닌데요?"

배기남의 눈동자가 흔들렸다. 배기남은 실제로 그 생각을 했다. 그때 김승구가 정색하고 말했다.

"너, 팩스코에서 트럭 운전만 하다가 인생 끝내려는 생각을 한 건 아니지?"

"누가 트럭 운전만 하다가 끝냅니까?"

배기남이 눈을 부릅떴다.

"그럼 돈 모아서 식당 하겠다고?"

"아니, 그건…."

숨을 고른 배기남이 김승구를 보았다.

"내가 말했던가요?"

김승구가 머릿속을 읽고 있는 줄은 상상도 못 하는 터라 술 먹고 말한 줄로 아는 것 같다. 김승구가 정색했다.

"내가 팩스코를 먹을 거다. 넌 내가 시키는 대로만 해."

배기남이 김승구의 시선을 받더니 천천히 고개를 끄덕였다.

"나 좀 봐요."

뒤에서 부르는 소리에 김승구는 몸을 돌리기 전에 알았다. 임하경이다. 오후 2시 반, 오전에는 회사에서 이것저것 일을 처리하고 나서 밖에 나가려던 참이다. 몸을 돌린 김승구가 다가선 임하경에게 먼저 말했다.

"클라크한테서 들었는데, 메일 보내준 것, 고맙습니다."

"그것이."

임하경의 얼굴에 잠깐 쓴웃음이 떠올랐다가 사라졌다.

"잘 된 거죠. 나 때문에 사고가 나기도 했으니까."

"에이, 그럴 리가."

"언제 술 한잔해요."

"그래요. 절대 유혹하지 않을 테니까."

"나도 이제 고자질할 생각 없어요."

임하경의 얼굴에 웃음이 떠올랐다. 환하다.

"아, 나, 미제 안 사요."

손까지 내저으며 말하는 사내는 조창수, 대영전자의 구매부장. 컴퓨터를 생산하는 대영전자는 지금까지 부품을 국내산 45퍼센트, 일본산 35퍼센트, 중국산 20퍼센트의 비율로 수입해 왔다. 부품 수입량이 연간 120억 불에 육박하는 대형 업체. 이곳을 팩스코 영업부에서 수년간 공을 들였지만 이런 식으로 거절당했다. 파격적인 가격 제시도, 로비도 먹히지 않았는데 그 이유는 첫째 '미제'는 싫다는 것. 대영전자 미국 수출액이 전체의 15퍼센트밖에 안 되는 것도 그 이유 중 하나가 될 것이다.

오전 10시 반, 김승구와 배기남이 조창수 앞에 앉아 있다. 이곳은 대영전자 회의실, 면담 신청을 했더니 하루 만에 받아들여 주기는 했다. 김승구가 가만있는 것이 궁금한지 조창수가 눈을 가늘게 떴다. 36세, 요직 중의 요직인 구매부장에 36세의 나이로 앉아 있는 이유가 있다. 대영전자의 사주 조병우가 조창수의 부친이기 때문이다. 조창수는 조병우의 셋째 아들이다.

"지난번에도 팩스코 영업부에서 여러 번 왔는데, 클라크 씨도 전화를 했고…."

의자에 등을 붙인 조창수에게는 메이커일 뿐이다. '사는' 사람과 '파는' 사람의 구분은 엄격하다. '파는' 사람은 '사는' 사람이 죽으라면 죽는 시늉을 해야 된다. 그렇지 않다고, 대등하다고 주장하는 '인간'은 얼마 안 가서 당한다. 별 핑계를 다 대겠지만 백발백중 '그 자세' 때문에 망하는 것이다.

"그런데 김승구 씨라고 했지요?"

명함을 쥔 조창수가 들여다보는 시늉을 하면서 물었다. 둥근 얼굴, 비대한 체격이어서 배가 임신 8개월쯤 된 임산부 같다. 이런 인간은 수억 짜리 헬스클럽 회원권을 갖고 있겠지만 게을러서 '운동'을 안 한다. 그리고 '의지가 약해서' 식탐을 조절하지 못하기 때문에 이렇게 된다.

"내가 알아보니까 영업부에 있다가 창고 경비팀으로 갔다가 바로 어제 돌아왔던데."

조창수가 웃음 띤 얼굴로 김승구를 보았다.

"지금까지 대영에 그룹장을 포함해서 상무, 전무까지 여러 번 방문을 했어요. 알고 있지요?"

"들었습니다."

"그런데 신입, 그것도 재입사 하루 만에 날 만나자고 한 건 무슨 특별한 이유라도 있는 겁니까?"

바로 이것이다. 하도 기가 막혀서 만나준 것이다. 조창수쯤 되는 인간이 조사하지도 않고 덥석 상담에 응해줄 리가 없는 것이다. 요즘은 컴퓨터 조회만 해도 인적사항이 주르르 뜨는 세상이다. 특히 대기업은 더 자세하다. 그때 김승구가 빙그레 웃었다.

"일본 야마타기계에서 지난달 15일에 리베이트로 450만 불을 받았지요?"

"어?"

'뭐?'라고 하려다가 '어?' 한 것은 화가 났다가 놀랐기 때문이다. 그때 옆자리에 앉았던 배기남이 김승구를 보았다. 배기남이 조창수보다 더 놀란 표정이다.

"무슨 말을 하는 거야?"

겨우 정신을 수습한 조창수가 배에 힘을 주고 물었을 때 김승구는 한숨부터 쉬었다.

"조 부장님, 내가 아무 준비도 하지 않고 여기 온지 아십니까? 야마타기계의 니시무라 전무하고 국제호텔 1212호실에서 만났지 않습니까? 그때 니시무라 전무가 바하마 은행에 예치시킨 통장 계좌번호하고 비밀번호를 줬지 않나요?"

숨만 쉬는 조창수를 향해 김승구가 말을 이었다.

"지금까지 야마타기계에서 받은 리베이트가 2,750만 불이죠? 4년 동안 엄청나게 모으셨더군요. 그래서 일본에서 부품을 구입하시는 것 아닙니까?"

"…"

"바하마에 1,200만 불 정도, 자메이카에 750만 불, 800만 불 가량은 일본 은행에 예치해 놓으셨던데."

이제는 김승구가 의자에 등을 붙이고는 지그시 조창수를 보았다.

"자, 지금부터 본격적으로 상담을 해 보실까요?"

커피숍에 마주앉았을 때 입만 딱 벌리고 있던 배기남의 입에서 말이 나왔다.

"형님, 어떻게 된 겁니까?"

"내가 알고 온 거야."

"그것도 조사한 겁니까?"

"내가 군에 있을 때 정보수집 교육을 받았거든."

"어디서요?"

"CIA 특별반."

사람들은 보통 CIA라면 한 수 접어준다. 거기다가 김승구가 레인저 출신인 것을 아는 배기남이다. 껌뻑 믿었다. 그러고는 길게 숨을 뱉는다.

"형님, 우리는 이제 큰일 냈습니다."

'났습니다'가 아니라 '냈습니다'다.

2차로 카페에 갔다. 칸막이가 된 룸살롱 식 유흥 음식점. 배기남이 자꾸 가자고 했기 때문이다. 알고 보았더니 배기남은 군대 가기 전에 전문대 다니면서 룸살롱에서 알바를 했다. 그래서 이쪽 사정은 두루 꿴다. 술과 안주를 시켰을 때 배기남이 물었다.

"형님, 아가씨는요?"

"필요 없다."

"여기에서 일하는 아가씨가 20명쯤 있다는데요?"

"그래서?"

"걔들도 일을 줘야 하지 않을까요?"

"무슨 말이냐?"

"식당에 와서 밥만 먹습니까?"

"인마, 반찬도 먹어야지."

"그럼 반찬도 시켜야지요."

김승구의 시선을 받은 배기남이 풀썩 웃었다.

"이런 식당은 밥하고 반찬을 따로 팔지 않습니까?"

"이 자식이 진짜 영업사원이군."

"제가 경험이 있다고 했지 않습니까?"

그래서 김승구는 아가씨 둘을 불렀다.

"형님, 오늘 술은 제가 사지요."

기분이 좋아진 배기남이 말했을 때 김승구는 지그시 시선을 주었다. 배기남은 충청도 보은에서 축산업을 하는 부모가 있다. 그러나 축산업이 잘되지 않아서 부모는 빚만 늘어나는 형편이다. 가족은 위로 형이 하나 있지만 어려서부터 소아마비로 다리병신이 되어서 부모와 함께 살고 있다. 배기남은 효자라 지금도 부모에게 매달 몇십만 원씩 보내드리고 있다. 배기남의 꿈은 돈을 모아서 식당을 하나 차리는 것이다. 어머니 음식 솜씨가 좋기 때문에 돈 벌어서 식당 차려 주겠다고 호언까지 한 상태다. 그때 아가씨들이 들어섰다. 이곳은 땅값이 비싼 역삼동이어서 가격대가 비싼 곳이다. 룸살롱은 아니지만 팁값이 만만치 않을 것이다.

타심통(他心通). 옆에 앉은 아가씨는 제 이름이 유미아라고 했다. 이름을 한자로 써 보라면 못 쓸 것이다. 아가씨 본명은 이지선(李智善). 24세, 익산에서 고등학교를 졸업하고 서울에 온 지 5년, 이곳 다나 카페에서 일한 지는 6개월째. 그런데 김승구한테는 다 거짓말로 늘어놓았다. 유미아, 23세, 서울이 고향이며 순명여대 가정과를 올해에 졸업했다는 것이다. 그래서 김승구는 옆자리에 앉힌 김에 숙명통(宿命通)으로 들어가 보았다. 그랬더니 갑자기 마루에 앉아있는 마님이 나타났다. 이지선과 같은 얼굴이다. 마당에는 하인들이 일을 하고 있다. 깨끗한 옷을 갖춰 입고 단정한 모습의 노마님이 이지선이다. 이것이 전생(前生)의 한 모습이란 말인가? 그렇다. 그전(前)의 모습도 있을 것이다. 지금 이 노마님의 모습으로 나타난 것은 이때 나하고 인연이 있었기 때문일 터. 그때 '내'가 나타났기 때문에 김승구는 숨을 들이켰다. 하인 옷차림의 내가, 젊은 김승구가 나타난 것이다. 내가 마당에서 이지선을 올려다보았다.

"마님, 소인이 왔습니다요."

노마님이 쌀쌀맞은 표정으로 나에게 말했다.

"뒷간 청소를 해라."

"예, 마님."

김승구는 숨을 들이켰다가 뱉으면서 숙명통에서 벗어났다. 이런 젠장, 이런 인연이라니. 변소 청소를 하라고?

다음 날 아침, 김승구가 내민 오더 시트를 본 팀장 오한경이 기절초풍을 하더니 자리에서 벌떡 일어섰다. 그러고는 김승구와 배기남을 데리고 노크도 하지 않고 클라크의 방으로 들어갔다. 하도 기세가 엄청나서 넓은 사무실의 직원 대부분이 그들의 뒷모습을 보았다. 오한경의 인상이 험악해져 있었기 때문에 큰일이 난 줄 알았을 것이었다. 자리에 앉아 있던 클라크는 다짜고짜 오한경이 내민 오더 시트를 보더니 눈동자만 왔다 갔다 했다. 오더 시트에서 김승구로, 김승구에서 배기남과 오한경까지, 다시 오더 시트로. 그러다가 마침내 갈라진 목소리로 물었다.

"사실이야?"

"예, 그룹장님."

"내가 조 부장한테 확인해도 되겠어?"

"예, 그룹장님."

김승구가 단조롭고 낮은 목소리로 대답했다. 그러자 클라크가 다시 오더 시트를 보았다. 눈을 깜빡였다가 크게 뜨고 이제는 숨까지 고르면서 오더 시트를 보았다. 오더 시트에는 앞으로 1년간의 부품 구입량이 적혀 있는 것이다. 3억 2천만 불이다. 참고로 클라크가 관리하는 2부 63개 조의 지난해 매출총액은 2억 9천만 불이었다. 그것을 1개 조가, 그것도 어제 편성된 신생조가, 그것도 업무 첫날에 달성한 것이다. 그것도 대영전자라는 빅 바이어로부터. 클라크는 물론이고 그 잘난 체하던 마틴 포크너 사장 전화도 안 받던 대영전자에서. 기가 막힐 노릇이다.

30분 후, 이곳은 사무실 근처의 커피숍 안, 김승구와 배기남은 약간 상기된 얼굴로 마주보고 앉아 있다. 김승구가 배기남의 시선을 받고는 어색한 표정을 짓고 말한다.

"있지?"

"뭐가 있어요?"

이맛살을 모은 배기남이 김승구를 보았다.

"서둘러서 날 끌고 나온 이유는 뭡니까?"

"글쎄, 그것이…."

숨을 고른 김승구가 배기남을 보았다.

"너, 개가 고기 붙은 뼈를 물면 냅다 뛰어 도망가는 거 알지?"

"왜 도망가는데요?"

"그러니까 말이다."

"뭐가요?"

"누가 빼앗아 가지도 않는데 냅다 도망간단 말이야."

"그래서요?"

"그래서라니?"

"글쎄 서둘러서 날 끌고 나온 이유를 말해 달라니까요."

"내가 지금 그렇다."

"뭐가요?"

"내가 지금 뼈를 문 개 기분이야."

"예?"

"그런 기분이라고. 그래서 나온 거야."

"아니."

배기남이 이맛살을 모았다.

"그럼 내가 뼈란 말입니까?"

김승구는 한숨을 쉬고 대답하지 않았다.

"3억 2천만 불?"

팩스코한국 법인 사장 마틴 포크너가 세 번째 되묻고 있다. 앞에 선 사내는 클라크 미첨, 이곳은 사장실 안. 포크너는 막 용인 공장으로 감사를 떠나려다가 클라크로부터 '엄청난 소식'을 들은 것이다. 포크너가 금테안경 너머로 지그시 클라크를 보았다. 두 눈이 반짝이고 있다.

"클라크, 이놈이 입사 이틀 만에 이 실적을 올렸단 말이지?"

"아닙니다. 그전에 영업부에 있었지요. 3개월쯤 있다가 잠시…"

"잠시 공장 창고 경비로 발령이 났지. 안 그래?"

"그렇습니다, 사장님."

"공장으로 출근하다 버스가 다리 아래로 떨어져 해외 토픽에까지 났고."

이제 기억이 되살아난 포크너가 술술 말을 잇는다.

"거기서 구사일생으로 살아난 놈이야, 그렇지?"

"그렇습니다, 사장님."

"그놈을 네가 다시 불러들였다고?"

"예. 장래성도 있을 것 같아서…"

임하경의 메일 사건은 쏙 뺐다. 알 수도 없겠지만 말해주면 관리자가 경솔했다는 인상만 받는다. 그때 어깨를 부풀렸다가 내린 포크너가 말했다.

"엄청난 실적이야."

"예, 사장님."

"단 한 번에 네가 거느리는 90 몇 개 조의 1년 실적을 오버했어, 그렇지?"

"전 63개 조를 관리하고 있습니다, 사장님."

"63개나 93개나 그게 그거 아니냐?"

"맞습니다, 사장님."

"3억 2천만 불이야!"

포크너가 오더 시트를 손에 쥐고 흔들었다. 클라크는 이 오더 시트를 대영전자에 확인까지 한 것이다. 이윽고 포크너가 숨을 고르더니 클라크를 보았다.

"그놈을 진급시켜."

"오늘 술 한잔해요."

핸드폰에서 서경아의 목소리가 울렸다.

"내일은 회사 안 나갈 테니까."

김승구가 핸드폰을 고쳐 쥐었다. 외박하겠다는 말과 같은 표현이다. 오후 4시 반, 회사에 들어가지 않고 배기남과 근처에서 배회하다가 커피숍에 앉아 있던 참이다. 시간이 지나자 배기남도 '우리 조(組)'가 엄청난 실적을 올렸다는 것을 실감한 것 같다. 회사에 들어갈 생각이 안 나는 눈치다.

"좋아, 어디서 볼까요?"

김승구가 묻자 서경아는 바로 대답했다.

"역삼동 보스턴제과에서, 7시에."

핸드폰을 귀에서 뗀 김승구가 문득 서경아의 미래가 궁금해졌다. 천안통(天眼通). 그 순간 차를 타고 가는 서경아의 모습이 눈앞에 펼쳐졌다.

"엄마, 이거 먹어."

갑자기 뒤에서 5살쯤 되어 보이는 아이가 손에 쥔 과자를 내밀었다. 귀엽다. 어디서 본 얼굴 같다. 뒷좌석에서 안전띠를 맸기 때문에 손이 안 닿는다.

아이의 얼굴을 다시 본 김승구가 숨을 들이켰다. 이게 누구야? 배기남의 붕어빵이다, 배기남. 이놈, 이놈이 어떻게? 서경아 이 요물은 강기태한테 질식사해서 죽는 것을 구해냈더니 배기남의 아이를 낳아? 도대체 어떻게 된 일이야?

3장
신분상승

"자, 축하해요."

소주잔을 든 서경아가 김승구를 보았다. 오후 7시 반, 이곳은 역삼동의 '돼지껍데기 식당' 안, 손님들이 바글거리고 있다. 임대료가 엄청 비싼 지역에 '돼지껍데기' 안주로 식당을 차린 것이 대성공이다. 김승구는 한 모금에 술을 삼켰다. 어제 3억 2천만 불 실적을 올렸다는 말을 하면 또 한바탕 호들갑이 일어날 것이다. 그래서 말 안 하기로 했다. 술을 삼킨 서경아가 김승구를 보았다.

"이제 보기 힘들겠어요."

"그러네요."

그렇게 대답은 했지만 김승구가 서울 영업부로 갔기 때문에 그렇다는 것이 아니다. 이번 주에 서경아는 팩스코에 송금된 돈을 빼돌려서 사라지려고 한다. 서경아가 말을 이었다.

"같이 일하고 싶었는데 아쉬워요."

"나도 그래요."

김승구가 서경아의 빈 잔에 술을 채우면서 물었다.

"뭐, 어려운 일 있어요?"

"아뇨."

정색한 서경아가 고개를 젓더니 되물었다.

"왜요? 그렇게 보여요?"

"응, 좀 불안한 것도 같고."

"안 그런데."

"초조한가, 그럼?"

"그런 일 없어요."

"내 주변에 그런 사람이 많아서 그런가?"

"그런 사람이 많다뇨?"

"경비팀에 있을 때 같은 조였던 사람이 있었는데."

"같은 조원 말인가요?"

서경아의 눈빛이 강해졌다. 강기태다.

"그래서요?"

"그 친구 이름이 강기태였는데 항상 안절부절못하는 바람에 나까지 불안했어요."

"…"

"한번은 내가 그 사람이 전화하는 것을 우연히 들었는데 이러더군. '일 끝내고 치워버립시다.' 이러는 거요."

김승구는 웃음 띤 얼굴로 서경아를 보았다.

"'그것이 더 안전해.' 그러더군. 무슨 일을 한다는 것인지…"

"치운다고 그래요?"

"뭐, 정리를 한다는 뜻이겠지."

그때 서경아가 한 모금 술을 삼키더니 김승구를 보았다.

"청소하고 청소 도구 치운다는 말이겠죠. 경비팀은 창고 정리도 하잖아요?"

"난 창고 정리한 적이 없는데요."

"그야 며칠 안 되었으니까 그렇겠죠."

"그런가?"

"그럼 무슨 말로 들었는데요?"

"계속 소곤대는 것이 무슨 큰 음모라도 꾸미는 분위기였다니까요."

어깨를 추켰다가 내린 김승구가 쓴웃음을 지었다.

"이제 영업부로 돌아왔으니까 그런 분위기에서는 벗어났지만 말입니다."

"그러네요."

서경아가 따라 웃었다. 그때 타심통(他心通)으로 머릿속 생각이 들렸다.

'경솔한 놈 같으니, 길게 끌면 위험하겠어. 그리고 일 끝내고 치워버리자고? 날 죽여 없애겠다는 작정이군. 내가 순순히 당할 것 같으냐?'

그때 서경아의 눈빛이 강해졌다.

"갑시다."

밤 11시 40분, 둘이 소주 6병을 반씩 나눠마셨을 때 김승구가 말했다. 김승구가 강기태 이야기를 꺼낸 후부터 서경아는 덥석덥석 술을 마셨다. 술맛도 모르고 그냥 물 마시는 것처럼 마시는 것 같았다. 말도 별로 없었고 쉴 새 없이 딴생각을 했기 때문에 그것을 읽는 김승구가 머리가 어지러울 정도였다. 서경아는 잠자코 김승구를 따라 밖으로 나오더니 갑자기 숨을 들이켜고 나서 허리를 굽혔다.

"우웩!"

다음 순간 서경아의 입에서 오물이 쏟아졌다. 오바이트를 한 것이다. 마침 옆을 지나던 남녀 한 쌍이 질색을 하면서 비켜갔고 서경아가 허리를 폈다가 굽히면서 다시 오바이트를 했다.

"우웩!"

김승구의 얼굴에 쓴웃음이 번졌다. 이럴 때는 피하는 것이 상책이다. 데리고 떠나야 한다. 식당 앞에 토한 오물을 치우려고 꾸물거릴 수는 없다. 김승구가 서경아의 겨드랑이에 손을 뻗고는 앞으로 내달렸다. 거의 안아 든 상태로 거리를 달리는 동안 서경아는 처음에는 놀랐다가 곧 함께 달렸다. 달리는 동안 김승구는 마음을 굳혔다.

"미안해요."

이곳은 1백 미터쯤 떨어진 커피숍 안, 늦은 시간이었지만 손님이 절반쯤 차 있다. 자리에 앉았을 때 서경아는 혼자 화장실에 갔다 오더니 외면한 채 말했다. 얼굴이 창백해졌지만 눈동자의 초점은 잡혔다. 서경아가 말을 이었다.

"너무 빨리 마셔서…, 도망치는 거 도와줘서 고마워요."

"이왕 도와준 김에 더 도와드리지."

김승구가 정색하고 서경아를 보았다.

"이번에 강기태하고 진행하고 있는 작업 말이오."

순간 서경아가 숨을 죽였고 김승구의 말이 이어졌다.

"내가 우연히 엿듣게 되었다고 했지요? 실은 서경아 씨와 강기태의 작업을 거의 다 듣게 된 겁니다. 팀장 고찬호하고 말하는 것을 다 듣게 되었으니까요."

106

“…”

“강기태는 돈을 찾고 나서 경아 씨를 죽일 계획입니다. 고찬호하고도 합의를 했지요.”

“…”

“지금 서경아 씨 가족은 모두 중국으로 떠났지요?”

놀란 서경아가 눈을 크게 뜨기만 했을 때 김승구가 말을 이었다.

“그들에게는 서경아 씨만 없어지면 완전 범죄가 가능하지요. 모든 것을 서경아 씨한테 뒤집어씌울 수가 있을 테니까요. 돈을 찾는 일당들은 무슨 일인지도 모를 테니까.”

김승구가 똑바로 서경아를 보았다.

“어떻게 할 겁니까? 계속할 생각이라면 방법을 바꿔야겠지요? 내가 도와드릴까?”

그때 서경아가 어깨를 부풀렸다가 내렸다. 시선은 김승구에게 박혀 있다.

오전 9시 반, 팩스코한국 법인장 마틴 포크너가 재무담당 전무 머피에게 묻는다. 이곳은 법인장 사무실 안.

“내일 입금되나?”

“예, 8천2백만 불입니다.”

머피가 말을 이었다.

“한화로 900억 가량 됩니다.”

“이번에는 좀 적군.”

“예, 한 달 후에는 1억 5천만 불쯤 될 겁니다. 이번 달 수금액이 적어서요.”

고개를 끄덕인 포크너가 머피를 보았다.

"화재보험 감정은 오늘 끝나지?"

"예, 보고서를 오늘 보낸다고 했습니다."

머피의 얼굴에 웃음이 떠올랐다.

"보험금은 제대로 나올 것 같습니다."

"잘 되었어. 정확히 얼마지?"

"5억 8천만 불입니다."

"완벽해. 10년에 걸친 노력의 대가야."

"모두 사장님의 공이죠."

"아니. 자네가 손발을 맞춰 주었기 때문이지."

의자에 등을 붙인 포크너가 말을 이었다.

"그리고 무엇보다 회장님의 기가 막힌 아이디어가 성사된 거야."

"지금까지 지급된 인증서 발급 비용과 보험료 비용은 3천만 불 정도입니다."

머피의 얼굴에도 웃음이 떠올랐다. 10년 전부터 팩스코 회장 도날드 킹스턴은 골동품과 그림 등 예술작품을 수집했다. 킹스턴은 소문난 수집가여서 고가 예술품은 가리지 않고 사들였던 것이다. 그러나 그 예술품의 대부분이 위조품이었다. 감정사들을 매수하여 진품으로 판정받은 것이다. 그러고는 보험에 들었으니 그 가치가 어마어마했다. 킹스턴은 오직 수집가여서 위조품을 갖고 있었더라도 전혀 문제가 되지 않았던 것이다. 그러다가 이번에 화재로 몽땅 소실되었으니 위조품 증거는 완벽하게 사라졌다. 남은 건 진품 증명서와 보험금인 것이다. 머피가 말을 이었다.

"보험금은 다음 달쯤 입금될 예정입니다."

"좋아."

고개를 끄덕인 포크너가 머피를 보았다.

"요즘은 좋은 소식이 계속해서 들어오는군. 영업부 사원이 대영전자에서 3억 2천만 불짜리 계약을 성사시켰다는 거야."

"그렇습니까?"

"신입인데 대영 구매부장을 어떻게 구워삶았는지 하루 만에 사인을 받아왔어."

"신기록이군요."

"그래서 그놈을 오늘 특진시키려고 해. 학력이 보잘 것 없지만 미국 시민권자야, 레인저 상사 출신이고."

"과연 미국 시민권자는 다르군요."

"레인저라니까? 무공훈장도 서너 개 탔다는 거야."

포크너의 얼굴에 웃음이 떠올랐다.

"한국 놈들한테 본때를 보여주는 것이지. 오늘 팀장으로 발령을 낼 거야. 여기 곧 올 거네."

"뭐, 사내 통신에 인사발령이 나갔지만 이번 진급은 특진이라."

클라크가 손을 내밀어 악수를 청하면서 말했다.

"사장님이 지금 기다리고 계시네. 자네를 보고 공장에 가시겠다고 하셔서."

"감사합니다."

"자, 가지."

클라크가 김승구의 어깨에 팔을 두르고 사무실을 나왔을 때 모든 시선이 모였다. 영업부 사무실은 툭 터져서 3백 평 가까운 공간이 펼쳐져 있다. 수백 명의 시선을 받으면서 클라크와 김승구는 엘리베이터에 올랐다. 엘리베이터 문이 닫혔을 때 클라크가 손을 내리면서 웃었다.

"자네가 사장실에 간다는 소문이 5분쯤 후면 다 퍼질 거야."

사장 격려를 받는 직원은 수년에 한 번 나올까 말까 한 현실이다. 더구나 특진이 되어서 사장과 만나는 김승구다. 오늘부터 VIP 취급을 받을 것이다.

"어, 기다리고 있었어."

재무담당 전무 머피와 함께 앉아 있던 사장 포크너가 웃는 얼굴로 자리에서 일어섰다.

"축하하네, 미스터 김."

"감사합니다."

포크너가 내민 손을 쥔 김승구가 금방 마음을 읽었다. 타심통(他心通).

'체격도 좋군. 레인저 출신이라니 이런 놈을 수행비서로 데리고 다니면 좋을 텐데. 이것저것 심부름도 시킬 겸 말이야.'

자리 잡고 앉았을 때 포크너가 김승구에게 물었다.

"대영전자는 나도 연락을 했던 곳이야. 그런데 만나주지도 않았던 자들이 신입인 자네를 만나주었군."

"예. 기가 막혀서 만나준 것 같습니다. 저에 대해서 조사를 했을 테니까요."

"그렇지. 아무나 안 만나지. 만나기 전에는 신원조회도 철저히 하고."

"예. 제가 신입인 데다 공장에 가는 길에 버스 전복사고에서 구사일생으로 살아난 것도 알고 있었기 때문에 호기심이 났겠지요."

"거기서부터 운이 따랐군."

포크너와 김승구 간의 대화다. 클라크와 머피는 숨을 죽이고 있다. 김승구가 말을 이었다.

"예. 하지만 호기심만으로 오더를 더구나 3억 2천만 불이나 되는 오더를 할 리가 있겠습니까? 일본 야마타기계에서 12년째 부품을 수입해 온 관계였습니다."

"그렇지."

긴장한 포크너가 상반신을 기울였고 클라크도 입 안에 고인 침을 삼켰다. 지금까지 김승구한테서 어떻게 오더를 받았는가는 듣지 않았기 때문이다. 그때 김승구가 말했다.

"마침 대영전자와 야마타기계가 수수료 문제로 갈등이 일어난 것 같았습니다. 조 부장이 계약서에는 명기하지 않았지만 오더가 진행될 때 수수료 이야기를 할 것입니다."

"그렇지."

포크너가 커다랗게 고개를 끄덕였다. 얼굴에 가득 웃음까지 띠어져 있다.

"그럼 그렇지. 그래서 신입인 자네하고 일단 계약부터 하고 구체적인 수수료 이야기는 경영진하고 할 작정이었군. 이제야 이해가 간다."

"저도 예상은 하고 있었습니다."

클라크가 재빨리 끼어들었다. 일그러진 웃음을 띠운 클라크가 서둘러 말을 이었다.

"대영전자 같은 빅 바이어가 신입사원에게 수수료 이야기부터 할 리는 없지요. 진행 중에 이야기가 나올 것으로 예상했습니다."

김승구는 소리죽여 숨을 뱉었다. 이래야 이야기가 되는 것이다. 만일에 조창수가 야마타로부터 받은 리베이트 내역을 내놓고 협박을 해서 오더를 가져왔다고 한다면 '잘했다'라고는 하겠지만 김승구의 '초능력'을 경계하게 될 것이었다. 그러면 산통이 다 깨진다. 김승구는 회사 생활이 어렵게 된다. 그때 포크너가 말했다.

"이봐, 김 팀장."

"예, 사장님."

"앞으로 말이야, 그, 대영전자의 수수료 건은 나한테 직접 보고하도록. 오더가 크니까 수수료도 많을 것이고 야마타기계처럼 사고가 일어나면 안 되니까."

"예, 사장님."

"야마타하고 그런 사연이 있어서 그랬군. 이제야말로 숨구멍이 뻥 뚫린 것처럼 의문이 풀리는군."

포크너가 얼굴을 펴고 웃었다.

"미스터 김, 모두 자네 공이야. 운이 좋았건, 타이밍이 맞았건 간에 자네의 그 적극적인 자세가 이룬 업적이라고."

"감사합니다."

클라크의 시선이 클라크에게 옮겨졌다.

"클라크, 알겠나? 미스터 김은 내가 특별 관리를 할 테니까 그렇게 알고 있도록."

"예, 사장님."

누구의 명이라고 토를 달겠는가? 클라크가 기운차게 대답했고 김승구는 심호흡을 했다. 이제 팀장으로 진급했을 뿐만 아니라 사장인 포크너하고 독대하는 신분이 된 것이다. 사원이 사장과 독대하기 시작하면 그 당사자는 독대하기 전과 98가지가 달라진다고 한다. 군인이 별을 달았을 때는 대령일 때와 46가지가 달라지고 차관이 장관되었을 때는 25가지다. 김승구는 엄청난 신분 상승을 했다.

"배기남입니다."

어깨를 편 배기남이 서경아에게 인사를 했다. 제딴에는 무게를 잡고 있었지만 김승구가 보기에는 안절부절, 갈팡질팡이었다. 눈동자가 흔들렸고 10초도 안 되는 사이에 물 잔을 두 번이나 들었다 놓았고 발은 달달달 떠는 중이었다. 어깨만 쫙 펴고 있으면 의젓한 폼인 줄로 아는 것 같았다. 도무지 여자하고 제대로 만난 적이 있는지 의심이 갈 정도였다. 타심통(他心通)으로 속을 들여다보려고 했더니 정신이 나갔는지 생각도 없었다. 텅 비어 있는 것이다.

"반갑습니다."

서경아가 차분한 표정으로 맞았는데 이미 배기남의 상황을 다 파악한 것 같았다. 어깨를 슬그머니 늘어뜨리는 것이 소리죽여 한숨을 쉬는 모양이다. 오후 7시 반, 이곳은 소공동의 양식당 안이다. 서경아도 낮 근무여서 퇴근하고 바로 이곳에 왔다. 그때 김승구가 말했다.

"서경아 씨, 배기남이한테 다 말했으니까 탁 털어놓고 상의해도 돼요. 배기남이가 강기태, 고찬호 일을 대신 맡게 될 테니까."

"군대 후배 놈들 6명을 이미 수배해놨습니다."

이제야 눈동자의 초점이 잡힌 배기남이 똑바로 서경아를 바라보며 말했다.

"믿을 만한 놈들이지요. 맡겨 주시면 됩니다."

그러나 아직 얼굴은 상기되었고 발을 달달 떠는 것은 멈추지 않았다. 다리가 탁자 밑에 있어서 보이지 않는 것이 다행이었다. 그때 서경아가 말했다.

"작업일을 모레 오전으로 잡았는데 내일로 당겨야겠어요."

"내일?"

김승구가 묻더니 고개를 끄덕였다.

"강기태, 고찬호한테는 모레로 말해놓고 바람을 맞히는 것이군."

"그래야죠."

서경아의 눈빛이 강해졌다.

"그놈들은 김 팀장님께 맡기겠어요."

고개를 끄덕인 김승구가 서경아에게 물었다.

"언제 떠날 겁니까?"

"내일 밤."

"밤 비행기로?"

"네. 10시 반 중국 쿤밍행 비행기를 타려고요."

"거기서 베트남으로 가시려고?"

"네, 바로 베트남으로 가면 입출국 기록이 남으니까 중국에서 베트남
으로 밀입국하려고요."

"그럼 돈은?"

"내일 현금을 타운은행 담당자한테 넘기면 해외에서 찾게 해준다고
했어요."

"믿을 만합니까?"

"정식 직원이니까 믿어도 될 것 같아요."

"강기태는 정식 직원 아닙니까?"

서경아의 시선을 받은 김승구가 쓴웃음을 지었다.

"그 은행 담당자가 사기를 치면 그야말로 죽 쒀서 개 주는 겁니다."

"그럼 어떻게 해요?"

갑자기 얼굴이 상기된 서경아가 김승구를 보았다. 어느새 두 눈에 눈물이 고여서 번들거리고 있다.

"강기태가 그런 계획을 꾸미고 있는 줄도 모르고 있었는데요."

"은행 담당자는 어떻게 알게 되었습니까?"

"은행 영업담당이라 내가 먼저 접근해서 상담했어요. 5백억쯤 입금한다니까 깜짝 놀라서 오케이 하더군요."

"무슨 돈인가는 묻지 않았어요?"

"네. 현금으로만 입금하면 비밀 보장을 해주고 해외 계좌를 만들어준다고 했습니다."

"무슨 돈이냐고 묻지 않아요?"

"묻지 않았는데 눈치는 챈 것 같았어요."

"이것도 잘못하면 고기를 통째로 늑대 입에다 물려주는 것이나 같겠는데."

쓴웃음을 짓고 말한 김승구가 서경아를 보았다.

"그자가 누군지 말해요."

"좀 어설픈데요."

일식집 앞에서 서경아와 헤어졌을 때 배기남이 혀를 차면서 말했다.

"통은 큰데 디테일에 약해요."

"어쭈구리."

이제는 김승구가 배기남을 보고 입맛을 다셨다.

"얀마, 너 발 달달 떠는 버릇 좀 고쳐."

"예? 제가요?"

"너 몰라? 발 떠는 거?"

"모르겠는데요."

"수전증 걸린 놈처럼 그게 뭐야? 불안한 상태가 바로 발에 나타난다."

"알겠습니다. 앞으로는 발에 신경을 쓰죠."

"난 그놈 좀 보고 올 테니까 넌 애들한테 가 봐."

"그러지요."

어깨를 부풀린 배기남이 몸을 돌렸다. 배기남은 현금 인수팀을 만나러 가는 것이다. 김승구는 타운은행 담당자를 보러간다.

밤 9시 반, 택시 안에 앉아 있던 김승구가 숨을 들이켰다. 그러나 숨이 폐 안으로 들어가지 않는다. 입을 딱 벌린 김승구가 머리까지 젖혔지만 기도가 꽉 막혔는지 소리도 나지 않는다. 순식간에 얼굴이 붉어졌고 저도 모르게 두 손으로 가슴을 움켜쥔 김승구가 몸을 비틀었다. 그때 백미러를 본 운전사가 놀라 소리쳤다.

"손님, 괜찮아요?"

입만 딱 벌린 김승구가 몸을 비틀었을 때 운전사가 길가에 차를 세웠다.

"손님!"

50대쯤의 운전사가 몸을 뻗어 김승구의 어깨를 쥐었다.

"어디가 그래요? 병원으로 갈까요?"

당황한 운전사가 소리쳤을 때 김승구는 몸을 웅크렸다. 신음도 나오지 않는다. 그때다. 김승구의 머릿속에서 굵은 사내의 목소리가 울렸다.

"나다."

악마다. 그 순간 김승구의 온몸에서 식은땀이 쑥 빠졌다. 김승구가 기를 쓰고 오신통(五神通)을 시도했지만 아무것도 나타나지 않는다. 이제 주위 소음이 딱 끊겼고 악마의 목소리만 울렸다.

"너, 가끔 내 존재를 잊는 것 같구나."

김승구는 몸부림을 쳤지만 이제 손가락 하나 까딱할 수가 없다. 그때 악마가 말을 이었다.

"넌 현생에서 65명을 죽였다."

그런가? 그것은 전쟁 때였다. 내가 살기 위해서, 군인의 의무로 죽인 것이다. 악마가 말했다.

"부처도 생시(生時)에 내 유혹을 받고 지냈다."

악마의 목소리가 차가워졌다.

"이렇게 가끔 나타나 네 안에 든 악마의 본색을 나타나게 해주마."

귓속에 말로 못질을 하는 것처럼 한 자(字)씩 때려 박은 악마가 사라졌다. 사라진 것을 느낀 것은 운전사의 외침이 들렸기 때문이다.

"아이고! 죽었는개벼!"

그때 김승구는 숨을 들이켰다. 기도로 공기가 들어간 것이다. 힘껏 들이마시는 바람에 어깨까지 부풀리면서 머리를 들었을 때 운전사가 다시 소리쳤다.

"아이고! 살았네!"

"참 더럽다."

임하경이 술잔을 들고 말했다.

"김승구가 팀장이야, 과장이 되었다고. 기가 막혀서."

"야, 어쩔 수 없잖아."

홍미영이 눈을 흘겼다.

"넌 그 남자에 대해서 과민반응을 하고 있어. 네 팀장이 된 건 어쩔 수 없는 일 아냐?"

"내가 쓰지도 않은 진술서가 그룹장한테 가지를 않나, 갑자기 그자가 하루 만에 3억 2천만 불 오더를 따내더니 팀장으로 특진을 하지 않나."

손가락을 하나씩 꼽던 임하경이 손가락 하나를 더 꼽았다.

"그렇지. 버스가 추락했어도 살아남았어. 다른 사람들 대부분은 죽거나 중상을 입었는데 긁힌 상처도 안 났어."

"입원했다면서?"

"그냥 엑스레이 찍으려고."

"어쨌든 능력하고 운은 있는 사람이네."

인사동의 한정식 식당 안이다. 밤 10시 10분, 주위는 손님들로 가득차서 소란하다. 그때 홍미영이 술잔을 내려놓고 임하경을 빤히 보았다.

"너, 그 친구 좋아하는 거 아냐?"

"좋아하기는, 개뿔."

뱉듯이 말한 임하경이 한 모금에 소주를 삼켰다.

"난 왜 이렇게 남자 복이 없지?"

홍미영이 외면했다. 임하경한테서 최승현 이야기를 들었기 때문이다. 본명이 허주상인 최승현은 지금 서울구치소로 옮겨졌는데 임하경은 경찰서에 증인으로 불려가 진술까지 해야만 했다. 그때 홍미영이 말했다.

"넌 그 남자한테 때로는 이유 없는 증오심을 내보이고 있어. 그것이 그 남자 수준이 낮은데 너하고 같은 조원으로 편성된 것에 대한 반감인 줄 알았는데."

"아유, 말이 기네."

"그만큼 네 심사가 복잡하다는 증거지."

홍미영도 쉽게 물러나지 않았다. 둘이 소주 3병째를 마시고 있는 중이다. 홍미영이 말을 이었다.

"넌 그 남자에 대해서 뭔가 품고 있어. 그 증오심은 이유 없는 증오심이 아냐."

"그래, 맞다."

임하경이 쓴웃음을 짓고 말했다.

"난 전생에 그놈하고 원수였던 모양이다."

그때 옆에 서서 듣고 있던 김승구가 고개를 끄덕였다. 신족통(神足通)으로 와 보았던 것이다. 옆에 서서 이야기를 다 들었다.

'그렇군. 임하경도 어떤 '감'을 느끼고 있는 모양이다.'

발을 떼면서 김승구가 생각했다.

'전생의 인연이 있으면 감이 느껴진다고 하지 않는가?'

고진원이 웃음 띤 얼굴로 최만섭에게 말했다.

"아마 5, 6백억은 될 거야."

"윽!"

가슴을 발길로 채인 것 같은 신음을 뱉은 최만섭이 고진원을 보았다.

"정말이야?"

"그렇다니까."

"그 돈이 현찰로?"

"맞아."

"아이구야."

어깨를 들썩인 최만섭이 고진원을 보았다. 신사동의 카페 안, 둘은 칸막이가 있는 밀실에서 양주를 마시는 중이다.

"그 돈은 누가 가져오는데?"

"아마 여자나 여자 친구, 같이 오든지 하겠지만 둘 이상은 안 올 거야."

고진원이 번들거리는 눈으로 최만섭을 보았다.

"은행으로 가져오라고 했으니까 차에 신고 은행 뒷문으로 들어올 거야. 그때 가로채면 돼."

"은행 경비를 부르지 않을까?"

"내가 은행 차장 아니냐?"

엄지를 구부려 제 얼굴을 가리켜 보인 고진원이 이를 드러내고 웃었다.

"내가 몇 번이나 예행연습을 했다. 경비는 그 시간에 앞쪽으로 보낼 거다. 내가 지시할 테니까."

"뒷문에 사람이 없나?"

"현금 수송차가 들어오는 통로는 출입금지거든. 거기로 들어오게 하면 돼."

"5백억이면 엄청나. 1톤 탑차쯤에 신고 올 거야."

"그걸 네가 빼앗는 거다."

"둘은 데려와야겠어."

"거기서 빼앗아서 그대로 나가면 돼."

"모레라고 했지?"

"그래."

"근데 그 여자가 어디서 빼내오는 거야?"

"그 여자는 팩스코 자금부에 있어."

"아, 팩스코."

최만섭이 커다랗게 머리를 끄덕였다.

"그렇구나."

120

"넌 그쯤만 알면 돼."

"알았어."

길게 숨을 뱉은 최만섭이 얼굴을 일그러뜨리며 웃었다.

"내가 나이 40 되기 전에 큰일이 난다더니 바로 이 일이구나."

인간사는 선인(善人), 악인(惡人) 두 종류의 인간으로 나뉘어 있다. 택시 안에서 죽었다가 살아난 김승구가 깨달은 현실이다. 바탕이야 상관없다. 그것까지 따질 필요는 없다. 선인, 악마 두 종류다. 나는 누구인가? 오피스텔의 몸으로 돌아온 김승구의 얼굴에 쓴웃음이 떠올랐다. 나는 부처님이 반, 악마가 반이다. 선과 악이 뒤섞인 별종이다. 나는 부처의 오신통(五神通)도 활용하겠지만 악마의 능력도 힘껏 부리리라.

다음 날 아침, 출근한 김승구가 첫 회의를 했다. 김승구는 팀장이 되어서 7개의 조(組)를 관리하고 있다. 1개 조가 2명이니 13명의 부하가 생긴 셈이다. 회의실에 모인 14명 중에 임하경도 끼어 있다. 3일 전만해도 조장도 아닌 조원 신분으로 복귀한 사내가 팀장이 되어 새까만 선배들을 둘러보고 있는 셈이다. 모두 잠자코 있지만 속은 부글부글 끓고 있을 것이다. 그러나 어쩔 것인가? 2부 그룹장 클라크가 관리하는 63개 조(組)의 작년 실적이 2억 9천만 불이다. 그런데 신입 1개 조원이 하루 만에 3억 2천만 불 오더를 가져왔으니 팀장이 아니라 그룹장이 된다고 해도 할 말이 없는 것이다. 그때 김승구가 입을 열었다.

"내가 나이도 어리고 여러 가지로 미숙하지만 잘 부탁합니다. 서로 돕고 지내면 좋은 일이 많을 거요."

평범하고 느긋한 멘트였기 때문에 몇 명이 한숨을 쉬었고 몇 명은 외면했다. 임하경은 테이블만 내려다보고 있다. 김승구가 말을 이었다.

"일이 막혔다든가 무슨 어려운 일이 있으면 언제든지 이야기해요. 내가 가능하면 최선을 다해 도와줄 테니까."

그때 김승구와 김승구의 조원인 배기남을 제외한 12명이 제각기 옆사람, 또는 앞사람과 시선을 맞췄다. 임하경도 예외가 아니다. 새로 조원이 된 유지나와 시선을 맞추고 있다. 몇 사람의 얼굴에는 희미하게 웃음기까지 띠어져 있다. '네가 뭘 안다고 돕는다는 거냐?' 하는 분위기가 노골적으로 깔려 있다. 배기남도 '차라리 그런 말 안 했던 것이 나았다.'라고 속으로 생각했을 때다. 김승구가 다시 물었다.

"누구, 애로사항 있습니까?"

그때 30대 초반쯤으로 보이는 사내가 나섰다. 아직 소개도 안 해서 이름도, 몇 조인지도 모르는 상태다. 팀원들은 김승구 이름은 알겠지.

"저, 31조장 장수철입니다. 제가 맡은 GM5승용차를 압구정동 매장에서 20대를 주문했다가 인수를 거부했습니다. 엔진 소음이 크다는 터무니없는 이유 때문인데 한 달째 거부하고 있어서…."

"알았어요."

김승구가 말을 잘랐기 때문에 모두의 시선이 모였다. 회의실 안에 잠깐 긴장된 정적이 덮였다. 아직 팀원 이름도 모르는 상황인 김승구인 것이다. 이 문제를 처리할 능력이 있을 리 없다. 그때 김승구가 장수철을 보았다. 웃음 띤 얼굴이다.

"회의 끝나고 내가 갔다 오지."

장수철이 눈만 껌벅였을 때 김승구가 말을 이었다.

"네까짓 게 뭘 하겠느냐는 생각인 것 같은데, 이해해요, 나라도 그럴 테니까. 그럼 오후 5시에 다시 이곳에서 회의 합시다."

122

오전 9시 45분, 서경아의 목소리가 수화기를 울렸다.

"6개 계좌로 분산 입금했어요."

"오케."

핸드폰을 귀에 붙인 배기남이 숨을 고르면서 말했다.

"그럼 1번 은행부터 지금 갑니다."

"내가 6번 은행에서 연락이 올 때까지 기다려야 하니까 서둘러 주세요."

"오케."

배기남이 떠들썩한 소리로 대답했더니 서경아의 목소리에 웃음기가 섞여졌다.

"뭐가 오케예요?"

"오케."

"흥분했어요?"

"신나는데요."

"어디 계세요?"

"누구 말입니까?"

"거기 보스."

"지금 앞에 계세요."

"그럼 수고하세요."

서경아의 전화가 끊겼을 때 배기남이 앞에 앉은 김승구를 보았다. 두 눈이 번들거리고 있다.

"그럼 출발하겠습니다."

"별일 없을 테니까 서둘러라."

김승구가 자리에서 일어서며 말했다. 배기남을 출발시키지만 김승구는 신족통(神足通)으로 작업을 체크할 계획이었다. 그것을 서경아는 물론 배기남에게도 말해줄 필요는 없는 것이다. 따라 일어선 배기남이 커피숍을 나오더니 서둘러 택시를 잡는다. 제1번 은행으로 가려는 것이다. 이제 시작이다. 1번 은행은 택시로 5분 거리다.

자리에 앉은 서경아가 숨을 골랐다. 모니터 화면 위쪽의 시계가 오전 9시 50분을 가리키고 있다. 이제 1번 은행인 서울은행에서 출금 전 확인 전화가 올 것이다. 그때 자리에 앉아서 인출 확인을 해줘야 한다. 자금부 대리인 서경아는 입출금을 관리하고 있기 때문에 자금담당 전무 권한인 입출금 코드와 비밀번호를 모조리 외우고 있는 유일한 직원이다. 팀장도, 부장도, 상무도 모른다. 이것이 서경아가 이번 작업을 계획하게 된 동기가 되었다. 팩스코의 부정한 자금이 한국에 와서 돈세탁을 거친 후에 다시 나간다는 것을 알고 나서 마음을 굳힌 것이다. 준비는 완벽하다.

6개 은행에 예치한 검은 돈은 곧 빠져나갔기 때문에 은행에서는 이상하게 생각하지 않는다, 어떤 때는 로비자금으로 쓰려는지 현금으로 빼낸 적도 있었으니까. 그때는 자금담당 전무 머피가 외국에서 불러온 요원들을 이용했다. 은행에서는 이쪽의 확인만 받으면 출금해준다. 서경아는 어제 오후 5시 정각에 6개 은행에 오늘 출금할 것이라고 통보를 했다. 그래서 각 은행은 출금 금액을 준비하고 있을 것이다. 출금 직전에 은행에서 재확인할 때 서경아가 코드번호, 계좌번호를 찍어줘서 확인해 주면 된다.

서경아가 다시 시계를 보았다. 9시 55분, 10시가 되면 제1번 은행에 배기남이 갈 것이다. 배기남이 직접 갈지 아니면 누구를 시킬지는 알 수 없

124

다. 서경아의 얼굴에 문득 웃음이 떠올랐다. '오케', 배기남의 목소리가
기억났기 때문이다.

10시 5분, 유백만과 조필수가 지점장실로 들어서자 기다리고 있던 지
점장 박선호가 자리에서 일어섰다.

"어서 오십시오."

박선호는 차장 오병식과 함께 있었는데 유백만 등과 악수를 나누더니
제가 먼저 서둘렀다.

"준비 다 해놓았습니다. 인수자 신분 확인이 필요한 거 아시지요?"

"압니다."

유백만이 신분증을 꺼내 책상 위에 놓았고 조필수도 따랐다. 그러자
오병식이 둘의 신분증을 확인하더니 컴퓨터로 팩스코 자금부로 둘의 신
분증을 전송했다. 그러자 곧 확인 사인이 떨어지자 다시 오병식이 출금
코드와 비밀번호, 금액을 재확인했다. 팩스코 자금부에서 바로 코드와
비밀번호, 금액이 찍혀 나왔다. 그러자 오병식이 컴퓨터를 돌려 지점장
에게 보였다. 지점장이 직접 승인 사인을 하고 나서 고개를 돌려 유백만
과 조필수를 보았다.

"현금을 차에 실을까요?"

"그래 주시지요."

유백만이 정색하고 말했다.

"그럼 가시지요."

오병식이 자리에서 일어서며 말했다.

"금고에서 기다리고 있습니다."

박선호까지 따라 일어나 유백만과 함께 방을 나갔을 때 책상 옆에 팔

짱을 끼고 서 있던 김승구가 컴퓨터를 보았다. 그리고 고개를 돌려 방의 앞쪽 모퉁이 위쪽에 부착된 CCTV로 시선을 옮겼다.

"20분밖에 안 걸렸다."

운전석에 앉은 배기남이 어깨를 부풀리며 말했다.

"12시 안에 3곳을 더 들를 수 있겠다."

"차에 다 실을 수 있을까요?"

옆에 앉은 유백만이 들뜬 표정으로 물었다. 탑차의 짐칸에는 지금 20억씩 넣은 자루 10개가 쌓여 있는 것이다. 앞으로 5개 은행에서 700억을 더 실어야 한다. 20억을 담은 자루 35개다.

"다 들어가."

배기남이 자르듯 말했다.

"계산 다해 놨다, 걱정마라."

차는 시청 앞을 달리고 있었는데 교통량이 많아서 가다 서다를 반복하고 있다. 그러나 두 번째 은행은 3백 미터밖에 떨어지지 않았다. 5분이면 도착할 것이다. 고개를 돌린 배기남이 옆에 앉은 유백만과 조필수를 번갈아 보았다.

"익숙해졌다고 너무 건방지게 굴지 마. 그러다가 실수하는 거다."

이것이 팩스코의 세탁용 검은 돈이라는 것까지는 알려주었기 때문에 '공개'할 가능성이 없다는 것은 말해준 것이다. 그렇다고 범죄가 아닌 것은 아니다.

"악!"

옆에서 비명 소리가 들렸기 때문에 김승구가 고개를 돌렸다. 지하철

126

안, 김승구는 지하철을 타고 압구정동으로 가는 중이다. 신족통(神足通)으로 후딱후딱 움직이는 것은 본체(本體)는 놔두고 정신 즉 혼(魂)만 갔다 오는 것이다. 그래서 지하철을 탄 것인데, 남자 하나가 쓰러져 있다. 바닥에 쓰러져 사지를 뻗고 있는 중으로 이것은 죽기 전의 경직 현상이다. 전장(戰場)에서 이런 상황을 자주 겪은 김승구다.

"엄마."

여자가 두 손으로 입을 막은 채 어쩔 줄을 모르고 서 있다, 20대 중반쯤. 남자도 그 또래다. 눈을 까뒤집고 이를 악물었는데 이목구비는 반듯했지만 끔찍한 모습이다.

"이런, 누가 좀 와줘요!"

그때서야 근처 중년 부인 하나가 소리쳤다. 오전 10시 35분, 방금 배기남은 첫 번째 은행에서 200억을 싣고 떠났다. 곧 두 번째 은행에 도착하겠지. 이번에는 80억, 20억짜리 백 4개.

"아악! 사람 죽어요!"

다른 중년 여자가 소리쳤다. 지하철은 달리고 있다. 승객이 얼마 되지 않아서 우 모인다. 물론 김승구처럼 움직이지 않는 인간도 있다. 김승구가 사람들 틈 사이로 쓰러진 사내를 보았다. 그 순간 자신도 모르는 사이에 숙명통(宿命通)이 작용했다.

'이놈.'

와락 달려든 사내가 칼을 치켜든 순간 김승구가 놀라 숨을 들이켰다. 머리에 띠를 매었고 가죽 갑옷을 입었지만 사내의 얼굴이 낯이 익었기 때문이다.

'으윽.'

김승구의 입에서 신음이 터졌다. 뒤에서 끌어안은 힘이 더 강해졌다. 목을 팔로 조르고 있어서 말도 나오지 않는다. 김승구는 과거의 전장(戰場)으로 돌아가 있는 것이다. 그때 사내가 칼을 내려쳤다. 김승구의 눈이 저절로 감겼다. 꼼짝할 수 없는 상황이었기 때문이다. 그때다.

'으악!'

그 순간 비명과 함께 김승구의 목덜미에 뜨거운 물이 쏟아졌다. 피다. 다음 순간 김승구를 덮치고 있던 팔이 풀리면서 사지가 자유로워졌다. 사방에서 비명과 외침이 울렸고 옆으로 아군과 적군이 넘어지고 달려갔다. 그때 땅바닥에 떨어진 칼을 집은 김승구가 앞에 선 사내에게 소리쳤다.

'고맙네.'

'아닙니다, 장군.'

그 순간이다. 날아온 화살이 사내의 가슴에 박혔다. 가슴을 움켜쥔 사내가 뒤로 벌떡 넘어지더니 두 눈을 치켜뜨고는 사지를 쭉 뻗었다. 그러고는 경련을 일으키기 시작했다. 그때 김승구가 놀라 입을 딱 벌렸다. 이자가 누군가? 똑같다.

숙명통에서 돌아온 김승구가 즉시 사람들을 헤치고 사내에게 달려갔다.

"비켜요!"

마침 사내 옆에 쪼그리고 앉아서 어설픈 인공호흡을 하고 있는 사내를 밀친 김승구가 소리쳤다. 그러고는 사내의 옆에 앉자마자 주먹으로 가슴을 쳤다. 화살에 맞은 곳이다. 김승구가 두 번째 친 순간이다.

"아앗!"

주위에서 놀란 외침이 일어났다. 이미 경련도 끊기고 온몸이 굳어지기 시작했던 사내가 벌떡 상반신을 일으켰기 때문이다. 어깨를 추켜들면서 숨을 들이켠다.

"아아아!"

그러고는 주위 사람들이 다 들을 정도로 사내가 폐에 들이켰던 공기를 긴 숨과 함께 내뿜었다.

지하철이 멈추자 김승구는 도망치듯이 빠져 나왔다. 뒤에서 살아난 사내의 동행인 여자가 소리쳐 불렀지만 서둘러 계단을 올라 거리의 인파 속에 묻혔다. 그때 김승구의 귀에 악마의 목소리가 울렸다.

"너하고 인연이 있었던 자를 살렸느냐? 그럼 너하고 같이 버스를 타고 가다가 죽은 23명이 누구였는지 이제 짐작이 가느냐?"

순간 걸음을 멈춘 김승구가 길가의 편의점 앞에 멈춰 섰다. 길가에 붙어 선 김승구가 눈을 크게 떴다.

"아니, 그럼."

그때 악마의 웃음소리가 귀를 울렸다.

"너는 인과응보를 받은 거다. 네가 전쟁에서 죽인 65명을 현생에서 되갚아야 한다. 너 때문에 너하고 같이 버스를 탔던 무고한 인간 23명이 죽었다."

"…"

"너하고 같이 있었던 죄로 목숨을 잃은 것이지."

"…"

"65에서 23을 빼면 42명이구나. 앞으로 42명 남았다."

"나한테 알려주는 이유는 뭐냐?"

"이번 한 번만 계산법을 알려주지."

악마의 목소리에 웃음기가 섞여 있다.

"조금 전에 하나를 살렸으니 하나를 네 손으로 죽여야 한다."

"…"

"그냥 가만있었으면 그러지 않아도 되었을 텐데 넌 하나를 사흘 안에 죽이지 않으면 네가 죽는다."

"…"

"부처도 어쩔 수 없어."

"…"

"사흘 후 갈 시간이 되면 네가 느낄 수 있을 거다. 그 안에 죽여야 돼."

김승구가 고개를 들었다. 선과 악, 죄와 벌이 머릿속에 다 들었다.

"아, 좀 기다리셔야겠는데요."

지점장이 이맛살을 찌푸리며 말했다.

"돈 계산이 덜 끝났어요."

"덜 끝나요?"

이제는 여유가 생긴 배기남이 이맛살을 찌푸렸다. 이곳은 네 번째 은행, 두 번째 은행부터 배기남이 유백만과 둘이 은행에 들어가고 조필수는 탑차 운전석에 앉아 있다.

"예. 죄송합니다."

40대 중반쯤의 지점장이 말했지만 얼굴은 미안한 표정이 아니다.

"그동안 확인을 하지요."

지점장이 말하더니 옆에 선 차장과 과장에게 눈짓을 했다. 이곳은 제일은행 서교동지점. 200억을 찾아야 한다.

"저기, 신분증하고 코드넘버 부탁드립니다."

차장이 컴퓨터 앞에 앉으면서 말했다.

"코드넘버라니? 회사에 확인을 해보세요."

배기남이 이맛살을 찌푸렸다. 조금 전에 계좌번호, 비밀번호를 적어주었기 때문이다. 코드넘버는 서경아한테서 들은 적이 없다. 그때 지점장과 시선을 마주친 차장이 고개를 기울였다.

"저희 은행에서는 코드번호를 대야 하는데요? 물론 회사 자금부에서도 코드번호를 찍어줘야 되지만 말입니다."

"무슨 소리야?"

배기남이 눈을 치켜떴다. 그러고는 핸드폰을 꺼내 버튼을 눌렀다. 서경아의 핸드폰이다. 그러자 벨이 두 번 울렸을 때 서경아가 받았다. 기다리고 있었던 것이다.

"어떻게 된 겁니까? 여기 제일은행은 코드번호까지 대라는데요?"

은행원 3쌍의 시선이 배기남에게 모였다. 배기남은 그것이 레이저 광선처럼 느껴졌다.

이런 경우는 없다. 은행이 함정을 파고 있는 것이다. 숨을 들이켠 서경아가 2초쯤 망설였다. 코드번호는 서경아가 찍어주면 되는 것이다. 인출자가 코드번호를 가져갈 수는 없다. 그때 배기남의 목소리가 울렸다.

"코드번호가 없으면 인출이 곤란하다는데요?"

"지점장 바꿔주세요."

마침내 다급해진 서경아가 말했다. 전혀 예상하지 못했던 사고다. 지점장한테 코드번호를 불러줄 수 있지만 배기남이 번호를 몰랐다고 시비를 걸면 할 말이 없다. 그때 핸드폰에서 지점장 목소리가 들렸다. 서경아하고는 첫 통화다.

"예, 지점장 우석근입니다."

"무슨 일이죠? 무슨 코드예요?"

"거기 재무담당 머피 전무님한테 이야기 못 들으셨습니까?"

지점장이 대뜸 묻는 순간 서경아의 머릿속이 하얗게 변했다. 머피하고 지점장 간에 인출 조건이 설정되었단 말인가? 그때 서경아가 마음을 굳혔다.

"난 못 들었어요. 인출코드만 불러주기로 되어 있습니다."

"그럼 제가 머피 전무님께 확인을 해도 되겠습니까?"

그때 서경아가 말했다.

"좋아요. 옆방에 계시니까 제가 지금 확인을 하죠."

"감사합니다."

그때서야 지점장이 고분고분해졌다.

"제가 기다리겠습니다."

김승구가 서경아의 전화를 받았을 때는 그로부터 3분쯤 후다. 서경아가 굳어진 목소리로 말했다.

"배기남 씨를 현장에서 철수시켜야겠어요. 지금 사고가 생겼어요."

그러고는 서경아가 다급하게 상황을 설명했을 때 김승구가 말했다.

"그럼 지금 지점장보고 머피한테 전화를 하라고 해요."

"네?"

놀란 서경아가 되물었을 때 김승구가 목소리를 높였다.

"지금 당장!"

"여보세요."

지점장의 목소리가 울린 순간 머피는 숨을 들이켰다.

"아, 지점장?"

핸드폰에 발신자 번호가 떠 있었기 때문에 누군지는 안다. 머피가 흐린 눈동자로 앞쪽을 보았다.

"거기 인출 요원들이 가 있군, 그렇지?"

"예, 전무님."

지점장의 목소리가 당황해서 떨렸다.

"여기 와 있습니다."

"코드번호를 불러주지 않았는데, 내가 깜박했어."

"아, 예, 그렇습니다."

"내 잘못이야, 지점장."

"아닙니다, 전무님."

"코드번호 PP27745야, 됐지?"

"예, 전무님."

"당장 지급해줘요. 시간이 없어."

"알겠습니다, 전무님."

"본사 확인은 필요 없겠지? 1분이라도 아끼자고."

"예, 전무님."

핸드폰을 귀에서 뗀 머피가 버튼을 눌러 통화를 끊었다. 그러고는 눈동자의 초점을 잡았다.

머피가 초점이 잡힌 눈동자로 똑바로 앞쪽을 보았을 때 앞에 선 김승구가 고개를 끄덕였다. 타심통(他心通)의 능력을 응용해서 잠깐 머피의 행세를 한 것이다.

머피의 뇌는 그동안 김승구에 의해 장악되었다가 풀려났다. 지금 머피는 조금 전까지 누구와 통화를 했는지 모르고 있다. 김승구는 잠깐 머피를 응시했다. 순간 심장 박동이 빨라졌고 눈에 열기가 올라왔다. 다음 순간 악마의 목소리가 울렸다.

'사흘 안에 죽이지 않으면 네가 죽는다.'

악마는 피를 원하고 있다. 살인이다.

"자, 그럼."

차까지 따라온 지점장이 배기남에게 허리를 굽혀 절을 했다.

"안녕히 가십시오."

"수고했어요."

배기남도 고개를 끄덕이고는 차에 올랐다. 지점장은 까다롭게 군 것에 대해서 지금도 미안해하고 있는 것이다. 차가 은행 뒷문을 나왔을 때 옆자리에 앉은 유백만이 길게 숨을 뱉었다.

"아이고, 셔츠가 흠뻑 젖었습니다, 형님."

"야, 서둘러라. 나머지 2개 은행을 점심시간까지 해치워버리자."

배기남이 어깨를 부풀리며 소리치듯 말했다. 지금 뒤쪽 짐칸에는 550억 원이 실려 있는 것이다. 2개 은행에서 받을 금액은 2백억 원 정도, 오늘 목표는 750억 원으로 수정했다. 그때 배기남의 주머니에 든 핸드폰이 진동으로 떨었다. 서둘러 꺼낸 배기남은 발신자가 서경아인 것을 보았다. 배기남이 핸드폰을 귀에 붙였다.

"예, 접니다."

"찾아가셨지요?"

"예. 지금 5번째 은행으로 갑니다."

"점심시간에 끝나시겠네요."

"잘하면 앞으로 한 시간 반쯤 걸립니다."

"저도 밥 안 먹고 기다릴게요."

"오케."

"이번 건은 어떻게 잘 풀렸는지 지금도 심장이 뛰어요."

"글쎄, 우리 형님만 믿으시라니까."

배기남은 서경아가 김승구에게 연락한 것을 아는 것이다. 연락하면 된다.

"그럼 수고하세요."

서경아가 들뜬 목소리로 말했을 때 배기남이 대답했다.

"오케."

수화기에서 서경아의 짧은 웃음소리가 들렸다.

이곳은 압구정동 자동차 전시장, 김승구는 저쪽에서 숨 막히는 작전을 펼치고 있는 것을 놔두고 회사일로 돌아와 있다.

"어디서 오셨습니까?"

김승구가 들어서자 영업사원 하나가 다가와 물었다. 이곳이 31조장 장수철이 GM5 20대를 인수 거부당한 매장이다. 한 달째 거부하고 있어서 승용차 20대는 평택의 창고에 방치되어 있다. 대당 15만 불이 넘는 고급차여서 31조는 간이 탈 만했다.

"아, 난 팩스코 팀장입니다. 31조 장수철 씨 일 때문에 왔는데요."

떠들썩한 목소리로 말했기 때문에 주위 시선이 모였다. 그것을 안쪽에서도 들었는지 사내 하나가 다가왔다.

"내가 여기 매장 소장인데."

40대 중반쯤의 사내가 거드름을 피우면서 김승구를 보았다. 모두가 이쪽으로 몸을 돌렸는데 기대에 찬 표정들이다. 그때 김승구의 시선을 받은 소장이 말했다.

　"아, 팩스코 팀장님이시군요."

　다가온 소장의 얼굴에 웃음이 떠올랐다.

　"그렇지 않아도 팀장님 뵙고 말씀드리려고 했습니다."

　둘러선 사내들이 제각기 한 걸음 내지 두 걸음 다가와 섰다. 얼굴에 나타난 호기심을 숨기지 않고 내보이고 있다. 그때 김승구가 따라 웃었다.

　"아, 반갑습니다. 준비되셨지요?"

　"예, 인수증에 사인만 하면 되니까요."

　고개를 돌린 소장이 옆에 선 사내에게 소리치듯 말했다.

　"뭐해! 가서 GM5 계약서 가져와!"

　"예?"

　놀란 사내가 되물었을 때 소장이 목소리를 더 높였다.

　"네가 갖고 있잖아! 빨리 가져와!"

　소장의 기세가 사나워서 모두 주춤거리며 고개를 돌렸다. 그때 소장이 다시 소리치듯 말했다. 다 들으라는 것 같다.

　"한 달이 넘도록 입고를 거부한 건 순전히 우리들의 고의적인 행동입니다! 사과하는 의미에서 과태료까지 지급하지요!"

　김승구를 응시한 채 소장이 말을 잇는다.

　"오늘 당장 입고 조치하겠습니다."

　넓은 매장은 조용했고 10여 명의 사원도 모두 외면하고 있다. 그들은 아연한 표정이었지만 소장의 시선이 처음부터 김승구에게 박힌 채 떨어지지 않고 있다는 것을 깨닫지 못하고 있다.

그 시간에 배기남은 여섯 번째 은행의 지점장실로 들어서는 중이었다.

"어서 오세요."

국제은행 역삼동 지점장이 배기남을 맞았다. 국제은행에서 인출할 금액은 80억, 20억짜리 백이 4개다.

"준비 다 되었습니다."

지점장 옆에 선 차장이 배기남에게 말했다. 조금 전에도 확인을 한 것이다. 자리에 앉은 배기남이 계좌번호와 코드번호가 찍힌 쪽지를 내밀었다. 쪽지를 받은 차장이 컴퓨터로 확인을 하고는 고개를 돌려 배기남을 보았다.

"코드번호가 바뀌었는데요? 이건 팩스코 본사에서 조금 전에 바뀐 것 같습니다."

"이런 제장."

배기남이 투덜거렸다. 네 번째 은행인 제일은행에서의 사고(?)가 없었다면 배기남은 식겁을 했을 것이다. 의자에 등을 붙인 배기남이 옆에 앉은 유백만을 보았다.

"바뀐 번호를 불러달라고 해야겠다, 그렇지?"

"예, 부장님."

배기남이 고개를 돌려 지점장을 보았다.

"바뀐 코드번호를 다시 받아야겠죠?"

"재무담당 전무님이 직접 불러 주셨으면 좋겠는데요."

지점장이 굳어진 얼굴로 말했다.

"이젠 직접 확인하는 수밖에 없습니다."

"그러시든지."

배기남이 웃음 띤 얼굴로 고개를 끄덕이며 자리에서 일어섰다.

"제가 화장실에 다녀올 동안 확인하세요."

그러고는 배기남이 차장에게 물었다.

"화장실이 어딥니까?"

"아, 저기, 복도 끝입니다."

배기남이 이제는 '얼음'이 된 유백만에게 말했다.

"넌 여기 있어."

"예, 부장님."

유백만이 대답했지만 어금니를 물고 있는 것이 보였다. 사무실을 나온 배기남이 화장실로 들어서자마자 핸드폰을 꺼내 김승구에게 문자를 날렸다.

"형님, 국제은행 코드가 바뀌어서 지점장이 지금 재무담당 전무한테 새 코드를 확인하고 있습니다."

그렇게만 문자를 보낸 배기남이 핸드폰을 주머니에 넣고는 소변기 앞에 섰다. 그러고는 혼잣말을 했다.

"진인사대천명."

국제은행 지점장 송영철은 머피하고 여러 번 만난 사이다. 두 달 전에는 룸살롱에서 술까지 마신 적이 있다. 팩스코 계좌로 뜬금없이 입금되었다가 며칠 만에 깨끗한 돈이 되어 나가는 정체불명의 거금을 관리하게 된 후부터 머피가 해당 은행과의 관계에 신경을 쓰기 때문이다. 은행원 생활 25년이니 송영철은 돈 냄새에 익숙하다. 그러나 팩스코의 이런 거래는 은행에 엄청난 이익을 올려주고 있는 것이다. 최대 5일 동안 담았다가 꺼내 가는 데 5퍼센트의 이자를 떼는 것이니 노다지나 같다. 담당 전무나 지점장, 차장 등 최소한의 인원만 아는 터라 보안도 완벽하다.

핸드폰의 버튼을 누른 송영철이 심호흡을 했다. 출금하러 온 배기남을 의심하지는 않았다. 둘의 태도가 너무 당당했기 때문이다. 사기꾼일 리가 없다. 이런 엄청난 거금을 인출하려고 본사의 코드, 비밀번호를 빼내오려면 본사 자금부 핵심을 움직여야 한다. 그때 송영철의 귀에 붙인 핸드폰에서 머피의 목소리가 울렸다.

"아, 송 지점장, 거기 인출팀이 와 있지?"

"예, 전무님. 바뀐 코드번호를 갖고 오지 않아서요."

"그건 나도 금방 받았어."

머피가 웃음 띤 목소리로 말했다.

"거기 인출팀장을 바꿔주게."

"예, 전무님."

송영철이 핸드폰을 방금 화장실에서 돌아온 배기남에게 건네주었다.

"전무님 전화 받으시죠."

배기남이 핸드폰을 받아 귀에 붙였다. 그러고는 숨을 들이켜고 나서 말했다.

"예, 전화 바꿨습니다."

"나다."

그 순간 김승구의 목소리가 울렸기 때문에 배기남이 숨을 멈췄다. 그때 김승구가 서두르듯 말했다.

"예, 전무님, 하라고, 병신아."

"예, 전무님."

"코드번호 받아 적어라."

"예, 전무님."

배기남이 손짓으로 펜을 달라는 시늉을 했더니 송영철이 펜을 건네주었고 차장은 메모지를 앞에 놓았다. 그때 김승구가 말했다.

"이번 코드번호는 SS247454다."

머피의 몸에서 나온 김승구가 앞에 서서 머피를 물끄러미 보았다. 머피의 눈동자가 흐려졌다가 슬슬 초점이 잡혀지고 있다. 머피의 사무실 안, 김승구는 머피의 몸에 두 번째 들어갔다가 나온 참이다. 배기남의 문자를 보고 나서 머피에게 다시 온 것이다. 김승구는 손을 뻗어 머피의 핸드폰에서 조금 전의 통화 기록을 지웠다. 핸드폰이 저절로 깜박이고 있었지만 머피는 눈치채지 못했다.

자리에서 일어선 서경아가 사무실을 나왔을 때 다가오던 자금부장 정준병이 물었다.

"어디 가는데?"

오후 2시 반, 6개 은행에서 750억이 인출된 지 10분이 지났다.

"저, 잠깐 아래층 식당에요."

서경아가 웃음 띤 얼굴로 정준병을 보았다. 정준병은 42세, 성실한 간부다. 금리에 밝아서 회사에 꼭 필요한 직원이지만 비밀자금 거래에서는 철저히 소외되었다. 거래 내역을 알고 있는 간부는 머피와 사장 포크너, 그리고 실무를 담당한 서경아뿐이다. 그러나 머피와 포크너는 서경아가 입출금 코드넘버와 비밀번호를 해킹해서 알고 있을 줄은 꿈에도 모르고 있다. 아래층 로비로 내려온 서경아는 옆쪽 통로로 나와 통근버스 승강장으로 다가갔다. 통근버스는 20분마다 출발하는데 5분 남았다.

트럭을 창고에 넣은 배기남이 둘러선 후배들을 보았다. 유백만, 조필수를 포함한 6명. 나머지 넷은 창고를 빌리고 트럭을 개조했으며 망을 보고 차를 타고 트럭을 경호하는 역할을 맡았다. 모두 배기남의 군 시절

부하들로 예편하고 나서 실업자가 되어 있는 신세.

"문 열어."

배기남이 지시하자 부하들이 트럭 뒷문을 열었다. 그러자 가득 쌓인 자루가 보였다. 안의 내용물의 골격이 밖으로도 드러나 있다. 돈뭉치다. 자루에는 '한국은행'의 마크가 찍혀 있는 것이다. 창고 안은 조용해서 누가 침 삼키는 소리도 울렸다. 이곳은 성남 외곽의 폐공장 창고 안이다. 폐공장이지만 창고는 깨끗했고 문도 멀쩡하다. 그때 배기남이 말했다.

"자루 3개만 내려."

그러자 부하 둘이 재빠르게 차에 올라 자루 3개를 내렸다. 60억이다. 자루가 땅바닥에 놓였을 때 배기남이 말을 이었다.

"너희들이 한 일을 일당으로 치면 반나절 막노동에 5만 원, 거기에다 특별수당 3만 원쯤 보태서 8만 원이면 아주 만족하고 돌아가야 될 거다."

모두 눈동자만 굴렸을 때 배기남이 유백진과 조필수에게 말했다.

"자루 풀어서 약속대로 나눠라."

"예, 형님."

둘이 동시에 복창하더니 곧 자루를 풀기 시작했을 때 배기남의 '연설'이 창고를 울렸다.

"지금부터 너희들의 일이 시작된다고 봐도 될 것이다. 그러니까 내가 말한 주의사항을 명심하도록, 주의사항을 어긴 놈은 배신자로 인정하고 가차 없이 죽일 테니까. 나 하나의 실수로 나머지 동지, 선배의 목숨을 잃게 한 것이나 같다는 것을 명심해라, 알았어?"

"옛!"

여섯이 일제히 대답했을 때 배기남이 문 쪽을 가리켰다.

"누가 밖에 나가서 경비 서."

이건 군대식이다.

"지가 무슨 재주로?"

장수철이 떠들썩한 목소리로 말했다. 오후 4시 50분, 팩스코서울 사무실의 영업부 회의실 안. 5시에 영업부 회의가 열릴 예정이어서 안에는 7, 8명의 조원이 들어와 있다. 어깨를 부풀린 장수철이 둘러앉은 조원들을 보았다.

"그, 매장 소장 놈이 얼마나 악질인 줄 알아? 폭력전과 2범에 사기전과까지 있는 놈이야. 하지만 영업 실적이 뛰어나서 곧 이사 승진이 된다는군. 그놈이 한번 틀면 끝장이야."

"근데 왜 오더를 받은 거야?"

33조장이 묻자 장수철이 쓴웃음을 지었다.

"내가 귀신에 홀렸던 거지. 계약 당시에는 전혀 이상한 놈이 아니었으니까."

"그런데?"

"입고 날짜가 다가오니까 슬슬 눈치를 보이는 거야. 엄청난 실적을 줬는데 리베이트가 없느냐는 거지."

"어지간하면 주지 그랬어?"

"미쳤냐? 10퍼센트를 어떻게 줘?"

장수철이 목소리를 높였다.

"대당 10퍼센트면 20대, 30만 불이야."

"그렇군."

"저, 번개팀장이 갔겠지만 개망신을 당하고 올 것이 틀림없어."

어느새 김승구의 별명은 '번개팀장'이 되어 있다. 번개같이 팀장이 되었다는 뜻일 것이다. 그때 33조장이 고개를 돌려 임하경을 보았다.

"임하경 씨, 그, 번개팀장 어때? 난 그 친구하고 말도 한 번 섞지 못했는데."

"뭐가요?"

"성격 말이야, 능력이라든지."

"평범해요."

"참, 내."

그가 혼잣소리처럼 말했다.

"좌우간 오래 살고 봐야 한다니깐. 일순간에 3억 2천만 불 오더를 따내다니 말이야. 나한테는 그런 기회가 언제 오나?"

그때 김승구가 들어섰다.

갑자기 회의실이 조용해졌지만 김승구는 신경 쓰지 않았다. 자리에 앉은 김승구가 테이블을 휘둘러보았다. 김승구를 따라 서너 명이 들어와 회의실에는 7개조 13명이 모였다. 김승구조의 조원 배기남만 참석하지 못했다. 고개를 든 김승구가 31조장 장수철을 보았다.

"장 조장, 매장 소장한테 전화를 해봐요, 지금."

지금이란 단어를 강조했더니 장수철이 숨부터 들이켜고 물었다.

"지금 말씀입니까?"

"그래요."

"뭐라고 하지요?"

"소장한테 전화 걸어서 나 바꿔줘요."

"알겠습니다."

"머니까 스피커폰으로 해놓고."

"그러지요."

부담이 하나도 없는 일인 데다 스피커폰으로 연결해 놓으라니, 숨을 들이켠 장수철이 아예 핸드폰을 테이블 위에 올려놓고 스피커폰 버튼부터 누르고 소장한테 전화를 걸었다. 둘러앉은 12명이 숨을 죽이고 있다. 곧 신호음이 울리더니 세 번 만에 응답소리가 났다. 바로 소장이다.

"아, 장수철 씨?"

"예, 안녕하십니까?"

어쩔 수 없이 장수철이 커다란 목소리로 인사를 했다.

"갑자기 전화드려서 죄송합니다, 소장님."

"아, 됐고, 그런데…."

그때 김승구가 테이블 위에 놓인 핸드폰에 대고 말했다. 장수철은 테이블 건너편에 앉아 있다.

"소장님, 접니다."

그 순간 소장이 깜짝 놀라는 목소리로 응답했다.

"아이구, 팀장님, 같이 계셨습니까?"

"아, 지금 같이 들으니까 장수철 씨한테 말해요."

"예, 팀장님."

그러더니 소장이 헛기침부터 했다.

"장수철 씨."

"예, 소장님."

긴장한 장수철이 대답했을 때 소장이 말을 이었다.

"팀장님이 오셨을 때 내가 약속을 해드렸어요. 차, 당장 입고해 주시오."

"예? 예, 감사합니다."

장수철의 얼굴이 대번에 붉어졌다. 그때 소장이 말을 이었다.

"인수증에 사인해 놓았으니까 가져가시고. 그리고…."

모두 숨을 죽였기 때문에 회의실 안에 소장이 숨 들이켜는 소리까지 들렸다.

"한 달 지연시킨 과태료도 우리가 지급하겠습니다."

"아, 아이구."

그때 김승구가 입을 열었다.

"소장님, 그럼 바로 조치해주시지요."

"예, 팀장님."

"전화 끊습니다."

김승구의 눈짓을 받은 장수철이 핸드폰 버튼을 눌렀는데 당황해서 통화정지에다가 전원까지 꺼버렸다.

'머피는 안 된다.'

엘리베이터에 탔을 때 김승구의 머릿속에 떠오른 생각이다. 김승구는 지금 회의를 마치고 회사를 나오는 중이다.

'다른 사람으로.'

김승구가 그렇게 마음을 굳혔다. 이제 이틀 남았다. 처음에는 머피를 죽이려고 했지만 이용해야 할 일이 많다. 엘리베이터에서 내린 김승구가 로비를 지나면서 주위를 둘러보았다. 경비 데스크 옆에는 유리벽이 있다. 유리벽에 비친 자신의 얼굴을 본 순간 김승구가 숨을 들이켰다. 두 눈이 번들거리고 있었는데 마치 굶주린 맹수의 눈이었다. 자신의 이런 눈을 본 적이 없다. 전혀 다른 모습이다. 다음 순간 김승구의 가슴이 서늘해졌다. 악마의 모습이다. 악마의 눈인 것이다. 살인에 굶주린 악마가 내 안에 있다. 그런데 그것이 아무렇지도 않게 느껴진다.

김승구가 커피숍 안으로 들어서자 기다리고 있던 배기남과 서경아가 자리에서 일어났다. 서경아는 이곳으로 곧장 온 것이다. 이곳은 성남 교외에 위치한 길가의 커피숍이다. 자리에 앉은 김승구가 웃음 띤 얼굴로 서경아를 보았다.

"오늘 밤 비행기입니까?"

"네, 10시 출발이니까 8시까지는 공항에 가야 돼요."

"가족들은 지금 칭다오에 있지요?"

"네, 거기서 다시 태국으로 가려고요."

그때 김승구가 고개를 저었다.

"그냥 중국에서 살아요. 태국까지 갈 필요 없어요."

"왜요?"

서경아의 시선을 받은 김승구가 쓴웃음을 지었다.

"팩스코에서는 경찰에 신고를 못하는 대신 용역회사를 시켜 서경아 씨를 찾을 텐데 나하고 가까운 곳에 있는 것이 낫지 않겠어요?"

"…."

"급할 때는 내가 도와 드려야 할 테니까요."

서경아가 숨만 쉬었고 김승구의 말이 이어졌다.

"강기태와 타운은행의 고진원은 내일을 기다리고 있겠지요?"

"네."

잊고 있었던 서경아가 놀란 표정으로 김승구를 보았다. 김승구가 다시 물었다.

"내일 몇 시에 전화하기로 했지요?"

"오늘처럼 10시 정각에 작업을 시작하기로 했어요."

"그렇다면 오늘처럼 9시 반에 은행 앞에서 기다렸다가 계좌번호, 비밀번호를 받고 들어가겠군."

"똑같아요."

"그럼 10시에 첫 은행에서 강기태 일당이 은행으로 들어가는 것으로 합시다."

정색한 김승구가 말을 이었다.

"오늘 밤 비행기를 타기 전에 내일 강기태한테 할 이야기를 녹음해 놓아요. 그리고 핸드폰도 놓고 가고."

"그럴게요."

"돈은 내가 보내줄 테니까 오늘은…"

김승구는 고개를 돌려 옆에 앉은 배기남을 보았다.

"배기남하고 같이 중국으로 가요. 배기남이 중국에서 돈을 찾아주고 이것저것 도와줄 테니까."

서경아의 시선이 배기남에게 옮겨졌다. 어느덧 얼굴이 상기되어 있다.

"그렇게까지…"

시선을 내린 서경아가 주춤대며 말했을 때 김승구가 말을 이었다.

"혼자 처리하기에 힘이 드는 일이 많아요. 배기남이 며칠 서경아 씨를 도와주고 오는 것이 낫습니다."

배기남의 호흡이 가빠져 있다. 미리 이야기를 해주었지만 감동하고 있는 것이다. 김승구의 눈앞에 배기남과 서경아의 모습이 떠올랐다. 저절로 천안통(天眼通)이 터진 것이다. 이번에는 남산만큼 부른 서경아의 배를 어루만지는 배기남의 모습이다.

"살려주세요."

옆에서 울음 섞인 목소리가 울렸기 때문에 김승구가 고개를 들었다.

147

길가, 방금 배기남, 서경아와 헤어져서 택시 정류장으로 걷던 참이다. 둘을 커피숍에 남겨 두고 먼저 나온 것이다. 오늘 밤 비행기로 같이 중국으로 떠날 테니 둘도 곧 나오겠지. 하지만 둘이 시선을 주고받는 것에 눈꼴이 시어서 먼저 일어난 것이다. 주위에서 그런 소리를 내는 인간이 없다. 오후 7시가 조금 넘는 시간이라 교외지만 차들이 밀려 있었다. 마침 사거리 옆이어서 신호에 걸린 차들이 멈춰 서 있다.

"살려주세요."

다시 목소리가 들렸는데 이번은 바로 옆쪽이다. 옆에는 멈춰 서 있는 승합차 하나, 그 안에서 부르는 것 같다.

"이놈의 개새끼, 낑낑대기는."

고정기가 투덜거렸다.

"얀마, 한 시간만 기다려라. 목욕시켜줄게, 아주 뜨끈뜨끈한 목욕."

핸들을 쥔 고정기가 제 말이 우스운지 혼자 끽끽 웃었다.

"아, 쌍, 웬 신호가 이렇게 길어?"

다시 투덜거렸던 고정기가 고개를 돌려 뒤쪽을 보았다.

"10킬로는 되겠지."

고정기가 다리를 묶어놓은 개를 훑어보며 혼잣소리를 했다. 진도견 잡종 한 마리가 묶인 채 바닥에 놓여 있다. 길가에 매어놓은 개를 끌고 온 것이다. 이 길로 바로 도축업자 최 씨한테 넘기면 킬로당 5천 원은 받는다. 5만 원, 오늘 하루 기름값은 번 셈이다.

"병신같이, 가게 앞에 개를 매어놓고 일을 볼 바에는 데리고 다니지 말아야지."

다시 투덜거렸던 고정기가 갑자기 브레이크를 밟고 있던 발을 떼더니

148

가속기를 와락 밟았다. 그러고는 핸들을 사거리 복판에 세워진 시멘트 분수대로 틀었다. 굉음을 일으키고 달려간 승합차가 시멘트벽에 충돌하더니 앞부분이 종이처럼 구겨졌다. 충돌하기 직전에 인도로 빠져나온 김승구가 어깨를 늘어뜨렸을 때 악마의 목소리가 울렸다.

"옳지, 그래야 균형이 맞는 거다."

오피스텔로 돌아왔을 때는 오후 10시 반이다. 조금 전 서경아와 배기남은 인천공항에서 칭다오로 떠났다. 둘은 탑승 전에 제각기 김승구에게 인사를 했는데 똑같이 들뜨고 행복한 분위기였다. 타심통(他心通)으로 들어가서 볼 필요도 없었기 때문에 그냥 대답만 했다. 배기남은 일을 마치는 대로 돌아와야 할 것이다. 씻고 옷을 갈아입은 김승구가 소파에 앉았을 때 핸드폰이 울렸다. 발신자를 보았더니 같은 오피스텔에 사는 고윤희다. 김승구가 핸드폰을 귀에 붙였다.

"집에 왔어?"

"응, 지금 집이야?"

"그래, 나도 방금 왔어."

김승구의 가슴에 따뜻한 기운이 덮였다. 마치 적당한 온도의 물속에 들어간 느낌이다.

"어때? 내 방에서 한잔할까?"

"그래, 내가 술하고 안주 만들 거 준비해 갈게."

고윤희의 목소리도 밝아서 같은 느낌일 것 같다는 생각이 들었다.

"자기, 팩스코에 다닌다고 했지?"

술잔을 든 고윤희가 물었다. 방 안에는 음식 냄새가 가득 찼다. 고윤희가 재료를 가져와 스테이크, 야채볶음, 해물탕까지 만들었기 때문이다. 요리가 취미라는 고윤희의 요리 솜씨는 일품이다. 술안주로 만든 요리를 김승구는 배부르게 먹었다. 고개만 끄덕인 김승구에게 고윤희가다시 물었다.

"직위가 뭐야? 아직 사원인가?"

"팀장."

"히."

숨 들이켜는 소리를 낸 고윤희가 술잔을 내려놓았다. 위스키 한 병을 거의 다 마셔가는 중이다.

"팀장이면 과장급 아냐?"

"그런 셈이지."

"거긴 사원 다음에 팀장이야?"

"사원 다음에 조장, 팀장이지."

"입사 몇 년 차야?"

"2년."

아직 반년도 안 되었다고 하면 이야기가 길어질 것이다. 그러나 고윤희는 2년이라고 해도 놀랐다.

"진급이 빠른 거야?"

"특진한 거야, 실적이 좋아서."

"그렇구나, 능력자네."

"어쩌다 그렇게 되었지."

"어쨌든 능력자야, 말 한마디로 방으로 나를 끌어들이지 않나? 우리 악질 바이스가 쓰러진다는 것을 예상하지 않나?"

"그렇군."

김승구가 웃음 띤 얼굴로 고윤희를 보았다.

"네가 요즘 무슨 고민이 있다는 것도 알지."

4장
미래여행

김승구는 이미 타심통(他心通)으로 고윤희의 마음을 읽고 있다. 고윤희는 아버지가 경영하던 자동차 부속 공장이 경기 침체로 문을 닫자 경제적인 압박이 왔다. 지난달부터 생활비가 끊겼기 때문에 겨우 버티고 있는 중이다. 오피스텔은 아버지가 고윤희 명의로 사준 것이라 살고는 있지만 레지던트 1년 차 수당으로는 관리비도 벅차다. 한 모금 술을 삼킨 김승구가 지그시 고윤희를 보았다.

숙명통(宿命通), 고윤희의 전생이 눈앞에 고속으로 돌리는 필름처럼 지나가다가 우뚝 멈춰 섰다. 김승구와 인연이 있는 장면에서 멈춘 것이다. 저녁 무렵의 대문 앞이다. 옷차림을 보면 중세 같다. 앞에 여자가 서 있다.

"이걸 가져가. 창고에서 훔쳐왔어."

여자가 자루를 내밀면서 말했다. 주름진 얼굴이었지만 영락없는 고윤희다. 남루한 옷, 마른 몸, 여자가 김승구의 손에 자루를 쥐어주면서 서둘렀다.

"어서, 이 쌀로 네 식구가 이틀은 먹을 수 있을 거다."

주위를 둘러보면서 여자가 김승구의 등을 밀었다.

"아주머니, 고맙습니다."

승구는 떨리는 자신의 목소리를 듣는다.

"아니야, 돕고 살아야지."

여자는 김승구 이웃집에 사는 안 씨, 집에 김승구 또래의 아들도 있다. 음식 솜씨가 좋아서 김 참판 댁 하인 노릇을 하면서 식구를 먹여 살리고 있다. 자루를 쥔 김승구의 가슴이 미어졌고 코가 매운 느낌이 든다.

코에 매운 느낌이 남아있었기 때문에 김승구가 코를 움켜쥐었다가 놓고는 고윤희에게 말했다.

"너, 요즘 돈 없지?"

"응?"

놀란 고윤희가 술잔을 내려놓았다. 술기운으로 붉어졌던 얼굴이 금방 굳어지더니 되물었다.

"어떻게 알아?"

어느새 두 눈이 번들거리고 있다. 마음이 여린 때문이다. 자리에서 일어선 김승구가 벽장에서 5만 원권 뭉치 3개를 꺼내와 고윤희에게 내밀었다.

"이거 가져가."

김승구가 옛날 고윤희가 말했던 흉내를 내었다. '창고에서 훔쳐왔어.'란 말은 잇지 않았다. 놀란 고윤희가 옛날 김승구처럼 시선만 주었을 때 김승구는 말을 이었다.

"어서. 이 돈으로 네가 몇 달은 보낼 수 있을 거다."

그러고는 덧붙였다.

"돈은 내가 대줄게."

전생(前生)의 업은 후생에서 계속 주고받는다는 말을 할 필요는 없다.

다음 날 오전 9시 10분, 망설이던 강기태가 핸드폰을 들고 버튼을 눌렀다. 그러자 신호음 두 번 만에 서경아의 목소리가 울렸다.

"네."

"준비됐지요?"

"네."

"그럼, 10시 10분에 제1번 은행으로 들어갑니다."

"네."

핸드폰을 귀에서 뗀 강기태가 심호흡을 했다. 그러고 보니 서경아는 '네'를 세 번만 하고 통화를 끝냈다.

녹음기를 핸드폰에서 뗀 김승구의 얼굴에 쓴웃음이 번졌다. 어제 서경아의 목소리를 녹음해놓았다가 강기태에게 틀어준 것이다. 이곳은 오피스텔 안, 회사에다는 출장이라고 해놓고 작전 중이다.

벽시계가 9시 15분을 가리키고 있다. 강기태가 첫 번째 은행인 서울은행으로 진입할 때까지 50분이 남았다. 서울은행에서 인출할 금액은 200억. 그러나 어제 같은 시간에 유백만과 조필수가 이미 인출한 것이다. 이제 강기태는 없어진 돈을 인출하려고 들어간다.

인간은 감정의 동물이다. 감정을 가진 동물은 인간밖에 없는 것이다. 호랑이가 사슴을 공격해서 잡아먹는 것은 성이 났기 때문이 아니다. 새끼를 잃은 늑대가 슬퍼서 운다고? 아니다. 다 본능 때문이다. 그걸 인정했다가는 하이에나가 고시공부를 할 수도 있다는 말로 비약된다.

154

31조장 장수철은 압구정 매장 소장이 GM5 20대를 과태료까지 지급하고 받아들인 후부터 김승구의 심복이 되었다. 심복이라기보다 매니아라고 해야 맞다. 김승구의 3억 2천만 불 실적부터 일거수일투족을 칭송하기 시작했는데 그것은 인간이 감정의 동물이기 때문이다. 감동하지 않으면 인간이 아닌 것이다.

"임하경 씨는 어떻게 생각해?"

회의실에서 장수철이 불쑥 물어서 임하경이 고개를 들었다. 회의실에 임하경과 유지나 둘이 있을 때 장수철이 들어온 것이다.

"뭘 말이에요?"

임하경이 되묻자 장수철이 쓴웃음부터 지었다.

"임하경 씨 조원이었잖아? 팀장이 말이야."

"그래서요?"

"지금 생각해보면 특출한 기질이 있었던 것 같지 않아?"

"글쎄요."

임하경의 얼굴에도 쓴웃음이 번졌다.

"없었던 것 같은데요."

"있었어도 발견하지 못했겠지."

"내 눈에는 그랬어요."

"난 이제 믿어."

어깨를 부풀린 장수철이 임하경을 보았다.

"팀장은 능력이 있어. 결코 우연히 '번개팀장'이 된 게 아냐."

"완전히 심복이 되었네요."

"내 경우가 돼 봐, 당연한 일 아냐?"

"그렇겠죠."

"임하경 씨 경우는 아니란 말이지?"

"시간이 지나면 차츰 심복하게 되겠죠."

장수철이 천천히 고개를 끄덕였다.

"난 아직도 감동이 남아 있어. 한 달 동안 그토록 애를 먹이던 문제를 팀장이 일순간에 해결했단 말이야."

장수철이 흐린 눈으로 임하경을 보았다.

"그 방법이 무엇이 됐건 간에 말이야."

그것은 장수철도 도대체 '어떻게 이렇게 해결이 되었단 말인가?'를 머리에 쥐가 나도록 생각해 보았다는 증거였다.

"인출 때문에 오셨다고요?"

서울은행 오병식 차장이 눈을 가늘게 뜨고 강기태를 보았다. 오전 10시 7분, 서울은행 안 창구 앞에서 오병식과 강기태가 마주보고 서 있다. 어깨를 편 강기태가 똑바로 오병식을 보았다.

"본사 자금부에서 연락은 받으셨죠?"

"어떤 연락요?"

"오늘 자금 인출 말입니다."

"얼만데요?"

"200억."

이제는 강기태가 머리까지 조금 젖혔다.

"서경아 씨한테서 연락이 왔을 텐데요."

"잠깐만요."

오병식이 건성으로 고개를 끄덕이더니 황급히 몸을 돌렸다. 그것을 본 강기태가 옆에 선 천승호를 보았다. '그것 봐라.' 하는 표정이다.

156

"뭐? 200억? 이게 무슨."

눈을 치켜뜬 지점장 박선호가 오병식을 노려보았다.

"팩스코에서 왔대?"

"자금부 서경아 씨 연락 못 받았냐고 합니다."

"돈이 어디 있다고? 어제 다 가져가고 몇천만 원밖에 남지 않았는데."

"지금 매장에서 기다리고 있습니다."

"회의실로 안내해."

마침내 박선호가 결정을 내렸다.

"자네는 가서 그 사람들하고 기다려, 난 본사에다 확인해볼 테니까."

5분쯤 후, 팩스코 재무담당 전무 머피가 박선호의 전화를 받더니 먼저 짧게 웃었다.

"뭐라고? 돈을 찾으러 와? 지금 나한테 농담하는 거야?"

"전무님, 그게 아니라…."

"난 모레, 그러니까 이틀 후에 찾을 계획이야, 미스터 박. 이틀 후에 인출해도 이자는 그대로겠지?"

"전무님, 농담이 아닙니다. 돈은 어제 인출하셨지 않습니까? 200억을 말씀입니다."

"자네 미쳤나? 조금 전에는 누가 200억을 찾으러 은행에 왔다고 하더니 어제 찾아갔다고?"

"전무님…."

"난 모레 인출할 계획이야, 알았어?"

"전무님, 농담 아닙니다. 어제 오전 이 시간에 팩스코에서 200억을 인출해가셨습니다. 서경아 씨한테 확인해보시지요."

"이런, 젠장."

"그런데 지금 또 누가 200억을 찾으러왔단 말입니다. 서경아 씨한테 확인하려 했더니 오늘 결근했다고 해서…."

박선호는 전화가 끊긴 것을 듣고는 핸드폰을 귀에서 떼었다.

"확인 중이니까 좀 기다리시지요."

오병식이 두 번째 말했을 때 강기태가 손목시계를 보았다. 오전 10시 18분, 은행에 들어온 지 11분이 지났다.

"아, 이거 바쁜데."

강기태가 투덜거렸고 옆에 앉은 천승호의 숨소리가 가빠져 있다. 마침내 강기태가 핸드폰을 꺼내 버튼을 눌렀다. 서경아의 핸드폰이다. 곧 신호음이 두 번 울리더니 서경아가 응답했다.

"네."

"지금 은행인데 어떻게 된 겁니까?"

앞에서 오병식이 쳐다보고 있었기 때문에 강기태가 목소리를 높였다.

"지금 본사 확인 중이라는 겁니다. 연락하지 않았어요?"

"기다리세요."

서경아의 차분한 목소리가 들렸기 때문에 강기태는 호흡을 고르고 나서 다시 물었다.

"언제까지요? 바쁜데…."

"기다리세요."

같은 억양으로 말한 서경아가 통화를 끊었다.

강기태가 5분을 더 기다렸을 때 회의실 문이 열리더니 한 무리나 되는 경찰이 쏟아져 들어왔다. 기겁을 한 천승호가 벌떡 일어섰지만 강기태는 입맛부터 다셨다. 일이 깨진 것이다.

"이런 젠장."

그때 앞장선 경찰이 말했다.

"가십시다."

"뭐야?"

마틴 포크너, 팩스코 사장이 핸드폰을 귀에 붙이고 버럭 소리쳤다. 이곳은 경기도 여주 근처의 골프장 주차장, 포크너는 골프복 차림으로 막차에서 내린 참이다. 오전 10시 47분, 11시에 재무부 국장하고 골프 약속이 있기 때문에 서둘러 들어서다가 전화를 받은 것이다.

"뭐라고? 200억?"

"예, 서울은행에서 200억을 인출해갔습니다."

머피가 한마디씩 힘들게 말했다.

"그래서 그 일당을 경찰이 체포했는데…."

"그 돈을 찾았어?"

"아닙니다."

"일당을 잡았다면서?"

"예. 돈을 인출하려고 온 일당인데…."

"잡았다고 했잖아?"

"그런데 돈은 어제 인출해 갔기 때문에…, 그리고."

"어제 인출해가? 그런데 왜?"

"글쎄요…."

"글쎄요라니, 이런 병신 같은…."

"돈을 750억이나 인출했습니다."

"뭐?"

"다른 6개 은행에서…."

"그게 무슨 말이야?"

"자금을 체크해 보니까 어제…."

그때 핸드폰을 귀에서 뗀 포크너가 앞에서 우물거리고 선 운전기사에게 버럭 소리쳤다.

"가자!"

골프를 칠 상황이 아니다. 안에서 재무부 국장이 기다리고 있겠지만 얼굴 보고 사정 이야기 할 상황도 아니다.

또 남았다. 타운은행의 고진원, 서경아의 '눈먼 돈'을 털도 안 뽑고 닭을 삼키려는 '늑대 짓'을 하려던 나쁜 놈. 손목시계를 본 김승구는 시간이 좀 남아 있다는 것을 알았다. 오전 11시밖에 되지 않았기 때문이다. 지금부터 팩스코는 난리가 났다. 서경아를 찾으려고 야단법석이 일어나겠지만 지금 경찰에 '사기미수'로 신고되어 잡혀간 강기태는 흔적이 없어진 돈의 실체를 규명하지 못하는 바람에 어영부영 풀려날 가능성이 많다. '뒤가 구린' 팩스코에서 고발을 하지 못하기 때문이다. 오히려 강기태가 '힘센' 변호사를 고용한다면 보상금을 받아낼 수도 있을 것이다. 그러나 강기태 일당은 며칠 머리털이 빠질 만큼 고생을 하겠지. 김승구는 오피스텔을 나와 회사로 향했다.

그 시간에 머피는 하얗게 굳어진 얼굴로 은행 잔고를 체크하는 중이다. 범인은 서경아가 맞다. 서경아는 행방을 감췄는데 전화도 받지 않고 집까지 사람을 보냈더니 딴 사람이 살고 있다. 전셋집이어서 전세금을 빼고 옮긴 것이다. 경찰에 신고도 못한 채 지금 포크너가 골프장에서 오기를 기다리고 있다. 서경아가 어떻게 코드넘버, 비밀번호를 알았을까 궁리할 필요도 없다. 아마 자주 옆에서 컴퓨터 작업을 한 터라 눈에 익혔겠지. 전에는 지난 코드번호를 알려준 적도 있었으니까.

750억이다. 미화로 7천만 불이 넘는다. 이 돈이 무슨 돈이냐? 팩스코가 콜롬비아에서 마약을 받아 마피아에게 넘겨주고 받은 마약 대금인 것이다. 이 돈의 출처가 밝혀지면 거대 기업 팩스코가 망한다. 머피는 어깨를 늘어뜨리며 길게 숨을 뱉었다. 이제 팩스코 회장 도날드 킹스턴의 얼굴이 떠올랐다. 머피는 딱 두 번밖에 보지 못했고 이야기한 적은 한 번이다. 그것도 인사였다. 그것만으로도 가문의 영광이었던 것이다. 그 킹스턴이 이번 일로 자신을 내버려둘 것인가? 머피의 심장 박동이 빨라졌다.

오후 3시 반이 되었을 때 핸드폰이 울렸다. 발신자를 보았더니 서경아, 고진원이 심호흡을 하면서 핸드폰을 귀에 붙였다.

"예, 고진원입니다."

"전데요."

"예."

긴장한 고진원의 귀에 서경아의 목소리가 울렸다.

"4시 정각에 차가 은행 뒷문으로 들어가요."

"예."

그때 통화가 끝났기 때문에 고진원이 어깨를 폈다. 현금 500억. 그 순간에도 고진원은 서경아의 정확하고 차분한 성품에 존경심이 솟구쳤다. 군말을 안 하는 여자다. 고진원이 이제는 서둘러 핸드폰의 버튼을 누른

161

다. 신호음 한 번에 최만섭이 응답했다.

"응."

"4시 정각에 은행 뒷문으로 온다."

"됐구나."

"내가 지금부터 경비는 앞으로 돌릴게."

"오케이."

통화를 끝낸 고진원이 심호흡을 했다. 타운은행 차장실 안, 고진원의 두 눈이 번들거리고 있다. 수십 번 생각했지만 서경아는 신고를 못 한다. 그러나 해결사를 살 수는 있겠지. 현금 500억이다. 어쨌든 돈을 손에 쥐고 나면 온갖 방법이 생기는 법이다.

"전화 왔습니다."

비서가 들어와 말하는 바람에 포크너는 입을 다물었다. 팩스코 사장실, 방금 도착한 포크너가 재무담당 전무 머피를 마치 복날에 '개 패듯이' 말로 까는 중이었다. 그렇다고 큰 소리를 지르는 것이 아니다. '조근조근' 씹다가 '으득으득' 부수고 '찍찍' 찢는 것 같은 '말', '말'도 때로는 '살인무기'가 된다. 비자금 750억이 6개 은행에서 빠져나간 것이다. 자금부의 대리 서경아가 주도해서 빼낸 것이지만 코드번호, 비밀번호를 다 알고 있었으니 그것은 관리를 허술하게 한 머피의 책임이다. 머피는 사색(死色)이 되었고 그렇다고 포크너도 무사할 수가 없다. 그때 비서가 들어온 것이다.

"내가 전화 안 받는다고 했잖아?"

포크너가 눈을 부릅뜨고 한국인 여비서에게 짖듯이 말했을 때다. 여비서가 기를 쓰고 대답했다.

"타운은행인데 오늘 750억 입금 때문이라고 하는데요?"

"뭐?"

타운은행까지는 건성으로 들었다가 750억이란 말에 포크너의 눈이 뒤집혔다. 머피도 벌떡 일어섰다. 포크너가 묻는다.

"누가 그래?"

"담당 차장이라고 합니다."

"돌려!"

포크너가 아직 돌리지도 않은 전화를 받을 것처럼 전화기를 향해 손을 뻗치려고 했다.

핸드폰을 향해서 유백만이 말했다.

"서경아 씨한테서 750억을 스위스나 바하마 은행으로 입금해 달라는 부탁을 받아서 그럽니다."

"아, 그, 서경아요?"

포크너의 영어가 어색해졌다. 당황해서 유백만의 영어를 들었지만 이쪽이 한국말을 했다. 정신이 하나도 없어진 포크너가 겨우 영어로 묻는다.

"서경아가 거기에다 입금시킨다고 했습니까?"

"예. 3시 정각에 차에 싣고 우리 은행 뒷문으로 온다고 해서 기다리고 있는데요."

"세, 세시요?"

포크너의 목소리는 비명에 가깝다. 벽시계는 오후 3시 35분을 가리키고 있다.

"무슨 일이 있는지 궁금해서 팩스코 사장님께 전화드리는 겁니다."

"아아, 고맙습니다."

"워낙 큰돈이어서요. 사장님께 직접 말씀드리고 물어보는 것이 낫겠다는 생각이 들어서요. 서경아 씨 연락이 안 되거든요."

"3시에 타운은행으로 온다고 했어요?"

"예, 뒷문으로. 비자금이라 노출되면 안 된다고 몇 번이나 주의를 받았습니다. 그래서."

"아아."

"전화 끊겠습니다."

"아아."

포크너가 '아아' 소리만 했을 때 유백만이 통화를 끝냈다. 옆에서 듣고 있던 김승구가 쓴웃음을 짓고 말했다.

"수고했다."

"아닙니다, 형님."

뒷머리를 긁은 유백만이 말을 이었다.

"이런 일은 일도 아닙니다."

"이제 네 일은 끝났어."

김승구의 오피스텔 안이다. 자리에서 일어선 김승구가 유백만에게 말했다.

"구경 좀 해야겠다."

"보냈나?"

포크너가 묻자 머피는 숨을 고르고 나서 대답했다.

"예. 리차드가 7명을 데리고 갔습니다. 각각 오토바이를 타고 갔으니까 20분 안에는 도착한다고 합니다."

164

"어쩔 수가 없지."

포크너가 어깨를 늘어뜨리며 말했다.

"가서 확인은 해야 돼."

머피는 대답하지 않았지만 공감하고 있다. 은행 차장이라는 사내의 말을 듣고 가만있을 수가 있겠는가? 서경아가 750억을 빼내간 것을 다 알고 있는 인간이다. 그 돈을 타운은행에 넣고 스위스, 바하마 은행에 비밀 계좌를 만들려고 했다니. 어설프지만 이해가 가는 수단이다. 그리고 타운은행 담당자는 3시에 약속한 750억이 오지 않자 포크너에게 연락을 한 것이다. 그래서 용병으로 쓰는 리차드에게 바로 연락해서 타운은행 뒷문으로 보낸 것이다.

"언니, 팀장이 언니 조수였을 때 버벅거렸어요?"

불쑥 유지나가 물었기 때문에 임하경이 고개를 돌려 시선을 주었다. 오후 3시 40분, 임하경과 유지나는 상담실에서 상담일지를 작성하는 중이다.

"아니, 그건 아냐."

임하경이 정색하고 말했다.

"성실했어, 능력도 있었고."

"언니가 공장으로 보냈죠?"

"그래."

유지나의 시선을 받은 임하경이 빙그레 웃었다.

"평가를 좀 심하게 했지. 그랬다가 내가 반성을 하고 나서 클라크에게 메일을 보낸 거야."

"그래서 전화위복이 되었군요."

"그 표현이 적당한지는 모르지만 어쨌든 이제는 내 팀장이 되었지."

"팀장이 전문대 요리학과 1년 중퇴라는 소문이 있던데요."

"맞아, 미국 시민권자도 맞고."

"미군에서 복무하고 시민권 땄다죠?"

"네가 관심이 많구나."

"당연하죠."

유지나가 이를 드러내고 웃었다.

"어쨌든 그 나이에 팀장이면 성공한 남자니까요."

"그런가?"

"언니는 관심이 없겠지만…."

임하경의 시선을 받은 유지나가 눈웃음을 쳤다. 유지나는 23세, 일화여대 영문과 졸, 입사 1년 차다. 일화여대는 일류대학이다. 날씬한 몸매에 귀염성 있는 용모여서 영업부 남자 사원들에게 인기가 많다. 까칠한 분위기의 임하경보다도 좋은 평가를 받는다.

"전 관심 있어요."

"잘 해봐."

임하경이 웃음 띤 얼굴로 말을 이었다.

"사람은 다 인연이 있는 거야. 하지만 난 아냐."

4시 5분, 탑차가 천천히 타운은행 뒷문으로 다가가고 있다. 뒷문은 활짝 열렸고 경비원은 보이지 않는다. 타운은행 뒷문은 일방통행로인 뒷길에 나 있어서 오른쪽으로 진입해서 왼쪽으로 나가야 한다.

"옳지, 왔다."

가슴이 벅찬 고진원이 핸드폰을 귀에 붙였다. 3층 자료실의 창가에서

166

는 뒷문과 뒷길이 한눈에 보이는 것이다.

"들어온다! 잡아!"

운전석과 조수석에 타고 있는 두 사내가 다 보였다.

"운전사하고 조수석에 두 명 탔어!"

"나도 보여!"

최만섭의 목소리가 들리더니 통화가 끊겼다. 핸드폰을 귀에서 뗀 고진원이 서둘러 방을 나갔다. 현장에서 확인을 하려는 것이다. 트럭 뒤에 따르는 차도 없이 딱 한 대다. 그리고 이쪽은 최만섭이 데려온 5명이다. 모두 6명인 것이다.

"뒤에서 막고 앞으로!"

이미 여러 번 반복 연습을 했지만 최만섭이 소리쳤다. 탑차는 막 뒷문 안의 공터로 들어섰기 때문에 나오려면 유턴을 해야만 한다. 그러나 뒷마당이 좁아서 한 번에 유턴이 안 된다. 최만섭이 내달려 운전석으로 다가갔다. 차는 속력을 줄여 막 정차하려는 중이어서 금방 문의 손잡이를 쥐었다. 부하 하나가 반대쪽 조수석 문을 잡았고 둘은 뒤쪽에, 둘은 앞을 막아섰다. 그때 탑차가 멈췄고 최만섭은 문을 열었다.

"왜 그래요?"

운전석에 앉은 사내가 버럭 소리쳤을 때 최만섭은 멱살을 잡아 땅바닥으로 내동댕이쳤다. 차가 움찔하더니 앞으로 조금 밀렸다. 그때는 조수석의 사내도 부하한테 끌려 내려오고 있다.

"됐다!"

최만섭이 소리치고는 막 운전석으로 오르려는 순간이다. 갑자기 달려오는 사내들이 보였다. 그런데 앞장선 사내는 백인이다. 그리고 손에 권총을 쥐었다. 놀란 최만섭이 주머니에 든 잭나이프를 꺼내려고 손을 집

167

어넣은 순간이다.

"퍽!"

발사음과 함께 최만섭이 앞으로 엎어졌다. 총탄이 배에 맞은 것이다. 얼굴이 핸들에 부딪치면서 엎어졌기 때문에 경적이 길게 이어지고 있다. 그동안에 최만섭의 부하 5명은 갑자기 몰려든 일당들의 습격을 받았다. 일당들은 모두 손에 총기를 쥐고 있었기 때문에 상대가 되지 않는다.

"퍽! 퍽! 퍽!"

연달아서 소음기를 낀 권총의 발사음이 울렸고 최만섭의 부하들이 쓰러졌다. 그러나 이쪽도 한가락 하는 건달들이다. 흉기도 지니고 있어서 하나가 던진 손도끼가 습격자 하나의 얼굴에 박혔다.

"으악!"

요란한 비명도 습격자한테서 일어났다. 난장판이었지만 승부는 일찍 끝났다. 습격자들의 승리다. 백인이 핸들 위로 엎어진 최만섭의 몸을 땅바닥으로 내동댕이쳤을 때 경적이 뚝 끊겼다. 그 순간이다. 요란한 경찰차 사이렌 소리가 울렸기 때문에 백인이 기절초풍을 했다.

최만섭의 몸이 땅바닥에 내동댕이쳐질 때까지의 시간은 습격자가 나타난 후부터 5분 정도밖에 안 되었다. 그러나 2층 복도에서 그 장면을 내려다보던 고진원에게는 1시간도 더 걸린 것 같았다. 습격자들이 몰려들어왔을 때 고진원은 이층으로 뛰어 내려왔던 것이다. 거기서 더 이상 내려오지 않고 최만섭 일행이 당하는 것을 보아야만 했다. 그리고 이제 습격자가 뒷마당을 장악하고 나서 탑차를 탈취한 순간이다. 경찰차 사이렌이 울렸기 때문에 고진원이 발을 떼었다. 그리고 내달려 다시 제 방으로 도망갔다.

168

뒷문 양쪽에서 경찰들이 몰려왔기 때문에 리차드는 냅다 뛰어서 은행 안으로 들어갔다. 그러나 다음 순간 은행 현관으로 몰려들어오는 경찰들을 보았다. 뒷문에서 은행 안으로 들어오면 바로 매장이 나오는 구조다.

"손들어!"

경찰들은 이미 리차드 일행이 뒤쪽에서 쫓겨 앞으로 나올 줄 예상하고 있었던 것이다. 리차드가 쥔 총을 보더니 앞에 선 사복 경찰 두 명이 일제히 권총을 뽑아들면서 소리쳤다. 매장에 있던 여자 고객 두어 명이 비명을 질렀다.

"꽝!"

경찰 하나가 천장에 대고 권총을 발사했기 때문에 여자들의 비명이 이어졌다. 리차드가 권총을 늘어뜨리고 있었기 때문에 위협 발사를 한 것이다.

"갓 댐."

권총을 내던진 리차드가 손을 들었다. 뒤를 따라 매장에 들어온 부하 두 명도 번쩍 손을 들었다. 나머지는 뒷마당에서 체포된 것 같다.

"우리는 심부름을 온 겁니다!"

운전석에 앉아 있다가 봉변을 당한 양석주가 악을 썼다.

"이 차를 은행 뒷마당에 놓고 오라는 부탁을 받았단 말요! 돈 30만 원 받고!"

"시발 놈들아! 조사해 봐라!"

박경택이 고래고래 악을 썼다. 박경택은 조수석에 앉았다가 끌려 내려진 후에 밟혀서 발을 삐었다.

"이 미친놈들이 도대체 왜."

어깨를 부풀린 양석주가 더 화를 냈다. 경찰이 오니까 힘이 생긴 것이다. 도무지 알 수 없는 일이었다. 처음에 덤벼든 놈들은 그렇다고 치고 나중에 덮친 놈들은 흉포했다. 그리고 서로 치고받고 싸우는 것이 끔찍했다.

"어쨌든 같이 경찰서에는 가야겠어."

최성기가 달래듯이 말했을 때 김병철 반장이 다가왔다.

"저기 서양 놈은 미국 시민권자인데요. 그리고 그놈 일행 7명 중에서 셋이 미국 시민권자입니다."

그들은 지금 타운은행 뒷마당에 몰려 서 있다. 뒷마당에는 경찰과 방금 체포된 사내들로 가득 차 있었는데 119 앰뷸런스도 5대나 와 있다. 김병철이 말을 이었다.

"고진원 차장이란 놈이 2층 창문에서 옆쪽 건물로 뛰다가 떨어져서 두 다리가 다 부러졌습니다."

"응, 그놈도 잡아놔."

어쨌든 철저히 수사를 해야 한다. 타운은행 뒷마당에서 현금 강탈 사건이 일어난다는 제보를 받고 출동한 최성기다. 거짓 제보가 아닌 것은 확인했지만 이렇게 많이 잡을 줄은 예상 못했다. 최성기가 뒷문이 열린 탑차 안을 힐끗 보았다. 안에는 플라스틱 상자가 10여 개 놓여 있을 뿐이다. 최성기가 어깨를 부풀리며 말했다.

"어쨌든 총격 사상자까지 생긴 대형 사건이야. 다 끌고 가서 취조해 보자고."

"리차드가 잡혔습니다."

방으로 들어선 머피가 가쁜 숨을 누르며 말했다. 포크너의 시선을 받지 않으려고 아예 고개를 숙이고 있다. 오후 4시 45분, 이제나저제나 하고 기다리던 포크너가 어깨를 부풀렸다가 긴 숨과 함께 늘어뜨렸다. 포크너는 거구다. 그러나 지금은 갑자기 왜소하게 느껴졌다. 머피가 말을 이었다.

"트럭을 탈취했을 때 경찰이 진입했다는 것입니다."

머피는 리차드의 행동을 감시하는 요원을 타운은행으로 보냈던 것이다. 은행 매장에 손님으로 가장하고 들어가 있던 요원은 리차드가 도망쳤다가 눈앞에서 잡히는 장면까지 다 보았다.

"그 트럭을 먼저 빼앗으려고 했던 일당이 있었다는데요."

머피가 '죽은 자식 나이 세는 것' 같은 표정을 짓고 이야기를 이었다.

"그래서 그 일당들을 제압하고 트럭을 탈취했는데 이번에는 경찰이 달려들어서…."

"그 일당은 누군데?"

"모르겠습니다. 그런데…."

"그런데, 뭐?"

"우리한테 연락을 했던 고 아무개 차장이란 놈이 도망치다가 이층에서 떨어져서 두 다리가 부러졌다는 것입니다."

"…."

"경찰이 그놈도 용의자로 연행했습니다."

"무슨 용의자?"

"그것이…."

그때야 고개를 든 머피가 포크너를 보았다.

"리차드는 매장 안에 권총을 쥐고 들어가는 바람에 강도 용의자가 되었습니다. 요원들하고 같이 말입니다."

"…"

"먼저 트럭에 달려든 놈들은 경찰 측에서도 애매하게 생각하는 것 같습니다. 탑차 안에는 빈 플라스틱 바구니만 쌓여 있었거든요."

"…"

"그놈들하고 타운은행의 차장하고 같은 무리라고 경찰은 추측하고 있습니다."

"도무지 무슨 말인지."

어깨를 부풀렸다가 내린 포크너가 갑자기 머리칼을 움켜쥐고 책상 위로 웅크렸다. 그러더니 고개를 들고 머피를 보았다.

"750억은 날아간 것 아냐?"

포크너의 두 눈이 번들거리고 있다.

오후 5시 10분, 본부장실로 들어선 김승구를 보자 클라크가 웃음 띤 얼굴로 맞는다.

"오, 김, 우리의 히어로."

앞쪽 자리를 가리키면서 클라크가 호들갑을 떨었다. 클라크는 45세, 유통 부분의 63개 조를 관리하는 그룹장이니 본부장으로 불리지만 유통 부분의 실질적인 책임자다. 김승구는 클라크 휘하의 25개 팀장 중 하나이니 팀장 경쟁자가 24명이나 있는 셈이다. 자리에 앉은 김승구에게 클라크가 말을 이었다.

"어제 31조의 악질 매장 주인을 설득했다면서? 한 달 동안의 과태료까지 받고 말이야. 계속해서 능력을 발휘하는군."

"운이 좋았지요."

"운이 아냐."

정색한 클라크가 김승구를 보았다.

"이봐, 김, 난 영업 경력 20년이야. 운이 좋아서 오더를 딴 적은 그동안 한 번도 없어. 인연이나 공을 들였거나 트릭을 썼거나 그 셋 중 하나였어."

"전 운입니다. 더 구체적으로 말하면 시기가 맞은 겁니다."

"그래, 그것도 엄청난 운. 그렇지?"

눈을 가늘게 뜬 클라크가 물었을 때 김승구가 숨을 들이켰다. 클라크가 보자고 한 이유를 알고 싶기 때문이다. 타심통(他心通).

오전 9시 10분, 클라크가 샌프란시스코에 있는 와이프 바버라에게 말했다.

'바버라, 이 개 같은 회사 그만두고 거기서 양이나 키워야겠어.'

'또 양이야?'

바버라가 지친 목소리로 되물었다. 샌프란시스코는 오후 4시 10분이다. 클라크와 바버라는 딸 둘을 낳았는데 큰딸 사라는 17살, 둘째 딸 마리안은 13살이다. 그런데 마리안이 백혈병으로 앞으로 1년밖에 못 산다고 하는 것이다. 바버라가 낮은 목소리로 말을 이었다.

'클라크, 자기가 여기로 온다고 해도 마리안이 나아지는 것도 아니잖아?'

'내가 옆에 있어야 돼.'

클라크가 버럭 소리쳤다.

'내가 이 개 같은 놈들하고 같이 일하는 것은 다 처자식 때문이었어. 그런데 이건 현실도피밖에 안 돼. 내가 도망간 거라고.'

목이 멘 클라크가 호흡을 고르고 나서 겨우 잇는다.

'마리안 옆에 있어야겠어, 바버라.'

'클라크, 자기가 오면 마리안은 더 불편해할 거야. 애가 얼마나 예민한지 알아?'

바버라의 목소리가 떨렸다.

'사라가 조금 더 옆에 있기만 해도 자기가 곧 죽느냐고 묻는단 말이야.'

그때 클라크의 눈에서 주르르 눈물이 쏟아졌다.

고개를 든 김승구가 클라크에게 물었다.

"본부장은 내가 기적을 일으킬 수 있는지 궁금하신 거요?"

"그걸 어떻게 아나?"

놀란 클라크가 엉겁결에 되물었다. 그렇다. 클라크는 물에 빠진 사람이 지푸라기라도 잡는 심정으로 김승구를 보자고 한 것이다. 절박한 상황이다. 그래서 김승구의 운을 나눠 받기라도, 또는 가깝게 있으면 운이 전염이 될지도 모른다는 기대, 멀리 떨어진 딸에게 아무것도 도움이 될 수 없는 부모의 몸부림이다. 가만있을 수는 없다. 무슨 짓이라도 해야 마음이 가라앉는다, 아니 잊는다. 그때 김승구가 말했다.

"본부장, 집안에 가슴 아픈 일이 있는 것 같군요."

순간 숨을 들이켠 클라크의 눈이 벌겋게 붉어졌다.

"그것 봐."

클라크의 목소리가 흥분으로 떨렸다.

"내 생각이 맞았어!"

"뭐가요, 본부장?"

"김, 커크라고 부르게."

"그래요?"

쓴웃음을 지은 김승구가 클라크를 보았다. 팩스코는 거대한 회사다. 팩스코를 장악하려면 동조자가 필요하다. 클라크는 영업부 본부장으로 팩스코한국의 고위 간부인 것이다. 김승구가 입을 열었다.

"커크, 마리안을 데려와요, 당장."

"마, 마리안을?"

클라크의 눈동자가 홀떡 올라갔다. 눈이 뒤집혔다는 표현이 바로 이런 것이다. 얼굴도 순식간에 누렇게 굳어진 클라크가 김승구를 보았다. 입이 반쯤 열렸고 눈동자는 초점이 흐리다.

"김, 마, 마리안을 어떻게 아나?"

"커크, 마리안이 백혈병이라는 것도 알고 있어."

김승구가 말을 이었다.

"병원에서도 가망이 없다고 요즘은 진통제만 처방해 준다는 것도 알아."

"오, 신이여!"

클라크의 눈에서 주르르 눈물이 쏟아졌다. 두 손을 번쩍 들었다가 내린 클라크가 충혈된 눈으로 김승구를 보았다.

"신은 나를, 아니 우리 가족을 버리지 않으셨구나. 우리 딸 마리안은…"

"커크, 내가 한번 보자는 거야. 낫게 해준다고 하지는 않았어."

"난, 네가 초능력을 쥐고 있는 것을 짐작했어, 김."

클라크가 열띤 목소리로 말을 이었다.

"대영전자 오더나 자동차 매장 오더 건을 해결하는 건 보통 사람의 능력으로는 안 돼."

"커크, 비밀을 지켜야 돼."

"김, 마리안을 살려줘."

클라크가 두 손을 모아 움켜쥐더니 김승구를 보았다.

"지금 말하지만 난 북한산의 점집에까지 간 적이 있어. 무당을 만나 1백만 원짜리 굿도 했다고."

"마리안을 불러, 커크."

"지금 당장 부르지."

"큰 기대는 하지 말고."

"그러지."

클라크가 핸드폰을 움켜쥐었을 때 김승구가 말을 이었다.

"바버라한테 한국 의사한테 진료 받는다고 해, 커크."

"오오!"

김승구의 입에서 바버라의 이름이 나온 순간 클라크의 눈에서 다시 눈물이 쏟아졌다. 클라크하고는 지난 인연이 없다. 지금부터 인연이 시작되는 셈이다.

그 시간 팩스코 사장실 안, 마틴 포크너가 앞에 앉은 머피를 바라보고 있었지만 눈동자가 흐리다. 지금 포크너는 미국 본사의 회장 도날드 킹스턴의 전화를 받고 있는 것이다. 머피는 아예 숨도 죽이고 있다. 그때 킹스턴이 말했다.

"사람을 보냈어."

"예, 회장님."

"내 대리인이니까 적극 협조하도록."

"예, 회장님."

"어디로 갔는지 아나?"

"중국 칭다오입니다."

"중국이란 말이지…."

킹스턴의 목소리는 낮고 단조롭다. 지금 킹스턴은 서경아의 행방을 물은 것이다. 도청을 염려해서 구체적인 언급은 하지 않는다. 포크너는 핸드폰을 귀에 붙인 채 킹스턴의 다음 말을 기다리고 있다. 세탁용 비자금 7천만 불이 날아간 것이다. 킹스턴에게는 이런 사건이 처음이다. 물론 포크너와 머피도 마찬가지. 어제까지만 해도 보험금 5억 8천만 불을 받게 된 공(功)으로 포크너는 파리나 도쿄 팩스코 사장으로 영전될 예정이었다. 킹스턴이 다시 물었다.

"서울 분위기는?"

"아직 공개되지 않았습니다."

킹스턴은 잠시 침묵했다. 돈을 내준 6개 은행은 이제 모두 서경아한테 사기당한 것을 안다. 그러나 신고한 곳은 한 곳도 없다. 모두 입을 딱 다물곤 부랴부랴 흔적을 없앴다. 은행들은 재빨리 그 당시의 CCTV까지 지워버리는 바람에 영상까지 없어졌다. 머피는 사람을 보내 6개 은행의 CCTV를 회수해 왔지만 그 시간대의 필름이 모두 지워져 있었던 것이다. 은행들은 하나같이 저희들이 지운 것이 아니라고 펄펄 뛰었지만 거짓말이다. 이윽고 다시 킹스턴이 말했다.

"찾아야 돼. 못 찾으면 책임을 묻겠다."

"예, 회장님."

포크너가 이마의 땀을 손바닥으로 닦았다. 그 책임을 어떤 식으로 물을지 알 수는 없다. 킹스턴은 무자비한 인물이다. 정계, 관계, 그리고 마피아와 깊고 긴 연줄이 있는 데다 테러단과도 거래를 하고 있는 것이다. 통

177

화가 끊겼지만 포크너는 한동안 몸을 굳힌 채 앉아 있었다.

"임하경 씨 실적이 요즘 저조한데."

김승구가 말했을 때 임하경의 얼굴이 순식간에 붉어졌다. 회의실 안, 오후 5시 10분. 김승구가 회의를 하자면서 임하경을 불러 앉히고는 대뜸 말한 것이다. 김승구가 실적표를 보면서 말을 이었다.

"이달은 7개 팀 중에서 6위요. 목표 대비 32퍼센트밖에 되지 않는데, 목표 대비 실적은 최하위요."

고개를 든 김승구가 임하경을 보았다.

"내가 도와줄 것 없어요?"

"없는데요."

이제 임하경의 얼굴이 노랗게 굳어졌다. 그러나 김승구의 시선을 받은 채 말을 이었다.

"하지만 지난 7개월간 실적 누계는 7개 조 중 3위고, 이익금 누계는 2위입니다."

"그건 3년 전부터 계속된 오더고. 임하경 씨가 개발한 오더는 이 중 15퍼센트 정도밖에 안 되는데요."

미리 조사를 한 김승구가 정색하고 임하경을 보았다.

"7개 조 중에서 물론 내 조는 빼고, 6개 조 중 7개월간 새로 개발한 오더양 비교를 하면 임하경 씨 조가 6위요."

"…"

"전임자한테서 넘겨받은 오더로 유지되고 있는 것이나 마찬가지요."

"…"

"물론 임하경 씨가 6개 조장 중에서 가장 경력이 짧고 조장이 된 지도

178

1년도 안 되긴 해요. 하지만 올해 말까지 이대로 간다면 곤란하죠."

그때 임하경이 정색하고 물었다.

"조를 없앨 건가요?"

"그럴 가능성도 있죠."

"혹시 나한테 유감이 있는 건 아니죠?"

"내가 감정적으로 일을 처리한다고 생각해요?"

김승구가 정색하고 물었을 때 임하경이 '픽' 웃었다.

"그럴 가능성도 있죠."

"전문대 요리학과 중퇴자 출신 팀장 지휘를 받는 것이 답답하지요?"

"자격지심이 있으신 것 같은데요."

"임하경 씨는 나를 조원으로 인정하는 것도 싫은 것 아니었습니까? 조원이 최소한 정규대 4년 졸업생은 되어야 한다고 생각 안 했어요?"

"어떻게 남의 생각을 그렇게 잘 아세요?"

그때 김승구가 풀썩 웃었다.

"비밀을 들켰군요. 좀 압니다."

"그럼 더 말해 보세요."

이제 주고받는 말에 가시가 돋쳤고 슬슬 절제를 벗어났다. 말투는 예의를 차렸지만 눈빛에는 전의(戰意)가 섞여 있다. 김승구의 시선을 받은 임하경이 말을 이었다.

"그렇게 추측으로 오해하시면 안 되죠."

"그렇게 똑똑한 척하면서 가짜 검사한테 속아넘어갑니까? 고졸 출신의 사기전과 2범 허주상 말입니다."

순간 임하경이 숨을 들이켜더니 눈빛이 흐려졌다. 그때 임하경의 '속마음'이 소리로 들렸다.

'아니, 이 중국집 주방장이 그걸 어떻게 알았지? 내가 증인으로 경찰에 불려간 걸 알았나? 아니, 그럴 리가 없어.'

김승구는 임하경이 자신을 '중국집 주방장'으로 여기고 있다는 것을 알았다. 하긴 1학년 때 짜장면 만드는 법을 배우기는 했다.

"임하경 씨."

김승구가 똑바로 임하경을 보았다.

"앞으로 임하경 씨 조는 나하고 같이 행동하기로 합니다. 내 조원 배기남이 당분간 휴가를 냈기 때문에 우리는 셋이 움직이는 셈이죠."

임하경은 숨만 쉬었고 김승구가 말을 이었다.

"임하경 씨한테는 손해될 일이 없지. 실적이 내 조하고 같이 합쳐질 테니까."

"전 그런 거 바라지 않습니다."

"회사를 위한 일이오."

김승구가 자르듯 말하고는 일어섰다.

"그리고 내 지시를 따르지 않으려면 다른 부서로 전출이 되거나 사직서를 내거나 둘 중 하나를 선택해야 될 거요."

맞다, 그 방법뿐이다. 김승구가 방을 나가는 동안 임하경은 입을 열지 못했다.

"당신은 살인 미수야. 당신 동료도 마찬가지고."

강력계 제2반장 유건창이 유창한 영어로 말했다. 시카고 경찰에서 3년 연수를 받고 온 유건창은 '미국통'이다. '미국 놈'이 관련된 사건은 다 유건창이 맡는다.

"은행 강도 미수에다 살인 미수지. 하지만 형량을 줄이고 싶으면 왜 은행에 쳐들어갔는지, 왜 그놈들을 습격했는지를 정직하게 털어놓으면 돼."

"글쎄, 우린 잘못 들어갔다니까 그러네."

리차드가 느긋하게 말했을 때 유건창이 쓴웃음을 지었다.

"당신 동료 다른 놈은 탑차에 돈이 들어 있는 줄 알았다고 하던데, 몇백억이 말이야."

"그건 그놈 생각이고."

"난 더 이상 묻지 않겠어. 총기 휴대에 살인 미수, 은행 강도 미수야."

유건창이 뒤에 선 형사에게 리차드를 데려가라는 눈짓을 하고 나서 말했다.

"미국 시민권자라도 소용없어, 리차드. 넌 미국으로 안 보낼 테니까."

"커크, 이번 보험사건 아냐?"

퇴근 무렵, 보고하는 것처럼 클라크의 방에 들어선 김승구가 불쑥 물었다.

"응? 보험사건? 뭔데?"

클라크가 눈을 둥그렇게 떴다가 뒤늦게 깨달은 듯 픽 웃었다.

"아, 이번 화재 사건 말이구나. 보험료를 5억 8천만 불 받았다지만 사장은 회장한테 깨진 모양이야. 창고에 있던 물건 가치가 10억 불이 넘는다는군."

"깨졌어?"

"당연하지."

클라크가 고개를 절레절레 흔들었다.

"그것으로 좌천당할 거야."

"그렇군. 그런데 다른 소문은 못 들었어?"

"무슨 소문?"

"뭐, 은행 관계라든가…."

"은행 관계는 난 모르는 일이야."

"엊그제 타운은행 강도 미수 사건하고는 우리 회사가 관계없나?"

"타운은행은 우리 거래은행이 아냐, 김."

"그런가?"

"참, 임하경이는 뭐래? 같이 일한대?"

"하겠지."

김승구는 클라크가 포크너 일당하고 관계가 없는 것을 확인했다. 타심통(他心通)으로 들어가 봐도 머릿속이 맑다. 말과 생각이 같다는 의미다. 고개를 끄덕인 김승구가 클라크를 보았다.

"바버라는 언제 도착하지?"

"사흘 남았어."

바로 대답한 클라크의 눈빛이 강해졌다. 금방 눈에 습기가 배어서 그런다.

"사라까지 데려와. 식구가 다 모이는 거야, 김. 그리고 서류는 오늘 받아 볼 수 있어."

"잘되면 좋겠는데."

김승구가 정색하고 클라크를 보았다. 진심이다. 지금까지 누구를 치료해본 적이 없다. 운명을 거스르는 능력도 없다. 오신통(五神通)에는 포함되지 않은 것이다.

"붙었습니다."

182

강만수 형사가 가쁜 숨을 몰아쉬며 말했다. 유건창이 눈만 크게 떴을 때 책상 앞에 붙어 선 강만수가 말을 잇는다.

"그, 총에 맞은 한 놈이 불었습니다."

강만수는 병원에서 달려왔다. 오후 3시 45분, 형사들의 시선이 모두 모였다.

"타운은행 고진원이 배후입니다! 그놈들은 그놈의 지시를 받고 은행에 갔다는 겁니다!"

"그러면 그렇지. 그리고 나중에 온 놈들은? 아는 놈들인가?"

"그놈들은 다른 놈들입니다. 입을 딱 다물고 있어서…"

"이러고 있을 때가 아니지!"

유건창이 버럭 소리쳤다.

"나중에 온 놈들의 배후를 찾아!"

어깨를 부풀린 유건창의 목소리가 강력반 사무실을 울렸다.

"이젠 잡았다."

요즘은 전과 달라서 이 정도면 다 잡는다.

오피스텔 안, 김승구가 소파에 길게 앉아 있다. 두 다리를 뻗고 상반신을 기댄 자세를 말한다. 여행을 떠날 때의 자세다. 신족통(神足通)으로 마음먹은 사람 옆으로 갈 때는 물론이고 잠깐 다른 신통(神通)을 쓸 때도 혼(魂)이 떠나기 때문에 육신을 잘 보존해야 한다. 지금 김승구는 천안통(天眼通)으로 미래를 보려고 한다. 그리고 나서 신족통(神足通)으로 그곳에 다녀올 작정이다. 첫 시도다.

'서울대병원'이 눈앞에 펼쳐졌다. 병원이 달라졌다. 원형 건물이 중심에 있고 빙 둘러서 건물들이 세워졌다. 서울대병원이란 푯말이 보인다. 김승구의 시선이 '바람'을 따라 내부로 진입한다. '의지'대로 '보는' 것이다. 아, 내과 과장실이다. 벽에 캘린더가 붙어 있다. 반갑다, 캘린더가 지금도 사용되고 있다니. 지금? 지금이 언제냐? 캘린더를 본 김승구가 놀라 숨을 들이켰다. 2069년, 딱 50년 후다. 50년 후면 백혈병 치료법이 나오지 않았겠는가? 김승구의 시선이 책상에 앉아 있는 사내를 보았다. 40대쯤의 사내로 앞을 보고 있다. 그런데 그 앞의 허공에 모니터 화면이 떠 있다. 아, 이 시대에는 컴퓨터가 물체가 아니구나. 그냥 공기 중에 떠 있다. 김승구는 이제 신족통(神足通)으로 이곳에 날아올 결심을 했다. 해 보자.

몸으로 돌아온 후에 오피스텔 방 안을 둘러보고 나서 김승구가 버릇처럼 심호흡, 그러고는 목표로 삼았던 2069년 서울대 내과 과장 앞으로 신족통(神足通).

내과 과장 유근섭은 갑자기 눈앞에 나타난 사내를 보고 깜짝 놀랐다. 장신의 호남, 그런데 옷차림이 이상하다. 1백년, 아니 50, 60년 전에 입고 다니던 저고리에 바지. 지금은 이런 거 안 입는다. 피부를 덮은 공기를 소재로 입은 것 같지도 않은 느낌, 그러나 피부를 완벽히 보호해주는 천연 소재. 그런데 이 사내는 진짜 '천'으로 만든 옷을 입었다. 옛날 드라마에 나오는 옷차림이다. 연극배우인가? 연극하다가 왔나? 그때 사내가 대뜸 물었다.

"백혈병으로 13살짜리가 죽어가고 있어요. 여기서는 치료법이 있겠지요? 아니면 약이라도…"

"지금 드라마 찍는 거요?"

다른 경우 같으면 '왜 들어왔느냐?' '당신 누구냐?'고 물었겠지만 옷차림이 이상한 데다 말도 안 되는 질문을 했기 때문에 유근섭이 그렇게 물었다. 그때 사내가 말했다.

"난 50년 전 세상에서 왔습니다. 믿지 않겠지만요."

"물론 안 믿습니다."

유근섭이 쓴웃음을 짓고 빈정대었다.

"그런 옷 입고 있다고 안 속아요."

"그럼 먼저 이것부터 봐 주시지요, 과장님."

김승구가 유근섭에게 자료를 내밀었다. 샌프란시스코 병원에서 보낸 마리안의 자료다. 클라크를 시켜 병원에서 보내도록 한 것이다. 엉겁결에 자료를 받은 유근섭이 눈을 둥그렇게 떴다.

"이게 뭐야?"

"샌프란시스코의 메모리얼 병원에서 보낸 백혈병 환자의 기록이오."

"어이구, 요즘은 이런 거 안 쓰는데."

"2019년 기록이오."

"50년 전?"

되물은 유근섭이 자료를 훑어보다가 김승구를 보았다가를 몇 번 하더니 이제는 신기한 듯 말했다.

"이거 진짜 2019년 기록이네."

"살릴 수 있겠습니까?"

"이런 환자는 데려오기만 하면 완쾌시킬 수 있지."

"내가 50년 전에서 날아왔다니까 그러네."

"그 거짓말 정말 같은데."

손에 쥔 진료기록을 흔들어 본 유근섭의 얼굴에 웃음이 떠올랐다.

"이런 환자는 약을 먹으면 돼."

"주사는 안 놓고?"

"주사 맞을 필요도 없어."

유근섭이 웃음 띤 얼굴로 김승구를 보았다.

"낫게 해주면 나한테 뭘 해줄 거야?"

"달라는 건 다 주지."

김승구가 손까지 벌리고 말했을 때 유근섭의 시선이 팔목에 찬 시계에 꽂혔다. 초침, 분침이 있는 싸구려 시계다.

"그걸 줘."

방으로 들어선 포크너와 머피는 창가의 의자에 앉아 있는 사내를 보았다. 방의 조명은 어둡게 해놓아서 사내의 얼굴은 윤곽만 보였다. 둘을 안내해 온 사내가 뒤에서 방문을 닫았기 때문에 방에는 셋뿐이다. 그때 창가의 사내가 자리에서 일어서며 말했다.

"어서 오시오."

굵은 목소리, 일어난 사내는 장신이다. 체격도 크다. 190에 100킬로는 될 것 같다.

"포크너요."

포크너가 먼저 손을 내밀고 말했다.

"존이라고 불러주시오."

사내가 포크너를 응시하며 손을 잡았다. 이곳은 시청 앞 아폴로호텔 특실 안이다. 포크너와 머피는 킹스턴이 보낸 대리인을 만나고 있다. 셋이 창가의 의자에 둘러앉았을 때 존이 말했다.

"창고 경비 강기태가 갑자기 종적을 감췄습니다. 사건이 일어난 다음 날부터 휴가를 냈는데 연락이 안 되는데요. 그래서 본사 CCTV를 체크했더니 서경아하고 만나는 장면이 여러 개 포착되었어요."

존이 말을 이었다.

"우선 강기태부터 찾아야 합니다. 그리고 강기태가 자주 접촉했던 고찬호도."

포크너의 시선을 받은 존이 말을 이었다.

"강기태 혼자 했을 리가 없어요. 고찬호, 그리고 이번에 영업부로 다시 올라간 김승구란 놈도 조사를 해봐야 합니다."

"김승구까지."

이맛살을 찌푸린 포크너가 존을 보았다. 존은 40대 중반쯤의 백인으로 눈동자가 회색이다.

"김승구는 이번에 빅 오더를 받아서 팀장으로 진급했어요. 강기태하고 잠깐 같은 조에 있었지만…."

"그놈은 레인저 출신의 특공대원이오. 무공훈장을 3개나 받은 놈이지."

"2개 받은 것으로 알고 있는데…."

"한 개는 상관을 폭행하는 바람에 취소되었지."

존의 얼굴에 웃음이 떠올랐다.

"김승구가 팩스코에 충성할 이유가 없는 데다 사건과 가장 밀착되어 있었단 말이오, 포크너 씨."

이름을 불린 포크너가 이맛살을 찌푸렸을 때 존이 말을 이었다.

"김승구가 서경아하고 통근버스에 같이 앉아 있는 장면이 2개나 발견되었어. 내가 이곳에 온 지 20시간 만에 찾아낸 거요."

포크너와 머피가 서로의 얼굴을 보았다. 놀란 표정이다. 존이 이곳에 도착한 지 20시간이 되었다는 말이다.

"통근버스에 같이 앉았다고요?"

머피가 갈라진 목소리로 물었을 때 존이 대답했다.

"통근버스의 CCTV 외에는 아직 발견된 건 없지만 더 조사를 해봐야지."

김승구가 손에 쥔 캡슐을 보았다. 1센티 정도의 노란 캡슐 3개다. 이것이 마리안의 진료기록을 주고 50년 후의 서울대병원에서 얻어온 백혈병 치료약이다. 아직 태어나지도 않은 '서울대 내과 과장 유근섭 박사'한테서 얻어 온 약이다. 물론 공짜는 아니다. 김승구가 차고 있던 싸구려 시계하고 바꿨다. 유근섭은 김승구의 핸드폰도 탐을 냈지만 다음 기회에 새것을 갖다 주기로 했다. 이제 신족통(神足通)으로 미래에 다녀오는 것도 가능해졌다. 그렇다면 과거도 가능하지 않겠는가? 그때 핸드폰이 울렸기 때문에 김승구는 생각에서 깨어났다. 오후 7시, 발신자는 배기남이다. 김승구가 서둘러 핸드폰을 귀에 붙였다.

"응, 잘돼 가냐?"

"예, 형님."

배기남의 목소리는 밝다.

"칭다오 바닷가에 2층 양옥을 한 채 전세로 빌렸습니다. 벽돌로 지은 건물인데 독일인들이 살던 저택이라 정원도 있고…"

"흔적은 다 지웠지?"

"예, 전혀 남지 않았습니다, 형님."

배기남이 저택 임대로부터 중국에서 생활하도록 도와주고 있는 것이다.

"제가 모레는 출발하겠습니다."

"알았다. 하루 이틀 더 늦어도 되니까 완벽하게 해놓고 와."

"예, 형님. 거긴 별일 없으시죠?"

"없다."

임하경을 같은 조로 끌어들였다는 말을 할 필요는 없다. 그리고 배기남한테 천안통(天眼通)으로 미래 모습을 또 볼 생각은 천리만리 달아났다. 안 본다. 볼 때마다 서경아하고 닭살 모드이다. 통화를 끝낸 김승구가 전화기를 내려놓았을 때 갑자기 목소리가 울렸다.

"너, 하나를 살리면 하나가 죽어야 한다는 이치를 알지?"

악마다. 김승구의 얼굴에 쓴웃음이 번졌다. 예상하고 있었기 때문이다.

"내가 내 능력을 개발해서 만든 기회야. 네가 내 주인도 아닌 이상 이래라저래라 하지 마라."

"내가 말했을 텐데."

악마의 목소리에 웃음기가 섞여졌다.

"네 손이 집행을 안 하면 내가 하게 될 거다."

"글쎄, 네가 내 주인이 아니라니까."

김승구가 단호하게 말했다.

"내가 목숨을 걸 거야, 이 병신아."

호흡을 고른 김승구가 생각했다. 그렇다. 이제는 내 스스로 싸워야 한다. 부처는 나에게 오신통(五神通)을 주었다. 그 오신통을 이용하여 악마를 이겨내야 한다. 부처도 끊임없이 악마와 싸웠지 않은가? 이것이 우주의 진리다, 선과 악의 끊임없는 싸움. 선이 이겼을 때도 있지만 악마가 지배했을 때도 있다.

어느새 악마는 사라졌고 방에는 김승구의 숨소리만 울렸다. 손바닥의 캡슐 3개는 그대로 있다. 하나를 살리면 하나를 죽여야만 한단 말인가? 그것은 악마의 법칙이다. 지난번 개장수를 그렇게 죽인 것은 악마의 동조자가 된 것이나 같다. 쉽고, 편하게 지내려고 공모했다.

오전 9시, 영업부 사무실 안. 각 팀은 전체회의를 하거나 조장들만 모여 상의를 하거나 아예 일찍부터 현장으로 뛰는 팀도 있다. 그래서 이 시간이면 사무실이 어수선하다. 김승구의 제4팀은 1주일에 한 번 전체회의를 하고 필요할 때 팀장과 조장이 미팅을 했다. 김승구가 정한 것이다. 군(軍) 시절에 팀장으로 9명을 지휘한 경력이 있는 터라 김승구의 리더십은 확실했다. 팀장이 된 지 10일밖에 안 되었지만 팀을 완전히 장악했다. 물론 엄청난 실적을 따온 데다 31조의 문제를 단숨에 해결해 준 영향도 있을 것이다. 능력과 리더십은 비례한다.

오전 9시 10분, 회의실에는 셋이 모였다. 김승구와 임하경, 그리고 유지나다. 임하경의 34조는 당분간 김승구의 32조와 함께 움직인다. 팀장 겸 조장인 김승구의 지시다.

"TV는 한국산에 밀려서 경쟁력이 떨어진 거죠. 영업 능력으로 만회하기는 어렵습니다."

임하경이 서류를 내려놓으며 말했다.

"우리가 가져오는 중국산은 품질이나 A/S에 한국과 경쟁이 안 되니까요."

지금까지 팩스코는 한국 매장에 값싼 중국산 TV를 내놓고 팔았던 것이다. 그것이 처음에는 싼 맛에 가게나 숙박업소, 유흥업소 등에 먹혔지만 곧 경쟁력을 잃었다. 중국산 수입 TV는 임하경이 맡았다. 김승구가 서류를 보았다. 작년 대비 매출이 40퍼센트밖에 안 된다. 임하경은 '네가 어쩔 건데?' 하는 표정이었고 속도 그렇다. 옆에 앉은 유지나는 호기심에

190

가득 찬 시선을 보내고 있다. 속은 뻔할 것 같아서 들여다보지 않았다. 그때 김승구가 임하경에게 물었다.

"TV 수입에 대한 임하경 씨 계획을 들읍시다."

"이대로는 희망이 없으니까 내년에는 목표를 절반으로 줄이고 대체 상품을 개발해야 될 것 같아요."

임하경이 바로 대답했다. 준비하고 있었던 것 같다. 김승구가 다시 묻는다.

"그럼 수출업체인 중국 CK TV는 어떻게 될 것 같지요?"

"팩스코한국이 생산량의 70퍼센트 정도를 수입해 왔으니까 생산량을 그만큼 줄이게 되겠지요."

"한국에서 CK TV 판매가 늘어나지 않는다면 CK TV는 문을 닫을지 모르겠군요."

"팩스코한국에 전적으로 의지하고 있었으니까 타격을 입겠지요."

"CK TV는 한국 수출을 위해서 팩스코가 중국 측과 협의하고 세운 공장 아닙니까?"

"맞아요."

임하경이 고개를 끄덕였다.

"6년쯤 전에 CK TV를 끌어들였죠. 처음 3년은 흑자를 냈는데 그 뒤부터는 계속 실적이 떨어지다가…."

김승구가 입을 다물었다. CK TV는 팩스코를 믿고 거금을 들여 공장을 건설한 것이다. 그리고 처음 3년은 흑자를 냈지만 한국 내 판매 실적이 저조하자 이제 곧 망하게 생겼다. 그때 임하경이 말했다.

"이건 나 같은 영업 조장 선에서 해결할 수 있는 문제가 아니죠. 그룹장, 아니 담당 중역과 사장 선에서 CK TV를 구제할 방법을 내놓든가 해야 돼요."

김승구의 시선을 받은 임하경이 말을 이었다.

"작년부터 전임 조장이 팀장, 그룹장한테 CK TV 문제를 보고했지만 경영진 측에서는 '놔둬라'는 입장이었어요. 우리는 손해 볼 필요가 없다는 것이죠. 매출이 떨어지면 수입 안 하는 것으로 끝나면 되니까요."

김승구가 고개를 끄덕였다. 그러면 담당조가 실적이 떨어질 뿐이다. 임하경이 결론짓듯이 말했다.

"지금 우리가 CK TV 입장 생각할 때가 아니죠. 그들하고 같이 망할 필요는 없으니까요."

김승구는 대답하지 않았다. 팩스코 입장에서는 그렇다. 상도의나 약속 따위로 억매일 필요는 없다. 계약서에 그렇게 쓰여 있다면 모를까 이럴 때는 손을 떼는 것이 정상이다.

"우리가 CK TV하고 계약했을 때 1년에 1백만 대를 가져가기로 했어."

클라크가 말을 잇는다.

"3년쯤은 괜찮았지. 연간 80만 대를 팔았으니까. 하지만 4년째부터는 한국산 제품에 밀려서 실적이 반도 안 됐어. 싼 가격으로 밀고 간 것이 치명적이었지. 우리가 오판한 거야."

"우리 책임이군, 커크."

"맞아. 사장 포크너가 CK TV를 설립하게 만든 주인공이야."

클라크의 얼굴에 웃음이 떠올랐다.

"난 그때 미국에 있었어, 김."

"팩스코는 전혀 책임을 안 지는군."

"계약서에 그런 조항이 없어. CK TV가 당한 거지."

고개를 끄덕인 김승구가 자리에서 일어서며 물었다.

"마리안은 내일 아침 도착인가?"

"그래, 김."

클라크의 눈빛이 강해졌다. 금방 눈이 번들거리고 있다. 한숨을 쉰 클라크가 말을 잇는다.

"부담 갖지 마, 김. 난 마리안 얼굴 보는 것만으로도 만족해."

"거짓말 하지 마, 커크."

쓴웃음을 지은 김승구가 몸을 돌렸다. 클라크는 바버라에게 한국에서 마리안을 낫게 할 가능성이 있다고 한 것이다. 빨리 마리안의 의료기록을 보내라고 하면서 한국행을 재촉했으니 바버라가 서둘지 않을 수 있겠는가?

"누구야?"

뒤에서 잡힌 어깨를 흔들면서 소리쳤지만 늦었다. 턱에 격렬한 충격을 받은 고찬호는 머릿속에 수백 개의 불꽃이 작렬하는 것을 느끼면서 주저앉았다. 그렇지만 몸이 쓰러지기도 전에 구겨진 채 사내들에게 들려 옆쪽으로 다가온 승합차 안으로 던져졌다. 오후 4시 반, 야간 근무를 나가려고 집 앞 단골 식당으로 가려던 고찬호는 골목길에서 당한 것이다. 집 앞에서 기다리던 사내들이 골목 앞을 가로막고 선 승합차에 고찬호를 실었지만 목격자가 없었다. 사내들과 승합차에 시야가 차단된 데다가 눈 몇 번 깜빡하는 사이에 일어난 사건이었기 때문이다.

엽차 잔을 내려놓은 김승구가 고개를 돌려 출입구 쪽을 보았다. 누구를 기다리는 시늉이다. 김승구의 시선이 출입구 옆쪽 자리에 앉은 사내의 시선과 마주쳤다가 지나갔다. 오후 4시 반, 이곳은 회사 근처의 커피숍 안이다. 매장에 들러 CK TV의 판매 상황을 체크하고 돌아오던 김승구가 커피숍에 들른 것이다.

'저 자식 누굴 기다리는 모양이군.'

허상호가 김승구를 곁눈질로 보면서 생각했다. 시야 안에 두고 있다는 말이다. 허상호는 팩스코 매장에서 윤기동과 교대해서 김승구를 미행해 온 것이다.

'회사에 들어갈 것 같더니.'

종업원에게 커피를 시킨 허상호가 다시 김승구 쪽을 곁눈으로 보았다가 숨을 들이켰다. 종업원이 잠깐 앞을 가로막은 사이에 김승구가 없어진 것이다. 주위를 두리번거리던 허상호가 자리에서 일어섰다.

이층 계단의 모퉁이에 기대서 있던 김승구는 허상호가 허겁지겁 거리로 나가는 것을 보았다. 허상호가 미행해 오는 것을 눈치채고는 이곳까지 유인해 온 셈이었다. 허상호의 마음을 읽은 터라 김승구의 눈앞에 존의 모습이 떠올랐다. 킹스턴이 보낸 대리인이 나타난 것이다. 숙소는 시청 앞 아폴로호텔 특실. 허상호는 그곳에서 존의 지시를 받았다.

"언니, 그렇다면 우리가 나쁜 놈인데."

출장 가는 차 안에서 유지나가 말했다.

"실컷 CK TV를 이용해먹고 버리는 꼴이 되었잖아요?"

"다 그런 거다."

핸들을 쥔 임하경이 쓴웃음을 지었다.

"처음 3년은 돈 좀 벌었겠지."

"그래도 우리 때문에 투자해서 공장을 세웠는데 우리가 방법을 만들

194

어줘야 되지 않아요?"

"순진하기는."

임하경이 눈을 흘겼다.

"그러다가 우리가 망한다. 그런 곳이 어디 한두 군데인지 알아?"

"그럼 그런 데가 많아요?"

"앞날을 대비하지 못한 생산자 책임이야. 우린 팔기만 하면 돼."

"그래도 처음 시작할 때 계약을 했잖아요, 매년 얼마씩 팔아준다는."

"강제성이 없어, 법적 효력도 없고."

"하지만 상도의란 게 있잖아요."

"상도의 좋아하네."

고개를 돌린 임하경이 유지나를 보았다.

"너도 팀장하고 똑같다."

"뭐가요?"

"순진한 것이."

유지나가 눈을 크게 떴지만 입을 열지는 않았다.

"그놈이 눈치챈 것이 아니냐?"

존이 묻자 허상호가 고개를 저었다.

"그런 것 같지는 않습니다."

"왜?"

"제가 한눈을 파는 사이에 나갔을 뿐이지 그 후에 수상한 행동은 하지 않았거든요."

"네가 어떻게 알아?"

"그리고 제가 누군지도 모르지 않습니까? 보스가 오버하신 겁니다."

"병신."

존이 눈을 치켜뜨고는 옆에 앉은 윤기동에게 물었다.

"고찬호 병가 신청서는 접수되었지?"

"예, 메일로 보냈으니까요."

윤기동이 바로 대답했다.

"휴가 끝나고 진료기록만 첨부하면 됩니다."

고찬호는 지금 팩스코 안가에 구금 중이다. 안가로 잡혀간 고찬호는 1시간도 안 되어서 '거금탈취작전'을 술술 불었는데 손가락 2개가 잘려나갔다. 그래서 존은 고찬호, 강기태 일당과 서경아와의 '작전'을 알게 된 것이다. 그들과 김승구와의 관계는 없었던 것이 확인은 되었지만 서경아가 도망간 이상 모를 일이다. 그러나 지금도 미궁에 빠져 있는 '타운은행 사건'의 전모는 존이 가장 먼저 밝혀낸 셈이다.

본래 서경아가 6개 은행에서 빼낸 750억은 강기태 일당이 찾기로 했던 것이다. 그것을 서경아가 하루 먼저 빼내 가버렸다. 그러고는 그다음 날에 고진원에게 돈을 가져간다고 거짓말을 한 다음에 멀쩡한 두 사내에게 일당 30만 원을 주고 은행 뒷마당으로 트럭을 가져가라고 한 것이다. 그 빈 트럭에 돈이 있는 것으로 안 고진원이 최만섭을 시켜 은행 뒷마당에서 가로채었다. 그러고 나서 신고를 받고 출동한 리차드 일당의 기습을 받은 것이다. 한마디로 코미디지만 당사자들한테는 절박한 작전이었다. 고찬호는 사건이 터지자 강기태가 지레 겁을 먹고 도망갔다고 진술했는데 맞는 말 같다. 고찬호도 요즘 며칠간은 사는 것 같지가 않았다고 한 것이다.

"강기태는 어떻게 할까요?"

경찰 출신인 허상호가 묻자 존이 고개를 저었다.

"그 병신은 고찬호 시켜서 찾기로 하지. 고찬호한테 연락이 올 테니까 말이야."

이제 그놈은 별로 급하지 않다.

"눈치채지 않았을까?"

서경아가 묻자 배기남이 풀썩 웃었다.

"형이 어떤 사람이라고. 진즉 눈치챘어."

"아유, 나 몰라."

서경아가 배기남의 가슴에 얼굴을 묻었다. 칭다오의 바닷가 저택 안. 대저택이다. 옛날 이곳이 독일인 거주 지역이었고 독일 관리가 살던 저택인 것이다. 2층 배기남의 방 침대에 둘이 누워 있는 것이다. 밤 10시 반, 서울은 11시 반이다. 서경아의 더운 숨이 배기남의 가슴을 훑고 지나갔다.

"언제부터 눈치챈 거야?"

"서울서 떠나기 전부터."

"글쎄, 그게 언제인데?"

배기남이 서경아의 허리를 당겨 안았다.

"그건 잘 모르겠는데 떠나기 전에 나한테 그러더군."

"뭐라고?"

"'야, 인마, 둘만 낳아라.'고."

"어머나, 뭘?"

"아이 말이야, 우리 아이."

"아이구."

흐린 조명 아래서 서경아의 얼굴이 빨개졌다. 그것을 본 배기남이 말

197

을 이었다.

"세 명, 네 명 낳을까 봐 징그럽다고 했어."

"어머나, 자기가 뭔데."

몸을 딱 붙이면서 서경아가 눈을 흘겼다. 어느새 몸이 다시 뜨거워졌다.

그 시간에 김승구는 존의 옆에 서 있었는데 물론 신족통(神足通)으로 온 것이다. 지금 존은 핸드폰을 귀에 붙이고 킹스턴과 통화 중이다.

"예, 회장님. 서경아가 돈 가져간 건 맞는 것 같습니다. 강기태 일당, 고진원 일당 모두를 엿 먹인 것이죠."

존의 회색 눈동자가 번들거렸다.

"서경아의 일당이 있습니다. 혼자 할 수 있는 작업이 아니니까요. 지금 의심 가는 놈은 김승구라는 강기태의 조원으로 같이 창고 경비를 하다가 본사로 올라간 놈인데 그놈을 조사하고 있습니다."

팔짱을 끼고 선 김승구가 쓴웃음을 지었을 때 수화구에서 킹스턴의 목소리가 울렸다.

"찾아. 무슨 수단을 써서라도 돈을 찾아내란 말이다, 존."

"예, 회장님."

존이 어깨를 펴고 대답했다.

"곧 성과를 올리지요."

5장
부처의 연꽃

바버라와 두 딸이 도착했을 때는 다음 날 오전 10시 무렵이다. 장거리 여행에 지친 세 모녀는 클라크의 아파트에서 여장을 풀었다. 클라크는 방배동의 50평대 아파트에 살고 있었기 때문에 네 식구가 지내기에 넉넉했다.

"왔어."

그날은 휴가를 내고 공항에 나갔다가 가족과 함께 집으로 들어온 클라크가 짐을 풀자마자 김승구에게 전화를 했다. 신고를 한 것이다.

"마리안은 누워 있어, 김."

클라크가 목이 메는지 낮게 기침을 했다.

"글쎄, 날 보더니 주르르 눈물을 흘리지 않겠어?"

"움직일 수는 있는 거야?"

"겨우 걸어, 김. 이제 링거도 다 떼고 기다리고만 있네."

"저런."

"나한테 그러는 거야. 아빠 보고 싶었다고 말이야."

"…"

"이젠 아빠 만났으니까 행복하다는군."

마침내 클라크가 짧게 흐느꼈다. 그때 김승구가 말했다.

"커크, 내가 오후 6시쯤 갈게."

"반장님, 불었습니다!"

강만수가 헐레벌떡거리면서 뛰어 들어왔을 때 유건창은 한숨을 쉬었다. 유건창은 지금까지 고진원을 맡고 있었던 것이다. 고진원의 지시로 트럭을 탈취한 것은 최만섭과 그 부하들이다. 그런데 최만섭은 총에 맞아서 아직도 중태고 고진원은 지금까지 트럭을 왜 탈취하려고 했는지 입을 꾹 다물고 있었던 것이다. 유건창의 시선을 받은 강만수도 한숨을 쉬고 나서 말했다.

"팩스코입니다."

"팩스코?"

"예, 팩스코 말입니다."

"계속 해."

의자를 당겨 앉은 유건창이 강만수를 쏘아보았다. 그때 강만수가 말했다.

"팩스코 자금부의 서경아라는 여자가 팩스코 비자금을 빼돌렸다는 겁니다."

강만수의 눈이 번들거렸다.

"그게 얼만지 아십니까?"

"내가 알 리가 있나?"

"타운은행에 빼돌린 돈 5백억을 입금하려고 했다는 겁니다."

"어디서 빼돌렸는데, 그 5백억을?"

"팩스코 거래은행이라는군요."

"어디라고?"

"은행은 모르겠답니다."

"그래서?"

"서경아가 고진원한테 돈을 갖고 오겠다고 한 겁니다. 탑차에 싣고 말이죠."

"그런데 그 돈을 고진원이가 시킨 최만섭이 가로채려고 했다고?"

"예. 은행에 입금하지 않고 가로채려고 한 거죠. 빼돌린 돈이니까 신고를 못 할 것으로 안 겁니다."

"그 돈이 팩스코 비자금이라고?"

"예. 그런데 서경아는 지금 행불 상태입니다. 빈 탑차만 두고 사라진 거죠."

"그럼 나중에 쳐들어온 미국 놈들은…."

"팩스코 용병들일 가능성이 많습니다. 그 돈에 대한 정보를 듣고 찾으러 온 것이죠."

"말이 된다."

"그놈들도 빈 차를 잡았지만 말입니다."

"서경아가 갖고 논 건가?"

고개를 기울였던 유건창이 한숨을 쉬었다.

"이제 눈앞이 보이는군."

그 시간에 김승구는 전화를 받는다. 발신자가 사장 포크너였기 때문에 김승구는 긴장했다. 놀라지는 않았다. 대영전자와의 리베이트 관계는 사장과 직접 처리하기로 되어 있기도 한 것이다.

"예, 사장님."

밖에 나갔다가 회사로 돌아오던 김승구가 응답하자 포크너가 물었다.

"김, 지금 어딘가?"

"회사 근처입니다. 곧 회사로 돌아갑니다."

"그럼 내 방으로 와주게. 기다리겠네."

"알겠습니다."

핸드폰을 귀에서 떼면서 김승구가 시계를 보았다. 오후 4시가 되어가고 있다. 6시까지는 클라크의 집으로 가야 한다.

사장실로 들어선 김승구는 포크너 옆쪽 긴 소파에 앉아 있는 존을 보았다. 존과의 실물 대면은 처음이다. 포크너가 손으로 존을 가리키며 소개했다.

"김, 미국 본사에서 온 감사관이네. 자네한테 뭘 물어볼 것이 있다고 해서…"

포크너의 얼굴에 쓴웃음이 번졌다.

"내가 잘 이야기 했으니까 기분 나쁘게 생각하지 마."

"아, 괜찮습니다."

그때 일어서 있던 존이 손을 내밀면서 웃었다.

"히어로라고 말씀 들었습니다. 군 시절부터 계속 히어로시군요."

"감사합니다."

시선을 마주친 순간 존의 머릿속 말이 주르르 울렸다.

'배기남이 어디 있는지 물어보지 않는 것이 낫겠군. 당당한데, 서경아하고 관계가 없는지도 모르겠다. 서경아하고 같이 버스 탄 장면 2개 가지

고는 추궁하기가 그렇지.'

김승구가 존의 시선을 맞받은 채 빙그레 웃었다. 존과는 전생 인연이 없다. 현생에서 처음 시작된다. 그러고 보면 현생(現生)에서 처음 만나는 생명체는 전생에 수천 번 인연이 있다고 했지만 억천만겁을 도는 윤회다. 처음 시작하는 인연이 더 많을 것이다. 배기남은 서경아와 같이 중국으로 떠났지만 김승구가 입출국 기록을 싹 지워버렸다. 항공사 컴퓨터의 기록도 지워서 존이 5신통을 발휘한다면 모를까 흔적을 찾지 못할 것이다. 서경아 기록을 지우지 않은 것은 수사망을 중국으로 돌리기 위해서다. 팩스코에서 한국을 들쑤시면 피곤할 것이기 때문이다. 그때 존이 물었다.

"서경아 씨 아시지요?"

"압니다."

고개를 끄덕인 김승구가 되물었다.

"요즘 연락이 안 되던데, 무슨 일 있습니까?"

"예, 회사에 사고를 치고 도망갔거든요."

"저런, 어떤 사곤데요?"

"회사 자금을 횡령했습니다."

놀란 김승구가 존과 포크너까지 보았다.

"그럴 리가, 얼마나요?"

"좀 됩니다."

이제는 정색한 존이 김승구를 보았다.

"몇 번 만나신 것 같던데 무슨 이야기 안 하던가요? 어디서 살고 싶다거나, 어디로 간다거나."

"그런 이야기는 없었습니다."

"제가 당분간 여기서 일할 겁니다. 앞으로 자주 뵙게 될지도 모르겠습니다."

존이 웃음 띤 얼굴로 말을 이었다.

"시간 나면 한잔하시지요, 김."

"좋습니다."

그때 존이 일어나더니 손을 내밀었다. 면담이 끝났다는 표시다.

존과 헤어져 사무실로 들어섰을 때 유지나가 다가와서 물었다.

"팀장님, 사장실에 가셨다가 나오셨죠?"

"그래, 왜?"

"소문이 다 났어요. 팀장님이 사장님 면담한다고."

"그게 무슨 말이야?"

"사장 면담하는 건 토픽뉴스죠."

"쓸데없는 소리 말고 임하경 씨 데리고 회의실로 와."

김승구가 말하자 유지나는 웃음 띤 얼굴로 몸을 돌렸다. 아름답다. 유지나에게는 타심통(他心通)을 쓸 필요가 없다. 마음과 겉이 똑같기 때문이다. 아직 숙명통(宿命通)은 들어가 보지 않은 것은 다 알 필요가 없기 때문이다.

'언젠가 보고 싶을 때가 있을지도 모르지.'

이것이 김승구의 입장이다.

오후 4시 반, 벽시계에서 시선을 뗀 김승구가 앞에 앉은 임하경과 유지나를 번갈아 보았다.

"CK TV 문제로 보자고 한 거요."

임하경은 시선만 주었고 김승구가 말을 이었다.

"내가 조사한 바로는 CK TV가 경쟁력이 떨어진 문제도 있지만 그것은 두 번째요."

김승구가 똑바로 임하경을 보았다.

"우리는 CK TV를 우리 팩스코 아웃렛에서만 판매했는데 한국에는 팩스코의 수백 배, 수천 배나 큰 시장이 있어요."

"잠깐만요."

임하경이 날카로운 목소리로 김승구의 말을 잘랐다. 눈이 반들거렸고 얼굴은 하얗게 굳어 있다. 임하경이 말을 이었다.

"우리가 CK TV를 다른 매장에다 판매하라는 말인가요? CK TV는 팩스코 매장에서 판매하기로 계약이 된 겁니다. 우리가 CK TV 판매사원도 아니고 그럴 의무도 없어요. 경쟁력 없는 제품을 팔 수도 없고요."

맞는 말이다. 팩스코 매장에서 못 파는 제품을 다른 매장이 사 갈 리는 없다. 고개를 끄덕인 김승구가 임하경과 유지나를 번갈아 보았다.

"CK TV에 가서 상황 파악을 해야겠어."

이제는 김승구가 정색했다.

"사장 허락을 받을 테니까 당신들 둘도 출장 준비를 해."

오후 5시 55분, 김승구가 벨을 눌렀더니 3초도 안 되어서 현관문이 열렸다.

"어서 오게, 김."

클라크가 김승구를 맞았는데 얼굴 표정이 이상했다. 눈은 충혈되었고 입술은 웃는 모양을 지었지만 일그러졌다. 얼굴은 긴장으로 노랗게 굳어졌고 몸은 주춤거리고 있다. 당황, 긴장, 두려움, 반가움 등이 뒤죽박

죽 섞인 모습이다. 클라크 뒤에는 바버라와 큰딸 안나가 서 있었는데 둘
의 표정이 자연스러웠다. 김승구를 진심으로 반기는 것이다.

"젊으시군요."

김승구와 악수를 나눈 바버라가 감동한 표정을 짓고 말했다.

"한국에서 유명한 한의사라면서요?"

"아닙니다."

쓴웃음을 지은 김승구가 두리번거리며 누구를 찾는 시늉을 하자 사
라가 말했다. 17살이라지만 바버라보다도 크고 성숙해서 어른 같다.

"저기, 방에 있어요."

그러자 그때서야 진정이 된 클라크가 다가와 섰다.

"가지. 자네가 온다니까 마리안도 긴장하고 있네."

마리안은 여위었다. 팔도 가늘었고 몸매는 앙상했지만 예뻤다. 파란
눈동자, 곧은 콧날, 바버라가 화장을 해주었는지 입술에 살색 루주를 발
랐다. 분홍 바탕에 흰 꽃무늬가 있는 반소매 원피스를 입었는데 소파에
누워 있다가 사라가 상반신을 일으켜 주었다.

"하이."

마리안이 또렷한 목소리로 인사를 하며 웃었다. 흰 이가 드러났고 보
조개가 파이면서 막 피어나는 꽃 같은 모습이 되었다. 마리안이 가냘픈
손을 내밀었다.

"반가워요, 김 아저씨."

"오, 마리안."

마리안 옆에 앉은 김승구가 손을 잡았다. 작지만 따뜻한 손이다. 마리
안의 얼굴이 붉어졌다.

"김 아저씨, 나 낫게 할 수 있어요?"

"마리안, 물론이지."

김승구가 말했을 때 마리안 뒤에 서 있던 바버라가 두 손으로 얼굴을 가렸다. 클라크가 헛기침을 했고 사라는 바버라 뒤에 몸을 숨긴다. 그때 마리안이 눈을 크게 떴다.

"정말?"

"그래, 마리안."

김승구는 마리안의 눈을 보면서 타심통(他心通)도, 숙명통(宿命通)도 쓰지 않았다. 마리안의 두 눈에 오히려 빨려드는 느낌이 들었기 때문에 김승구는 숨을 들이켰다. 연꽃 같다, 부처님이 들고 있는 연꽃. 그때 김승구가 주머니에서 종이에 싼 캡슐을 꺼내 마리안에게 내밀었다.

"마리안, 이것을 먹어라."

"뭔데요?"

마리안의 두 눈이 커졌다. 클라크는 아예 상반신을 기역자로 꺾어 캡슐을 보았다. 바버라는 얼굴을 덮은 손바닥을 벌려 눈을 내놓았다. 사라는 바버라 뒤에서 서둘러 빠져나와 눈을 크게 떴다. 마리안이 캡슐을 두 손가락으로 집더니 김승구를 보았다.

"그냥 먹어요?"

"삼켜, 마리안."

"이걸 먹으면 나아요?"

"달라질 거야."

김승구가 주머니에서 종이에 싼 캡슐 2개를 꺼내 클라크에게 내밀었다.

"커크, 3시간 간격으로 이걸 하나씩 먹여. 내일 아침에는 마리안이 다 나을 거야."

클라크가 두 손으로 종이봉지를 받았고 마리안이 캡슐을 삼켰다.

"삼켰어."

바버라가 목이 멘 목소리로 말했다. 100미터 달리기를 한 사람처럼 숨을 몰아쉬고 있다.

"베이징으로 갔지만 다른 곳으로 튀었을 수도 있습니다."

존이 손끝으로 책상을 두드리며 말했다. 사무실 안, 존은 뉴욕에 있는 도날드 킹스턴과 통화 중이다. 뉴욕은 지금 오전 4시 반, 킹스턴은 새벽에 일어나 존에게 전화를 한 것이다. 존이 말을 이었다.

"하지만 한국 국적인 데다 움직이는 데 한계가 있습니다. 중국에서 용역을 주면 곧 찾을 수 있습니다."

"거기, 수상하다는 미국 국적자, 그놈은 어때?"

킹스턴이 묻자 존의 얼굴에 쓴웃음이 번졌다.

"오늘 오후에 만났습니다. 대놓고 조사하는 것이 나을 것 같아서요."

"무슨 말이야?"

"눈치가 빠른 놈인 데다 같은 회사 직원이라 그 방법이 낫습니다, 회장님."

"그놈한테 의심이 가나?"

"아직 물증은 없지만 뒤를 추적해 보겠습니다."

"아예 잡아다가 고문을 하는 게 빠르지 않을까?"

"상황을 봐서 처리하겠습니다."

"서둘러. 한국 경찰이 알게 되면 귀찮아진다. 그것도 미리 막아야 돼."

킹스턴의 목소리가 굳어졌다.

"너한테 전권을 줄 테니까 처리해."

으악!"

거실에서 비명소리가 들렸기 때문에 클라크가 곤두박질을 치면서 침대에서 내려왔다. 새벽, 바버라다. 바버라가 거실에서 비명을 질렀다. 얼굴이 새파랗게 질린 클라크가 방문을 박차고 나가면서 그 짧은 순간에도 마리안의 얼굴을 떠올렸다. 아, 마리안, 제발, 제발. 거실로 뛰어나간 클라크는 옆모습을 보이고 선 바버라를 보았다. 이미 클라크의 심장 박동은 멎어 있다. 다음 순간 바버라의 시선을 따라 주방을 본 클라크의 심장이 이제는 통째로 떨어져 내렸다. 아, 마리안. 클라크의 두 눈이 치켜떠졌다. 그때는 건넌방에서 사라도 뛰어나와 있을 때다.

"마리안!"

사라가 날카로운 목소리로 마리안을 부른다. 그때 마리안이 고개를 들고 사라를, 그리고 바버라와 클라크를 보았다. 그때서야 입 안의 음식을 삼킨 마리안이 웃었다. 이제는 셋 모두 마리안의 웃음이 활짝 핀 연꽃 같다는 생각을 한다.

"배가 고파서."

마리안이 빈 그릇을 내려다보면서 말했다.

"내가 닭고기 남긴 것 다 먹었어."

그릇에는 닭 뼈만 남아 있다. 마리안이 바버라에게 말했다.

"엄마, 나 후식으로 푸딩하고 바나나."

"오, 하나님!"

바버라가 대답 대신 손바닥으로 얼굴을 덮었고 사라가 마리안에게 달려가 껴안았다. 클라크는 서서 눈물만 쏟는다. 마리안은 반년 전부터 거의 음식을 먹지 않았던 것이다. 영양제만 링거로 주입했을 뿐이다. 위장이 기능을 다 잃었다고 했는데 어떻게 들어갔는가? 현재까지 캡슐 2

개를 삼킨 상태다. 아직 캡슐 하나가 남아 있다.

30분 후, 김승구가 클라크의 전화를 받는다. 오전 5시 반이다.

"김, 마리안이 닭 반 마리, 푸딩 대신 초코 케이크 한 조각, 사과 반 개를 먹었네. 내가 먹어도 배가 부를 양이야."

클라크가 아예 소리를 질렀다.

"위가 망가져서 물도 받지 못한다고 했는데 이게 웬일인가?"

"위가 재생되었겠지."

김승구도 놀랐지만 그렇게 말했다. 그러나 심장 박동은 거칠어졌고 누구든 축복해주고 싶은 마음이 일어났다.

"김, 고맙네!"

클라크가 소리치더니 짧게 흐느꼈다.

"캡슐 하나가 남았는데 이것도 먹여야겠지? 다 나은 것 같은데."

"먹여."

제가 위대한 의사라도 되는 것처럼 말한 김승구가 핸드폰을 귀에서 떼었다. 그 순간이다.

"하나다, 김승구, 기간은 사흘."

악마의 목소리가 울렸기 때문에 김승구가 버럭 소리쳤다.

"차라리 날 데려가라, 이 악마야!"

그때 지상에서 천억 년 거리에 떨어져 있는 검은 공간에서 지상을 내려다보던 부처가 지장보살을 불렀다.

"야, 지장아."

"예, 석가모니."

"너 쟤가 어떻게 할 것 같냐?"

"악마하고 싸울 것 같습니다."

"이길까?"

"저놈은 죽으려고 작정을 한 것 같습니다."

"왜?"

"성질이 개차반이거든요. 빈정 상하면 군대에서 제 상관도 두들겨 팬 놈 아닙니까?"

"내가 잘못 골랐나?"

"잘 고르신 겁니다. 그래야 인간답지요."

"쟤는 악마한테 죽어."

"그러니까 죽으면 악마도 죽으니까요. 저놈은 악마를 끌어안고 갈 겁니다."

"지가 무슨 논개라고."

혀를 찬 부처가 지그시 지장보살을 보았다. 지장보살은 땅에 있다가 부처가 상의할 것이 있다고 데려왔다.

"나는 악마하고 같이 그놈 속에 들어가 있어서 안 돼. 그러니까 네가 그놈 만나 봐라."

아침에 출근한 클라크는 내색하지 않았지만 얼굴에 표시가 났다. 울어서 퉁퉁 부은 얼굴로 웃고 다녔으니 모두 미친놈인 줄 알았을 것 같다. 김승구가 클라크의 방으로 들어섰을 때는 클라크가 팀장 회의를 마친 후였다. 팀장들과 함께 있을 때는 깍듯이 존댓말을 썼지만 둘이 있을 때는 반말이다. 클라크가 45세. 20살 가까운 나이 차가 있어도 이젠 자연스럽다.

"커크, 내가 임하경, 유지나를 데리고 중국 출장을 가야겠어."

김승구가 말하자 클라크가 눈썹을 모았다.

"왜? 무슨 일 있어?"

"CK TV에 가서 상의 좀 하려고."

"무슨 상의?"

"우리가 손을 떼면 CK는 망할 거야."

앞쪽에 앉은 김승구가 지그시 클라크를 보았다.

"그렇지 않아?"

"그렇게 될 가능성이 많아. 근데 거기 가서 뭘 상의한다는 거야?"

"CK가 그렇게 된 건 우리 책임도 있지 않겠어?"

"절반은 있지, 하지만…."

클라크의 얼굴에 쓴웃음이 번졌다.

"우리가 책임질 수는 없잖아?"

"내가 CK에 가서 합의를 하려고 해."

놀란 클라크가 정색했다.

"합의를 하다니?"

"내가 CK TV를 연간 1백만 대를 팔아줄 테니 나한테 지분을 달라고 말이야."

"너한테?"

손가락으로 김승구를 가리켰던 클라크가 곧 풀썩 웃었다.

"김, 또 어떤 기적을 일으킬 거냐?"

"커크, CK TV를 우리가 인수하자."

"인수?"

클라크가 숨을 들이켰다.

"근로자가 1만 명이나 되는 공장이야, 김."

"지분을 조금씩 인수하면 돼."

"연간 1백만 대를 가져가는 조건이라면 솔깃하겠군, 망하기 직전이니까."

"이건 당분간 당신하고 나하고 둘만 알자고."

"우리 둘이?"

클라크의 눈이 둥그레졌다.

"회사에는 비밀로 하잔 말이야?"

"그렇지."

"김, 이유가 뭐야?"

"CK TV를 당신하고 나하고 둘이 먹자는 뜻이야. 나는 영업을 할 테니까 당신은 관리를 해."

김승구의 목소리에 열기가 띠어졌고 클라크는 숨도 쉬지 않고 응시했다.

"클라크, 우리 둘이 한편이 되면 다 먹을 수 있어. 우리 사업을 키워나가자는 이야기야. 우리 둘이 팩스코에서 같이 기반을 굳히는 것으로 시작해서 말이야."

이제는 클라크에게 털어놓을 만한 조건이 생긴 상황이다. 클라크는 팩스코에 대해서 애착을 갖고 있지 않기도 했다. 그때 클라크가 고개를 끄덕였다.

"김, 난 네가 지옥에 같이 가자고 해도 따라갈 테다."

"국세청 감사를 하지 않는 한 팩스코 자금 관계는 알 수 없습니다."

강만수가 말하자 유건창이 한숨을 쉬었다.

"다 네놈 때문이야."

"무슨 말씀입니까?"

"그냥 은행 뒷문에서 미친놈들끼리 싸우는 사건으로 끝내 버리는 게 나았다."

"예?"

"네놈 때문에 계장한테 보고하고 계장은 과장한테, 과장은 서장, 서장은 청장한테까지 보고했다."

강만수가 숨만 쉬었고 유건창은 말하다가 스스로 열을 받았다.

"너 때문에 내가 지서장으로 가게 생겼다, 이 개놈아."

"그럴 리가 있습니까?"

시선을 내린 강만수가 말을 이었다.

"이건 큰 사건입니다."

"그러니까 내가 크게 당한다니까? 차라리 그런 거 물어오지 않은 게 나았어."

"고찬호가 휴가 끝난 지 이틀이 지났어도 나타나지 않습니다. 강기태는 실종 상태고요."

"그놈들이 돈을 가져갔다고?"

"그거야…"

유건창이 이제는 한숨을 쉬었다. 어느덧 청장한테까지 보고가 올라가는 바람에 위에서 독촉이 빗발치듯 내려왔지만 딱 막힌 것이다. 팩스코의 비자금 500억 때문에 그 소동이 일어났다는데 팩스코는 모르는 일이라고 한다. 팩스코 거래은행을 뒤지면 근거가 나올 텐데 위에서는 수색영장도 안 떨어지는 것이다. 팩스코가 모르는 일이라고 하는 바람에 수색의 명분이 없다. 더구나 팩스코 측의 로비가 엄청나서 유건창은 숨이 막힐 정도다. 사건에 대한 '로비'는 숨만 쉬어도 알 수 있다. 그때 전화 벨이 울렸기 때문에 유건창이 두리번거리다가 서류 사이에서 제 핸드폰을 찾아내었다. 핸드폰이 울리고 있다. 발신자 번호를 본 유건창이 고개를 기울였다가 곧 귀에 붙였다. 모르는 번호라고 안 받을 수 없다.

"여보세요, 유건창입니다."

"2반장님이시군요."

사내 목소리다.

"예, 누구시죠?"

"이번 타운은행 사건을 신고하려고 하는데요."

"아, 그래요? 누구신데요?"

"이번에 팩스코 미국 본사에서 온 사이몬이라고 합니다."

"물론 가명이시겠지요?"

"가명이건 실명이건 사건 증거자료를 드리는 건데 그것 따지실 겁니까?"

"어디, 한번 듣기나 합시다."

"미국 본사에서 온 존이라는 인물이 감사역으로 서울 팩스코 사장실 옆방을 차지하고 있어요."

"그래서요?"

그때 강만수가 옆으로 바짝 다가섰고 그에게도 수화구에서 울리는 목소리가 다 들렸다.

"존은 해결사죠. 팩스코 회장 도날드 킹스턴의 특명을 받고 이번에 팩스코에서 유출된 750억을 찾으러 온 거죠."

"750억이라고 했어요?"

"예, 6개 은행에서 750억."

"그게 어느 은행인지 알아요?"

"그건 나중에 말씀드리지요."

"그렇다면 믿지 못하겠는데."

"고찬호가 존 일당한테 잡혀서 지금 파주의 안가에 있어요. 주소 불러드릴 테니까 녹음 버튼 누르세요."

놀란 유건창이 숨을 들이켰다가 녹음 버튼을 눌렀고 사내는 거침없이 주소를 불렀다. 그러고는 웃음 띤 얼굴로 말했다.

"자꾸 정보 물어온 형사 나무라지만 말아요. 그런 형사가 보물인 겁니다."

그러고는 통화가 끊겼기 때문에 유건창과 강만수가 아연한 얼굴로 서로를 보았다.

"너, 옷 샀어?"

임하경이 묻자 유지나가 제 옷을 내려다보며 웃었다.

"네, 출장 갈 때 입을 옷이 없어서."

"출장 갈 때 입을 옷?"

눈썹을 모았던 임하경이 '픽' 웃었다.

"얘가 완전히 홀렸군."

"언니도."

정색한 유지나가 임하경을 보았다.

"그게 무슨 말이에요? 심하다."

"뭐가?"

"귀신한테 홀렸다는 표현 같잖아요?"

"맞아, 그거야. 그 말 하려고 했어."

임하경이 웃음 띤 얼굴로 유지나를 보았다.

"네가 그래."

"그럼 팀장이 귀신이란 말이에요?"

그때 회의실 문이 열렸기 때문에 둘은 입을 다물었다. 김승구가 들어서고 있다. 자리에 앉은 김승구가 갑작스러운 정적이 의아한지 둘을 번갈아 보았다. 그러더니 유지나에게 물었다.

"무슨 일이야? 날 귀신을 본 것처럼 보고 있잖아."

"어머나."

깜짝 놀란 유지나가 숨을 들이켜고 나서 임하경을 보았다. 임하경의 얼굴도 굳어 있다. 그때 김승구가 말했다.

"CK TV에도 연락을 했어. 우리가 내일 오후에 도착한다고 했더니 공항에 영접을 나오겠다는군."

"어머, 영접까지."

어느새 귀신 이야기를 잊은 유지나가 감탄했다.

"우린 해준 게 없는데요."

"앞으로의 계획 이야기할 테니까 부담 갖지 마."

김승구의 시선이 임하경에게로 옮겨졌다.

"임하경 씨는 CK 담당자니까 그쪽에서 신경을 쓸 거야. 공장 견학도 시켜준다는 거요."

"그럴 필요가 있을까요?"

임하경이 묻자 김승구가 정색했다.

"실적은 떨어졌더라도 양쪽 관계는 이어져야죠. 그쪽도 그런 자세인 것 같으니까 스케줄대로 따라줍시다."

임하경은 대답하지 않았지만 납득은 하는 눈치다.

사장실로 들어선 존이 포크너에게 말했다.

"총무부에서 김승구가 조원 둘을 데리고 베이징 출장을 간다는군요."

"아, 그런가?"

출장은 본부장 전결이어서 포크너의 표정은 시큰둥했다. 그때 존이 포크너에게 물었다.

"CK TV에 업무차 간다는데, 무슨 이유가 있는 거요?"

"거기 요즘 판매가 저조해서…"

입맛을 다신 포크너가 말을 이었다.

"공장 문 닫기 직전이라 팀장이 가보는 것 같은데."

"중국에 서경아가 갔단 말이오."

"그렇지."

포크너의 시선을 받은 존이 어깨를 부풀렸다가 내렸다.

"내가 따라가야겠어."

존의 얼굴에 웃음이 떠올랐다.

"언젠가는 중국에 갈 것이라는 예상을 했는데 좀 빠르군."

방으로 들어선 유건창이 시선을 잠깐 내렸다가 드는 것으로 인사를 했다. 그러고는 묻는다.

"존 씨죠?"

투박한 영어다. 그러나 알아듣기가 더 쉽다. 존이 엉거주춤 일어나 유건창의 위아래를 훑어보는 것으로 인사를 대신했다.

"예, 납니다."

유건창의 뒤는 강만수 형사가 따르고 있다. 존이 손으로 앞쪽 소파를 가리켰다.

218

"앉으시죠."

"감사합니다."

소파에 나란히 앉은 유건창과 강만수가 방 안을 둘러보았다. 존의 사무실 안, 오전 9시 반이다. 경비로부터 경찰이 찾아왔다는 보고를 받은 터라 존은 기다리고 있었다. 존도 자리에 다시 앉은 채 책상 위에 두 팔꿈치를 올려놓고 지그시 둘을 보았다. 전혀 위축되지 않은 자세다. 그때 유건창이 불쑥 존에게 물었다.

"한국 경찰을 어떻게 생각하십니까?"

"무슨 말씀이신지?"

"LAPD나 NYPD 등이 유명하잖소? TV 드라마에도 맨날 나오고."

그러자 존이 쓴웃음을 지었다.

"그거 순 공갈입니다. 그런 경찰 없어요. 돈 몇 푼 쥐어주면 다 넘어갑니다."

"그래요?"

유건창이 눈을 둥그렇게 떴다.

"나도 그런 기회가 왔으면 좋겠는데."

"진심이라면 그 기회가 곧 올 겁니다."

"어디서 기회가 와요?"

"마음만 먹으면 기회가 옵니다."

"되기 전에 교도소에 가겠지요."

손으로 목을 자르는 시늉을 해 보인 유건창이 존을 보았다.

"박도영을 알지요?"

"모르겠는데요?"

"조신호는?"

"모릅니다."

"손경수는?"

"왜 이러십니까? 모르는 이름만 부르시는데."

존이 이맛살을 찌푸리며 물었을 때 유건창이 다시 물었다.

"그럼 고찬호는?"

"모르겠는데요."

"우리가 고찬호를 빼내 왔는데."

웃음 띤 얼굴로 유건창이 말을 이었다.

"끔찍하더군. 손가락 2개가 잘려나갔는데 아주 독한 놈들이었어."

"…"

"박도영, 조신호, 손경수하고 연락이 끊겼지요? 우리가 핸드폰을 빼앗아서."

"무슨 말씀인지."

그때는 존의 목소리가 조금 달라져 있다. 눈빛이 강해졌지만 초점이 흐리다. 그때 강만수가 떠들썩한 영어로 말했다.

"그 세 놈은 아직 신분을 밝히지 않았지만 곧 누구 지시를 받고 고찬호를 잡아서 고문했는지 실토하게 될 거요. 그렇지 않으면 최소한 5년 형을 살게 될 테니까."

"…"

"다음에 올 때는 내가 영장을 가져올 거요, 존 씨."

"노력하셔야겠는데."

존의 얼굴에 웃음이 떠올랐다.

"그전에 당신이 위험해질 거요, 경찰 아저씨."

"당분간 당신도 한국에서 못 나가."

유건창이 말했을 때 존이 퍼뜩 고개를 들었다. 처음으로 얼굴에 감정이 나타난 것이다. 그것을 본 유건창이 빙그레 웃었다.

"난 그런 능력은 있거든, 존."

"야."

뒤에서 부르는 소리에 김승구가 고개를 돌렸다. 이곳은 시장 입구, 버스 정류장 근처다. 전자상가에 가서 TV 판매를 조사하고 돌아가는 길이다. CK TV 때문이다. 할머니 하나가 다가오고 있다. 주름진 얼굴, 조금 굽은 허리, 허름한 바지에 점퍼를 입었는데 허리에 커다란 헝겊가방을 찼다, 돈 가방.

"저요?"

주위를 둘러본 김승구가 그렇게 물었다. 가까운 곳에는 김승구 혼자뿐이다. 할머니가 고개를 끄덕이며 다가왔다. 오후 4시 반쯤 되었다. 내일 중국 출장이다. 그때 다가선 할머니가 말했다.

"외워둬라."

"뭘요?"

"옴 바라 마니다니 사바하."

"옴 바라 마니다니 사바하."

김승구가 엉겁결에 따라 했더니 할머니가 빠진 이를 드러내며 웃었다.

"옳지, 잘한다."

"뭔데요?"

"중생의 죄업을 소멸해주는 진언이다."

"내가 왜 이것을 외워요?"

"내일이 사흘째 아니냐?"

순간 숨을 들이켠 김승구에게 할머니가 다시 말했다.

"옴 염만타자 사바하."

"…"

"외워 봐, 이놈아."

"옴 염만타자 사바하."

그 순간 할머니의 얼굴이 백옥 같은 미인이 되었다가 다시 제자리로 돌아왔다. 그러고는 할머니가 웃었다.

"나를 부르는 진언이다. 내가 지장보살이야."

"아."

"내일 이 두 개 진언을 세 번씩만 외워라. 그럼 악마가 이번에는 넘어갈 거다."

그러더니 할머니가 몸을 돌렸다.

"옴 바라 마니다니 사바하."

김승구가 다시 외우고 나서 할머니 쪽을 보았다. 없다. 시장 입구 쪽으로 걷던 할머니가 사라져버렸다.

"옴 염만타자 사바하."

그랬더니 귀에 할머니의 목소리만 커다랗게 울렸다.

"오늘은 그만 불러! 썩을 놈아!"

지장보살이 맞다.

"고찬호가 잡혔어요, 포크너."

존이 말하자 포크너는 이맛살을 찌푸렸다. 사장실 안, 외출 갔다가 돌아온 포크너가 존의 보고를 받는다.

"잡혔다니? 우리가 잡은 거 아닌가?"

"경찰한테 잡혔다는 말이지."

"무슨 말이야?"

"경찰이 고찬호를 뺏어갔단 말이오."

그때 포크너가 눈을 치켜떴다.

"말 길게 하지 마, 존. 우리가 잡고 있던 고찬호를 경찰이 빼앗아 갔다면 금방 알아듣지 않아?"

"그 말이 그 말이지."

"그럼 잡고 있던 애들은?"

"다 잡혔어, 셋이."

"그럼 그놈들이 자네를 불겠군."

"내가 직접 고용하지 않았어, 포크너."

"그런데 경찰이 다녀갔다면서?"

"그것이 의문이란 말이오."

눈을 가늘게 뜬 존이 포크너를 쏘아보았다.

"누가 경찰에 밀고를 했어. 고찬호를 잡고 있던 위치를 기가 막히게 찍어서 알려줬단 말이오."

"…."

"집 안에 있던 셋도 다 잡혔고."

존의 눈이 번들거렸다.

"그리고 날 찾아왔단 말이오. 증거가 하나도 없는데. 나를 콕 찍어서 경찰을 보냈어."

"도대체 누가?"

"난 절대로 증거를 남기지 않아요, 포크너. 그런데 이번에는 이상해."

"왜 내 앞에서 길게 이야기하는 거야? 내가 말 내놓았단 말인가?"

"글쎄, 당신 하나만 알고 있는 사실이라 그럴 가능성도 있지."

"건방지게 굴지 마라, 이 해결사 자식아."

"내가 당신도 해치울 수 있는 자격이 있다는 거 알지?"

"죄도 없는데 네가 해치워? 회장님이 그런 권한까지 주더냐?"

포크너의 얼굴이 붉게 달아올랐다.

"이놈이 안하무인이군. 내가 당장 회장님께 보고하겠다. 누가 잘리는가 보자."

이제 둘의 싸움이 되었다. 포크너가 전화기를 집어 들었고 존은 방을 나왔다.

"또 막혔어."

한숨을 쉰 유건창이 지친 얼굴로 강만수를 보았다.

"세 놈 신분은 멀쩡해. 일부러 그런 놈들을 고른 것 같다."

박도영, 조신호, 손경수는 전과도 없는 데다 존하고는 아무 인과관계가 없는 것이다. 존이 누군지도 모른다.

"도대체 그놈이 누굴까?"

"누구 말입니까?"

곧 알아들은 강만수도 한숨을 쉬었다. 제보자를 말한다. 제보자 말대로 납치되어 손가락까지 잘린 고찬호를 구출하고 납치범 셋을 잡았지만 그것으로 끝이다. 고찬호는 서경아와 공모한 혐의는 있지만 돈은 구경도 못 했다. 그런데 잡혀서 손가락을 2개나 잘렸으니 억울해서 펄펄 뛸 상황이다. 납치범들이 돈을 어디다 숨겼느냐고, 강기태가 어디 있느냐고 족쳤기 때문이다.

"전화 한 통 더 왔으면 좋겠는데요."

224

강만수가 혼잣소리로 말하고는 힐끗 유건창의 눈치를 보았다. 오후 6시 반, 둘은 아직도 강력반 사무실에 앉아 있다.

지장보살이 누구냐? 육도중생이 모두 해탈하지 않는 한 결코 성불하지 않겠다는 보살이다. 그만큼 중생을 구제하려고 자신을 희생하는 유일한 보살, 모든 보살은 언젠가는 성불한다는 수기를 받았지만 지장보살만은 억만 중생을 하나도 남기지 않고 제도하고 나서야 성불하겠다고 약속한 보살이다. 그러니 성불이 되겠는가? 영원히 속세에 남아 중생과 부대끼는 보살인 것이다. 그 지장보살이 이제 김승구의 '빽'이 되었다. '속'에 있는 악마가 들었을 것인데도 입을 닫치고 있는 것을 보면 지장보살의 '파워'에 눌린 것 같다.

"자기야."

이번에는 옆에서 부르는 목소리가 울렸다. 오피스텔 로비, 오후 7시 반. 레지던트 1년 차 고윤희가 다가오고 있다. 활짝 웃는 얼굴, 눈이 반가움과 기대로 반짝이고 있다, 아름답다. 사랑에 빠진 얼굴이 세상에서 가장 아름답다고 했던가? 고윤희는 김승구를 사랑하고 있다.

"어, 오늘 휴무야?"

따라 웃은 김승구가 물었더니 고윤희가 팔짱을 끼었다. 로비에 사람이 많은데도 거침이 없다.

"내일 오전까지야. 내가 저녁 만들어줄게. 조금만 기다려."

"이런, 고맙네."

"내가 은혜를 갚아야지."

엘리베이터를 타고 고윤희의 방으로 들어간 김승구가 소파에 앉아 저녁이 되기를 기다렸다. 고윤희 방은 가끔 들어왔기 때문에 익숙해져 있다. 주방에서 음식 냄새가 풍겨왔고 고윤희는 활기 있게 움직인다. 고윤희는 시장을 봐 왔기 때문에 주방에 음식 재료가 풍성하게 쌓여 있다. 그때다.

"윤희야, 윤희야."

애타고, 가냘프고, 허덕이며 부르는 여자 목소리에 김승구는 퍼뜩 눈을 크게 떴다. 그때 여자 목소리가 이어졌다.

"윤희야, 잘 살아야 돼."

그때서야 김승구는 그것이 천이통(天耳通)인 것을 알았다. 세상의 모든 소리를 들을 수 있는 능력, 그것이 고윤희와 함께 있는 순간에 고윤희와 연결된 목소리가 들린 것이다. 그 순간 김승구가 신족통(神足通)으로 날았다. 목소리가 들린 곳으로.

'아주머니! 아주머니!'

119 대원이 소리쳐 불렀다가 고개를 들고 동료를 보았다.

'사망했어.'

달리는 구급차 안, 앞쪽에 누워 있는 여자는 바로 고윤희의 모친 박미선이다. 박미선은 친구를 만나고 집에 가다가 신호위반 차량을 만나 교통사고를 당한 것이다. 이곳은 충남 천안.

'이거 신분증도 없고 신원 파악에 시간이 걸리겠네.'

옷을 뒤진 대원 하나가 투덜거리자 앞에 앉은 대원이 혀를 찼다.

'동네 사람인 것 같아. 곧 주민 신고가 들어오겠지.'

그때 대원 하나가 앞쪽에 대고 소리쳤다.

'어이, 김 형! 속력 줄여! 사망했어!'

옆에 서 있던 김승구가 한숨을 쉬고 나서 몸을 돌렸다.

226

"자, 먹어."

고윤희가 부르자 김승구는 몸을 일으켰다. 식탁에 차려놓은 요리는 먹음직했다. 고윤희는 어머니한테 중학교 때부터 음식 만드는 교육을 받았다고 했다.

"와, 대단하구나."

식탁에 앉은 김승구가 입을 딱 벌리고 감탄했다. 세상의 모든 중생은 때가 되면 간다. 그것을 일일이 막을 수는 없는 법이다. 고윤희의 모친을 악마가 대가로 데려가지는 않았다. 인연이 있는 사람의 목소리가 천이통(天耳通)으로 들렸을 뿐이다. 된장찌개를 떠먹으면서 김승구는 오늘 밤은 고윤희에게 알려주지 않는 것이 낫겠다는 생각을 했다. 모처럼 밝은 분위기로 짧은 휴가를 즐기도록 놔두자. 밥을 떠먹던 김승구가 생각난 것처럼 말했다.

"참, 너, 밥 먹고 내 방으로 같이 가자."

"왜?"

고윤희가 눈을 흘겼다.

"벌써 생각나?"

"응."

"여기서 자, 그냥. 시트도 내 것이 더 깨끗해."

"용돈 가져가."

김승구가 외면한 채 말을 이었다.

"내가 너 주려고 둔 지 오래됐어."

"많이 남았는데."

시선을 내린 고윤희가 말을 이었다.

"자기야, 내가 나중에 다 갚을게."

"그래라."

고윤희가 박미선의 장례식에 쓸 돈이다. 갑자기 목이 메었기 때문에 김승구는 물을 따라 벌컥대며 마셨다. 고윤희가 놀라 묻는다.

"왜? 된장이 짜?"

중국 출장, 베이징행 비행기 안에서 건너편 자리에 앉아 있던 유지나가 김승구에게 물었다.

"팀장님, 베이징 가보셨어요?"

"휴가 때 5일쯤 묵었을 뿐이야."

"회사 휴가요?"

"아니, 군(軍)에서."

"군대에서도 휴가를 외국으로 보내요?"

김승구는 대답하지 않았다. 미군 레인저로 아프간 작전을 마치고 휴가를 받았던 것이다. 김승구의 제14팀은 9명 중 2명 전사, 3명 부상으로 떨어져 4명이 휴가를 갔다. 포상휴가였다. 5일 동안 베이징 클럽의 술을 넷이 한 드럼은 마셨을 것이다.

통로 건너편 자리에는 유지나와 임하경이 나란히 앉아 있다. 창가에 앉은 임하경은 밖을 내다보고 있었지만 이쪽 이야기를 다 듣고 있을 것이다. 임하경의 옆모습을 보던 김승구가 문득 천안통으로 미래세계를 보고 싶은 충동을 느낀다. 임하경과 자신의 미래는 어떻게 될 것인가? 그러나 곧 생각을 지웠다. 숙명통으로 임하경이 전생에서 자신의 발 닦는 종이었다는 사실을 안 후부터 인연이 자연스럽지 못하게 진행된다. 내 '자신에 관한' 미래, 과거는 보지 말도록 하자. 그 순간 귀에 할머니의 목소리가 울렸다.

'옳지, 깨우쳐 가는구나.'

지장보살이다.

"옴 염만타자 사바하."

놀라기도 했지만 곧 오늘 지장기도를 세 번 하라는 말이 떠올랐기 때문에 김승구가 입술을 달싹여 지장보살을 불렀다.

"옴 바라 마니다니 사바하."

중생의 죄업을 사해 달라는 주문.

"옴 암마타 암마니 구필구필 사만다 사바하."

중생을 이익 되게 해달라는 주문이다.

"세상에 이럴 수가 있어?"

울음 섞인 목소리로 바버라가 물었다.

"글쎄, 이틀 동안 체중이 5킬로가 늘다니."

클라크는 핸드폰을 귀에 붙인 채 가쁜 숨만 쉰다. 오전 11시, 사무실 안이다. 마리안은 지금 바버라, 사라와 함께 롯데월드에서 놀고 있다. 사라와 마리안이 놀이기구를 타는 동안 바버라가 전화를 한 것이다.

"내 눈으로 이 기적을 보면서도 믿기지가 않아, 여보."

"당신이 착해서 신(神)이 도와준 거야."

"김이 신이야?"

"신이 김한테 능력을 주신 것이지."

클라크가 숨을 고르면서 말을 이었다.

"난 평생 동안 이 은혜를 갚아야 돼."

김승구와 같이 '사업'이건 '작업'이건 다 할 것이다. '김승구하고라면' 하는 자신도 있지만 이 '은혜'를 갚아야 한다. 잊는다면 사람이 아니다.

존이 클라크의 방으로 들어섰을 때는 그로부터 30분쯤 후다. 점심약속 때문에 일어서던 클라크가 존에게 자리를 권했다.

"미안합니다. 잠깐이면 돼요."

존이 양해를 구하더니 앞에 앉은 클라크를 보았다.

"클라크 씨, 김승구가 오늘 베이징으로 출장 갔지요?"

"그렇습니다. 그런데 무슨 일 있습니까?"

"김승구가 빅 오더를 받아서 클라크 씨 신임을 받고 있다던데, 맞지요?"

"그야 일 잘하는 부하는 신임할밖에요."

"용인 본부의 자금부 직원에 대한 소문을 들었지요?"

존이 부드럽게 물었지만 클라크는 눈썹을 모았다. 클라크는 팩스코 영업부 본부장으로 이사급이다. 존이 미국 본사에서 파견되었다지만 지시를 받을 입장은 아니다. 클라크가 고개를 기울였다.

"글쎄요, 자금부 여직원이 공금을 조금 횡령했다는 소문이 있더군요."

"이건 회사 기밀인데."

어깨를 부풀렸다가 내린 존이 지그시 클라크를 보았다.

"그 여직원 서경아가 거금을 빼돌렸어요, 무려 750억이나."

클라크가 숨만 들이켰고 존이 말을 이었다.

"그런데 그년, 서경아가 지금 중국으로 도주한 상황이오."

"…"

"내가 여기에 온 이유도 그것 때문이고요."

"…"

"그런데 말입니다."

존의 얼굴에 쓴웃음이 번졌다.

"서경아하고 김승구 둘의 관계가 미심쩍은 부분이 있어요. 나는 그것을 조사하고 있었는데 말입니다."

"…."

"김승구가 갑자기 중국 출장을 가게 되고 난 한국 경찰이 출국금지를 시킨 상태가 되었단 말입니다. 이거, 어떻게 생각합니까?"

"글쎄요."

"그래서 클라크 씨가 날 도와줘야겠습니다. 내가 킹스턴 회장의 특명을 받고 왔다는 거 아시죠?"

존의 회색 눈동자가 번들거리고 있다.

공항에 나온 CK TV의 영업담당 부장 홍문은 김승구 일행을 이화원 근처의 르네상스호텔로 안내했다. 오후 1시 반이다.

"오늘은 근처 이화원 관광을 하시면서 쉬시고 내일 회사를 보시지요."

호텔 커피숍에 앉았을 때 홍문이 말했다. 공장은 베이징에서 차로 3시간 거리에 있다는 것이다. 고개를 끄덕인 김승구가 물었다.

"내일 CK TV의 회장님을 만나고 싶다고 전해주세요."

"네? 회장님을 말입니까?"

놀란 홍문이 눈을 둥그렇게 떴고 임하경과 유지나도 동시에 숨을 삼켰다. 이쪽은 아무리 바이어라고 해도 과장급인 팀장이다. CK TV는 영업담당 상무급으로 김승구를 대접해 줄 작정이었던 것이다. 홍문이 정색하고 물었다.

"무슨 일이 있습니까?"

"회장님께 드릴 말씀이 있어요."

"팩스코에서 말입니까?"

"그렇죠."

"팩스코 대표로 우리 회장님을 만나신다는 말씀이지요?"

"그런 셈이죠."

"팩스코 서울 사장님의 전갈이나 편지를 가져오신 겁니까?"

"그래요, 전갈을 가져왔어요."

"알겠습니다. 바로 보고를 드리지요."

긴장한 홍문이 서둘러 일어서며 말했다.

"오늘 말씀을 드리고 바로 연락을 드리지요."

"사장님 전갈을 가져오셨어요?"

홍문이 커피숍을 나갔을 때 유지나가 물었다. 임하경은 시선만 주고 있다.

"그래."

김승구가 정색하고 말을 이었다.

"CK TV를 위해서 최선을 다하겠다는 사장님의 편지를 가져왔어."

거짓말이다. 그러나 임하경도 정색하고 김승구를 본다. 믿는 것이다. 헛기침을 한 김승구가 말을 이었다.

"클라크 본부장도 알아. 앞으로 CK TV 오더를 팩스코뿐만 아니라 한국 내 다른 매장에 팔아야 돼. 이건 우리 책임이야."

팩스코가 지금까지 판매에 대한 책임을 진 적이 있는가? 없다. 그것을 알고 있는 임하경이 입술을 달싹이다가 말았다. '별일 다 보았다'라는 표정이지만 조장 신분으로는 확인할 방법이 없다. 본부장 클라크는 알겠지.

방에 들어와 혼자가 되었을 때 김승구가 핸드폰을 들고 버튼을 눌렀다. 신호음 세 번 만에 배기남이 전화를 받는다.

"아이구, 형님."

"이 새끼, 내가 너 신혼여행 보낸 거 아니다."

대뜸 쏘아붙였더니 배기남은 숨소리도 내지 않았다. 정곡을 찔렀기 때문이겠지. 김승구가 좀 뜸을 들이고 나서 말을 이었다.

"지금 어떠냐?"

"예, 같이 있는데요."

"침대에서?"

"아, 아니, 그게 아니라…."

"얼굴까지 붉히고 있군, 이 자식."

"형님, 그게 아닙니다."

이제는 배기남의 목소리까지 떨렸다. 이마에 진땀이 배어나와 있을 것이다. 안 봐도 뻔하다. 그때 김승구가 다시 물었다.

"이제 안정이 되었지?"

"예, 자리 잡혔습니다."

배기남이 서둘러 말을 이었다.

"첫째로 가족이 다 모였으니까요. 빨리 안정이 되었습니다. 거기에다…."

돈이 얼마든지 있는 것이다. 뇌물을 주면 주거증, 면허증, 신분증, 호적까지도 다 만들어준다. 서경아와 가족들은 완벽한 중국인 신분으로 변신하고 있는 것이다. 김승구가 말을 이었다.

"이왕 네가 도와줄 바에는 한 달쯤 더 옆에서 챙겨줘라. 빠진 것도 있을 거다."

"아닙니다, 형님."

"내가 병가를 낼 테니까 한 달 후에 출근하도록."

"감사합니다, 형님."

"니가 왜 인사를 해? 이제는 남편 노릇을 하고 있는 거야?"

"아닙니다."

당황한 배기남이 물었다.

"바꿔드릴까요?"

"됐다."

통화를 끝낸 김승구가 핸드폰을 귀에서 떼었다. 중국에서 서경아를
만날 생각이었지만 배기남과 통화하다가 생각이 바뀌었다. 서경아가 부
끄러워할 것이었다. 그리고 굳이 만날 이유도 없다. 생색내는 것 같다.

클라크의 전화가 온 것은 오후 3시 무렵, 김승구가 방에 있을 때다. 임
하경과 유지나는 이화원에 구경을 보내고 호텔에 혼자 있다가 전화를
받았다. 클라크가 대뜸 말했다.

"김, 나 지금 밖에서 전화하는 거야."

"왜?"

"존이 내 방에 와서 네 이야기를 했어. 자금부 공금 유출 사건에 네가
연루된 것 같다고."

"미친놈."

쓴웃음을 지은 김승구가 소파에 등을 붙였다. 존을 출국 금지시킨 것
도 김승구다. 사이몬이란 이름으로 유건창에게 정보를 준 것이 김승구
인 것이다. 그때 클라크가 말을 이었다.

"그놈이 나한테 수시로 네 정보를 달라는데, 위치하고 만나는 사람
등을 말이야."

"전해줘, 커크."

"별일 없지?"

"걱정 마, 커크."

"참, 마리안이 너한테 선물을 준비해 놓았어. 그러니까 귀국하면 집에 들러줘."

"기대되는군."

"마리안이 한국의 약수를 먹고 완쾌했다고 했더니 친척들이 믿지를 않아."

"당연하지, 커크."

"바버라하고 사라가 입이 근질근질해서 죽으려고 하기에 만일 소문이 났다가는 마리안의 약효가 떨어질 것이라고 했더니 기겁을 했어."

"그래야지, 잘했어."

"어쨌든 김, 존을 조심해."

"걱정 마, 커크."

통화를 끝낸 김승구가 클라크는 확실한 동지라고 믿었다. 그리고 오늘 세 번째의 진언을 외웠다.

옴 바라 마니다니 사바하.

옴 염만타자 사바하.

옴 암마타 암마니 구필구필 사만다 사바하.

오후 4시가 되었을 때 김승구는 소파에 몸을 편히 눕혔다. 그리고는 신족통(神足通).

이곳은 CK TV의 회장실 안, 회장 위천보와 사장 강자양, 전무 오소병,

그리고 부장 홍문이 둘러앉아 있다. 홍문의 보고를 들은 위천보가 회의를 소집한 것이다. 위천보는 56세, 부동산으로 거부가 된 다음에 CK TV를 설립했는데 지금은 하루에 한 움큼씩 머리가 빠진다고 했다. 반 대머리에 혈색이 좋은 얼굴. 부동산이 상당히 남아 있지만 부동산 경기도 좋지 않아서 고전 중이다.

"이봐, 팩스코 사장의 어떤 전갈을 가져온 것 같으냐?"

위천보가 묻자 강자양이 고개를 기울였다. 40대 후반, 위천보의 처남.

"가격을 깎자고 할지도 모릅니다. 작년 말에 경쟁력이 떨어지니까 가격을 25퍼센트 깎자고 했지 않았습니까?"

위천보는 한숨을 쉬었다. 그래서 결국 15퍼센트를 깎아줬다가 대당 7퍼센트의 손실을 보고 있다. 오소병이 고개를 들었다. 40대 초반, CK TV는 오소병이 설립한 것이나 마찬가지다. 미국에서 대학을 졸업하고 TV제작 회사에서 일하다가 중국에 온 해외 유학파. 그러나 회사에서는 강자양에 눌려 발언권이 약하다.

"그래도 사장의 전갈을 갖고 왔다니 없는 것보다는 낫습니다. 이대로 둬도 팩스코는 법적 책임이 없으니까요."

"그렇다면 그 팀장이란 놈이 어떤 조건을 갖고 온 것이구먼."

위천보가 얼굴을 일그러뜨렸다.

"가격을 또 깎아주느니 생산을 안 하는 것이 낫다."

"적극적으로 자체 영업력을 향상시켜야 합니다."

오소병이 말을 이었다.

"재고가 250만 대나 쌓였습니다. 생산량을 50퍼센트 줄여도 올해 말까지 재고가 400만 대가 됩니다."

"그걸 팩스코에서 알면 덤핑처리 하라고 하겠군."

"알 리가 없습니다."

강자양이 대답했다.

"그건 여기 있는 사람밖에 모릅니다. 창고 담당하고요."

"이대로 가다가는 반년 후에는 공장 문을 닫을 수밖에 없어."

위천보가 긴 숨을 뱉고 나서 간부들을 둘러보았다.

"베이징 TV에서 내 지분 40퍼센트를 주당 150위안으로 가져간다면 손을 떼기로 하자."

위천보가 강자양에게 말했다.

"현금으로 가져오라고 해. 그럼 당장 넘긴다고."

"예, 연락하겠습니다."

강자양이 커다랗게 고개를 끄덕였다.

"잘 생각하셨습니다, 형님."

회장실 안, 회의를 마치고 둘만 남아 있다. 강자양이 말을 이었다.

"재고도 베이징 TV 라벨을 붙여 판매할 테니까요. 가격은 절반으로 하지요, 형님."

"그럼 재고를 넘기는 가격까지 얼마가 되냐? 미화로 말이다."

"3천7백만 불입니다, 형님."

"그걸 바하마의 내 계좌로 송금하고 내 지분은 채무상환 명분으로 양도하는 거야, 알겠지?"

"베이징 TV 전 회장도 합의한 상황입니다. 다만…."

"가격을 더 후려칠 것 같으냐?"

"예, 우리가 급한 걸 알고 있으니까요."

"주당 150으로 가져간다고 해도 날강도지. 지금 주가가 180이야."

"전 회장이 우리 상황을 자세히 알면 더 후려칠지 모릅니다. 형님, 서둘러야 합니다."

"좋아, 미화 3천5백이다. 더 이상은 안 돼."

위천보가 눈을 부릅뜨자 강자양이 한숨을 쉬었다.

"형님, 저도 중국에 남아 있지 못합니다. 은행, 채권자들이 저를 죽이려고 할 테니까요."

"너한테 1백만 불을 주마. 그럼 네 식구들하고 미국에서라도 잘 살게 될 거다."

"알겠습니다."

"고맙다는 말은 안 하는군, 이 자식이."

"고맙습니다, 형님."

그러고는 강자양이 자리에서 일어났다. 소파 끝 쪽 자리에 앉아서 처음 간부회의 때부터 다 보고 들었던 김승구도 자리에서 일어섰다. 썩었다. 그래서 CK TV는 제품 개발이 늦고 불량품이 많은 데다 생산량도 낮았다. 김승구는 호텔로 날아왔다.

"배 서방, 식은 언제 올릴 건가?"

불쑥 전 여사가 물었기 때문에 배기남이 입 안에 든 고기를 꿀꺽 삼켰다. 덩어리가 커서 목이 꽉 막혔다가 간신히 식도로 넘어갔다. 숨이 막힐 뻔해서 간담이 서늘해졌고 불끈 화가 솟구쳤다. 전 여사는 서경아의 어머니다. 중국에 온 후부터 전 여사는 한국에서 온 부자 행세를 하고 있었는데 일주일도 안 되어서 익숙해졌다. 보름 전만 해도 콩나물도 싼 것만 골라서 샀던 사람이 쇠고기는 질려서 못 먹겠다고 한다. 이렇게 인간의 적응력이 강하다. 배기남이 옆에 앉은 서경아에게 시선도 안 주고 대답했다.

"예, 조만간에 하지요."

"빨리 서두는 게 나아."

60대 초반이지만 아직 50대로 보이는 전 여사가 둘을 번갈아 보면서 말했다.

"배가 불러서 결혼식 올리는 것처럼 보기 싫은 게 없더라."

"엄마도 참."

수저를 내려놓은 서경아가 눈을 흘겼다.

"말 막 하지 마."

"왜? 내가 틀린 말 했냐?"

전 여사가 똑바로 서경아를 보았다.

"글고, 너, 중국 오기 전에 배 서방에 대해서 엄마한테 말 한 마디라도 해줬어?"

"아니, 그게 어때서?"

"엄마가 놀랐잖아? 배 서방이 있으면서 날 속인 게 아니냐고?"

"속여서 엄마 피해 본 거 있어?"

배기남이 슬그머니 자리에서 일어섰다.

아무래도 분가를 해야 될 것 같다. 식을 올리기 전에 분가부터 하는 것도 나쁘지 않겠다.

다음 날 오전 10시 반, 김승구와 임하경, 유지나는 CK TV의 사장실로 안내되었다. 이곳은 베이징 남쪽 2백 킬로 거리의 우장시다. 인구 5만 정도의 깨끗한 도시인데 CK TV가 도시 중심부에 자리 잡고 있다. 우장시는 CK TV가 세운 신도시나 마찬가지인 것이다. CK TV가 생기고 나서 도시가 건설되었기 때문이다. 따라서 주민 대부분이 CK TV 근로자나 그 가족이다.

"어서 오십시오."

사장 강자양이 웃음 띤 얼굴로 그들을 맞았다.

"잘 오셨습니다."

"김승구입니다."

김승구가 임하경과 유지나를 소개한 후에 자리에 앉았다. 그들을 안내해 온 홍문까지 다섯이 둘러앉은 셈이다. 여직원이 들어와 차를 내려놓고 나갔을 때 강자양이 부드러운 표정으로 김승구를 보았다.

"팩스코한국 사장님 전갈을 가져오셨다고요?"

"예."

"어떤 내용인지 제가 먼저 들을 수 없을까요?"

"회장님은 어디 가셨습니까?"

"예, 베이징에서 오늘 회의가 있어서요. 한 달쯤 전부터 예약이 된 중요한 회의입니다."

"아, 그래요."

커다랗게 고개를 끄덕인 김승구가 정색하고 강자양을 보았다.

"그럼 다음 기회에 말씀드리지요. 사장님께선 직접 회장님께 말씀드리라고 해서요."

"아아."

강자양의 얼굴에 웃음이 떠올랐다.

"아, 그러십니까? 그럼 오늘 오후에 다시 약속을 잡기로 하지요. 오후에는 돌아오실 테니까요."

"제가 오후 3시 비행기로 돌아갑니다. 오늘은 뵙지 못할 것 같습니다."

말문이 막힌 강자양의 얼굴이 붉어졌다. 그때 김승구가 말을 이었다.

"저는 오늘 오전에 회장님 뵙는다고 사장님께 보고를 드렸거든요. 사장님도 오후에 출장을 가십니다."

"아니, 그러면…."

그때 김승구가 자리에서 일어섰다.

"그럼 여기선 더 이상 드릴 말씀이 없으니까 호텔로 돌아가겠습니다."

"호텔로 돌아가 계시면 제가 바로 연락을 드리지요."

당황한 강자양이 서둘러 말을 잇는다.

"회장님이 베이징에 계시니까 곧장 호텔로 들르실 수도 있을 겁니다."

돌아오는 승합차 안, 앞쪽에 기가 죽은 표정의 홍문이 앉았고 뒷좌석에 김승구와 임하경, 유지나의 순서로 나란히 앉았다. 승합차가 고속도로를 속력을 내어 달려가고 있다. 출근시간이 지난 오전 10시경이어서 한산하다. 임하경이 고개를 돌려 김승구를 보았다. 임하경은 사장실에서 인사만 했을 뿐이다.

"오늘 오후 3시 비행기로 돌아가요?"

"아니."

김승구가 앞쪽을 응시한 채 바로 대답했다.

"임하경 씨는 유지나 씨하고 만리장성 관광이나 해요."

기가 막힌 임하경이 숨만 쉬었고 그 말을 들은 유지나가 눈을 크게 떴다.

"정말요?"

"그래, 나는 호텔에 남아 있을 테니까."

그때 임하경이 물었다.

"회장 만나시려고요?"

"회장은 지금 회사에 있어요."

김승구가 웃음 띤 얼굴로 말을 이었다.

"지금쯤 사장하고 머리를 맞대고 있을 겁니다. 그러고는 오후에 날 찾아오겠지요."

"사장님 전갈은 뭔데요?"

임하경이 묻자 김승구가 지그시 시선을 주었다.

"나중에 말씀드리지."

"절 못 믿으세요?"

임하경이 정색하고 묻자 김승구의 얼굴에 웃음이 떠올랐다. 그러나 대답하지는 않았다.

회장 위천보는 회장실에 있었다. 팩스코 사장의 전갈을 갖고 왔다고 해도 팀장급이 왔기 때문에 사장 강자양더러 대신 들으라고 했던 것이다. 그러다가 사태가 이상하게 되는 것 같아서 위천보도 당황하고 있다.

"도대체 그놈이 무슨 전갈을 갖고 왔단 말이야, 이 상황에?"

짜증을 낸 위천보가 마침내 결심했다.

"오후에 호텔로 찾아간다고 해."

"예, 회장님."

"넌 베이징 TV에 가서 합의를 해."

"전 회장하고 오후 6시에 만나기로 했습니다."

"이 상황에서 팩스코 놈을 만날 필요가 없는데 말이야."

"그래도 들어는 보셔야죠."

"알았다."

위천보가 입맛을 다셨다. CK TV는 어쨌든 며칠 안에 매각할 것이다.

"주당 150위안으로까지 내려줄 용의가 있다고 했지만 더 깎아보겠습니다."

유호귀가 말을 이었다.

"150위안이면 주식 40퍼센트 대금이 3700만 불 가깝게 됩니다. 그걸 현금으로 달라는데요."

"그놈은 급해."

"그러니까 그 가격에 처리하는 거죠."

"더 깎아."

의자에 등을 붙인 전종영이 눈을 가늘게 떴다.

"주당 100위안으로. 그럼 얼마냐?"

"2500만 불입니다, 재고까지 포함해서요."

"2500으로 해."

"알겠습니다."

"1천만 불은 선금으로, 1500만 불은 4개월에 500만 불씩 3번에 걸쳐서 1년 안에 준다고 해."

"안 된다고 할 텐데요."

유호귀가 고개를 기울였다.

"다른 곳을 알아볼 가능성이 많습니다."

"어디를?"

"선양 TV나 아시아 TV, 또 미국이나 일본계 자금이 들어올 수도 있습니다."

"급한 상황에서 그럴 시간이 있을 것 같으냐?"

전종영이 두꺼운 눈시울을 들어 올리며 유호귀를 보았다.

"길어야 한 달이다. 한 달 후면 은행에서 그놈 출국금지 요청을 할 거다. 그 정보를 알고 있는 건 나밖에 없어."

"그렇습니까?"

놀란 유호귀가 숨을 들이켰을 때 전종영이 뱉듯이 말했다.

"그러니까 넌 내가 시키는 대로 해."

전종영은 베이징 TV 회장으로 당 서열 17위인 베이징시장 주복과 동향이다. 호남성의 같은 마을 출신인 것이다. 외부에는 숨기고 있지만 알 사람은 다 안다. 주복의 자금원이 전종영이며 전종영 사업의 후견인은 주복이다.

"전화를 안 받는데요."

당황한 표정의 강자양이 위천보를 보았다. CK TV의 회장실 안, 오후 1시 45분. 강자양이 핸드폰을 귀에서 떼고는 말을 이었다.

"체크아웃은 안 했습니다. 전화기는 신호가 가는데…"

"일부러 안 받는 모양이군."

위천보가 얼굴을 일그러뜨렸다.

"우릴 애 먹이려고."

"그럴 리가 있습니까?"

"홍 부장은 어디에 있나?"

"호텔 커피숍에 있습니다."

"홍 부장한테 찾아보라고 해."

"예, 회장님."

"그리고 넌 전 회장 만나러 가 봐."

"알겠습니다."

강자양이 자리에서 일어서자 위천보가 쓴웃음을 지었다.

"전 회장하고 결정만 되면 그 어린놈 만날 필요도 없다."

같은 시간, CK TV 오소병 전무는 핸드폰의 벨이 울렸기 때문에 발신자를 보았다. 모르는 번호였지만 오소병은 핸드폰을 귀에 붙였다.

"예, 오소병입니다."

"전무님, 저는 팩스코에서 온 김승구라고 합니다."

"팩스코?"

놀란 오소병이 곧 팩스코 팀장이 회사에 왔다는 것을 떠올렸다. 오전에 회사에 왔다가 바로 나갔다고만 들었던 것이다. 회장과 사장이 만났기 때문에 오소병은 듣기만 했다.

"아, 오늘 여기 공장에 오셨다고 들었는데요."

"예, 바로 나왔습니다."

지금 둘은 영어로 대화를 하고 있다. 그때 김승구가 물었다.

"오 전무님, 지금 CK TV를 위 회장, 강 사장이 비밀리에 매각하려고 작업 중인 걸 아십니까?"

"그게 무슨 말입니까?"

놀란 오소병이 묻자 김승구가 짧게 웃었다.

"위 회장이 지분 40퍼센트를 베이징 TV에 비밀 매각하고 현금을 갖고 해외 도피를 하려는 겁니다."

"그럴 리가."

"그럼 이 녹음테이프를 들어보시죠."

그러더니 곧 수화기에서 위천보의 목소리가 울렸다.

'베이징 TV에서 내 지분 40퍼센트를 주당 150위안으로 가져간다면 손을 떼기로 하자.'

숨을 들이켠 오소병의 귀에 다시 위천보의 말이 이어졌다.

'현금으로 가져오라고 해. 그럼 당장 넘긴다고.'

김승구가 위천보의 방에서 녹음한 내용이다. 이윽고 녹음이 끝났을 때 오소병이 한숨을 쉬었다.

"놀랍지도 않군."

혼잣소리처럼 말한 오소병이 겨우 정신을 수습하고 김승구에게 물었다.

"어떻게 녹음하셨습니까?"

"뭐, 우연히…."

"그래서 그 일 때문에 오늘 오신 겁니까?"

"우리 사장의 전갈을 가져왔다고 했지만 오 전무님한테는 말씀드리지요. 회사 상황을 알리고 왔는데 심각하군요."

"그 작자들은 기업을 경영할 자격도 능력도 없습니다."

마침내 오소병이 분통을 터뜨렸다.

"베이징 TV에 넘기면 지금까지 6년 동안 이룬 성과가 하루아침에 무너지게 됩니다."

"저하고 만나십시다."

김승구가 굳어진 목소리로 말했다.

"방법을 찾아보십시다."

만리장성 위에 선 임하경이 유지나에게 물었다.

"좀 이상하지 않아? 팀장 말이야."

246

"뭐가요?"

"사장이 CK TV 회장한테 일개 팀장을 시켜서 전갈을 보낸다는 게 말이야."

"언니도 참."

유지나가 눈을 흘겼다.

"그게 뭐가 이상해요? 팀장이 어디 보통 팀장인가요? 대영전자 오더 이후로 사장실에 직접 들락거리는 특권을 받은 거물이 됐잖아요."

"아무리 그래도…."

"난 언니가 이상해요."

"뭐가?"

눈을 치켜 뜬 임하경을 보자 유지나가 '픽' 웃었다.

"거 봐. 언니는 팀장에 대한 일에는 '오버'하는 경향이 있어. 정상이 아냐."

"너, 말 함부로 할래?"

"진심이야, 언니. 너무 티가 난다고요."

"시끄러."

"언니, 팀장 좋아하죠?"

"미쳤어?"

"언니가 팀장을 공장으로 쫓아낸 것, 다 들었어요. 소문이 다 났어."

"다 아는 일이니까."

"언니가 다시 클라크한테 해명서를 써서 팀장이 복귀할 수 있었기 때문에 그런 업적을 만들 수 있었던 거죠."

"아, 덥다."

들고 있던 안내서로 얼굴에 바람을 날린 임하경이 장성 아래쪽으로 고개를 돌렸다.

"어유, 사람 좀 봐. 저렇게 사람이 많으니까 이런 장성도 만들었지. 하나도 놀랍지 않다."

오후 5시 반이 되어가고 있다. 어제는 이화원 구경에 오늘은 공장에 갔다 와서 바로 만리장성 관광을 했다. 유지나는 신바람이 나 있다.

오후 5시 45분, 베이징 TV 회장 전종영이 차 안에서 전화를 받는다. 비서실장 윤황이 전화를 한 것이다.

"뭐냐?"

"회장님, 당 기율위원회 베이징 담당비서 하건상 동지의 전화가 왔습니다. 바꿔드릴까요?"

"컥."

입 안의 침이 잘못 넘어간 전종영이 숨이 끊어질 것 같은 기침을 다섯 번이나 하고 나서 겨우 살아났다. '왜'냐고 물어볼 엄두도 내지 못한 전종영이 떨리는 목소리로 말했다.

"바꿔."

하건상이 누구인가? 저승사자다. 하건상의 호출을 받고 살아난 인사가 없는 것이다. 당 기율위원회는 이른바 최고 감찰기관이다. 당 기율위원장이 바로 중국 국가주석 시진핑인 것이다. 베이징 담당 비서 하건상은 베이징을 맡은 저승사자라고 해도 과언이 아니다. 하건상의 서열? 1위다, 왜냐하면 시진핑의 직접 지시로 움직이니까. 작년에 서열 4위의 당 중앙위원 겸 상무위원장 백강춘을 단둥의 당 기율위원회 서기가 체포했다. 왜냐? 시진핑의 직접 명령을 받았기 때문에. 그때 전종영이 귀에 붙인 핸드폰에서 사내의 목소리가 울렸다.

"전종영 동무시오?"

"예, 비서님."

차 안이었지만 상반신을 똑바로 세운 전종영이 소리쳐 대답했다. 앞쪽에 앉은 운전사가 숨을 죽였다. 그때 하건상이 대뜸 물었다.

"지금 어디시오?"

"예, 저, 차, 차 안입니다만."

"당신 CK TV 인수할 거요?"

"예?"

숨을 들이켠 전종영이 뱉지도 못하고 있을 때 하건상이 말을 이었다.

"당신, 재산 몰수당하고 사형당하고 싶소?"

"비, 비서님."

"당신의 동향인 주 시장도 덩달아서 20년 형을 받을 것이고…"

"…"

"CK TV 인수하려고 달러를 1천만 불 정도 모아 두셨더군. 그걸로 주식 40퍼센트를 위천보한테서 넘겨받으려고 말이야. 아마 깎아서 사기를 치겠지."

"비, 비서님, 살려주십시오."

전종영이 핸드폰을 두 손으로 움켜쥐고 울부짖었다.

"은혜를 베풀어주시면 평생 잊지 않고 보은하겠습니다!"

전종영은 58세, 역시 수전산전공중전까지 다 겪은 백전노장이다. 하건상이 이렇게 전화를 해오는 것은 살아갈 구멍이 있다는 표시란 것을 순간 느낀 것이다. 죽이려면 말 않고 죽인다.

"비서님! 저를 자식으로 여겨 주십시오!"

하건상은 대충 40대 중반쯤이다. 58세인 전종영보다 10여 년 어리다.

6장
현재, 과거, 미래는 없다

베이징 천안문에서 두 블록 떨어진 커피숍 안, 대로변에 위치한 데다 옆에는 특급 호텔, 명품 상가가 즐비해서 커피숍 분위기도 화려하다. 붉은색 기둥, 의자도 붉은색에 금박을 입혔다. 손님 절반은 관광객. 이곳은 돈 많은 내국인들이 오는 곳이다.

구석 쪽 자리에 마주앉은 김승구와 오소병은 방금 인사를 마쳤다. 미국 유학파여서 오소병과는 영어로 대화를 했지만 중국에 왔을 때부터 김승구에게 변화가 생겼다. 김승구의 변화가 아니라 '다섯 개의 능력'의 변화다. 그것은 중국어가 귀에 쏙쏙 들어오는 것이다. 임하경, 유지나에게 말하지 않았지만 김승구는 지금이라도 유창하게 중국어를 쏟아낼 수 있다. 공항에 나온 홍문과도 영어로 대화했기 때문에 아무도 모르고 있다. 김승구를 확인했지만 오소병은 아직 의혹이 다 가시지 않았다. 미심쩍은 시선으로 김승구를 보면서 생각을 한다.

'이 젊은 친구가 뭘 하겠다는 건지, 위천보의 녹음 기록은 어떻게 빼내 왔는지 의문이군.'

중국어 생각이 그대로 들리는 것이다. 부처는 '다섯 개의 능력'을 글로 벌로 주셨다! 김승구가 입을 열었다.

"하지만 위천보가 베이징 TV에 CK TV를 매각하려는 시도는 좌절되었어요. 들어보시렵니까?"

김승구가 탁자 위에 소형 녹음기를 내려놓고는 말을 이었다.

"이건 베이징 TV 회장 전종영과 당 기율위원회 베이징 담당 비서 하건상과의 통화 기록이오. 버튼을 누르면 들립니다."

김승구가 의자에 등을 붙이더니 팔짱을 끼었고 오소병은 이맛살을 모았지만 손을 뻗어 버튼을 눌렀다.

"전종영 동무시오?"

굵은 사내의 목소리.

"예, 비서님."

바짝 긴장한 사내의 대답.

"지금 어디시오?"

대화가 계속되는 동안 오소병이 빨려 들어갔다.

"당신, CK TV 인수할 거요?"

"예?"

"당신, 재산 몰수당하고 사형당하고 싶소?"

그리고 이어지다가 전종영의 울부짖음.

"비서님! 저를 자식으로 여겨 주십시오!"

그리고 나서 대화가 이어지다가 끝났을 때 김승구가 버튼을 눌러 녹음을 껐다.

"오 전무님은 하건상이나 전종영의 목소리를 처음 들어서 확인은 안 되겠지요."

김승구가 웃음 띤 얼굴로 말을 이었다.

"이 녹음도 어떻게 한 것인가 의심부터 한다면 난 오 전무를 만날 필요 없습니다."

"나한테 뭘 바라십니까?"

마침내 오소병이 물었기 때문에 김승구가 바로 대답했다.

"내 대신 CK TV를 운영해주시죠."

"지금 '나' 대신이라고 하셨습니까?"

"내가 김승구요."

"팩스코 대표 입장으로 말씀하시는 거죠?"

"내가 팩스코 팀장이지만 지금은 개인 김승구가 말하는 겁니다."

"이해 못 하겠는데요."

"내가 CK TV를 인수하려는 것이죠."

순간 숨을 들이켠 오소병이 김승구를 보았다. 김승구가 말을 이었다.

"내 대리인으로 오 전무가 CK TV 대주주가 되는 겁니다."

긴장한 오소병이 다시 물었다.

"어떻게 말입니까?"

"CK TV 주식을 매입하는 것이죠."

"내가 무슨 돈이 있다고."

"내가 구입한다니까요."

김승구가 정색하고 오소병을 보았다.

"지금쯤 위천보는 베이징 TV 전종영이 인수를 거부하는 바람에 공황 상태가 되어 있을 거요. 왜냐하면 한 달 후에 은행에서 압류가 들어올 예정이거든."

"압, 압류요?"

"위천보는 은행에 개인 채무가 많아요. 그래서 한 달 안에 도망쳐야 됩니다."

"나쁜 놈."

"지금 그들은 날 찾느라고 난리를 피우고 있을 텐데 내가 오늘 밤 안에 마무리를 할 거요."

"어떻게 말입니까?"

"위천보를 만나야지."

오소병을 응시한 김승구의 얼굴에 다시 웃음이 떠올랐다.

"지금부터 내가 할 일이 많아요."

"나는 도대체 무슨 일인지…"

"자, 오 전무의 결심을 듣고 시작합시다."

김승구가 부드러운 표정으로 물었다.

"어때요? 오 전무가 CK TV를 정상적으로 운영해보겠습니까, 판매는 내가 적극 도와드릴 테니까?"

"꿈같은 일이지만."

오소병이 정색하고 김승구를 보면서 말을 잇는다.

"그렇게 된다면 목숨을 바쳐서 일하지요."

유호귀가 눈을 부릅떴다.

"이것 봐, 강 사장, 더 이상 말할 것 없어."

"아니, 유 부사장님…"

강자양이 말을 이으려다가 유호귀가 손을 흔드는 바람에 입을 다물었다.

"끝났어, 돌아가."

"아니, 갑자기."

"자, 그만. 앞으로 연락도 하지 마."

유호귀가 자리에서 일어서는 바람에 강자양은 할 수 없이 몸을 일으 켰다. 오후 7시 반, 유호귀가 갑자기 주식 인수를 없던 일로 하자고 하는 바람에 놀란 강자양이 회사로 찾아왔던 것이다. 그런데 유호귀는 이유도 말해주지 않고 무조건 나가라고만 한다. 얼굴빛이 누렇게 굳어져 있는 것이 병자 같다.

오후 8시 10분, 수화기에서 위천보의 가쁜 숨소리가 울리고 있다. 강 자양은 핸드폰을 귀에 붙인 채 어금니를 물었다. 베이징 TV하고는 끝났 다. 그때 위천보가 말했다.

"좋아, 그럼 다른 데 찾아보지."

오후 8시 반, 위천보가 베이징 시내의 '아성장'의 로비에 모습을 드러 냈다. '아성장'은 고급 식당으로 당 간부나 재벌기업 회장들이 단골이다. 미리 예약을 했기 때문에 양탄자가 깔린 복도를 건너 방 안으로 들어서 자 기다리고 있던 사내가 위천보를 맞는다.

"어서 오시오, 형님."

"갑자기 무슨 일이야?"

이맛살을 찡그린 위천보가 사내가 내민 손을 건성으로 잡고 나서 앞 에 앉는다. 원탁에는 이미 술과 안주가 놓여 있기 때문에 종업원은 들어 오지 않았다. 40대쯤의 사내는 말쑥한 양복 차림에 호남이다. 그러나 얼 굴이 긴장으로 굳어 있다. 사내가 위천보 앞의 술잔을 본 척도 않고 입 을 열었다.

"형님, 빨리 몸을 피하시는 것이 낫겠습니다."

"왜?"

위천보가 눈을 가늘게 뜨고 사내를 노려보았다. 사내 이름은 화영기, 베이징 서부 공안청의 정보과장이다. 화영기가 입을 열었다.

"형님이 베이징 TV 전 회장한테 CK TV 주식을 넘기려 한다면서요?"

숨을 들이켠 위천보의 얼굴이 순식간에 굳어졌다. 그때 화영기가 한숨을 쉬었다.

"한 시간 전에 정보가 들어왔어요."

"어, 어디서?"

"당 기율위원회."

"…"

"당 기율위원회에서 그 정보를 입수한 것 같습니다. 그래서 공안으로 조사 지시가 넘어왔는데."

화영기가 빈 방을 둘러보는 시늉을 했다.

"내일부터 형님 조사를 시작할 겁니다. 앞으로는 나한테 알은척도 말고 내 전번이나 증거물 같은 건 싹 지워줘요."

화영기가 똑바로 위천보를 보았다.

"그래야 나라도 살아서 형님 뒤를 봐줄 거 아닙니까?"

"그, 그거야…"

"도대체 어쩌다가 그런 정보가 새나가게 했단 말입니까?"

"그, 강자양 그놈이…"

"그 병신 같은 처남 놈을 믿지 말라고 했지 않았습니까?"

화영기는 위천보와 같은 계원이다. 계원은 조직 사회처럼 뭉쳐서 서로 돕는 사이인 것이다. 어깨를 늘어뜨린 위천보가 화영기를 보았다.

"이거, 어쩌다가 이렇게 되었지?"

"내가 압니까?"

"어쩌면 좋겠나?"

"형님, 회사가 그렇게 어려워요?"

"한 달 안에 떠나야 돼."

"그걸 누가 또 압니까?"

"강자양이."

"형님이 떠나면 그놈이 CK TV를 먹습니까?"

"그놈도 당해, 같은 입장이야."

"그렇다면."

어깨를 늘어뜨린 화영기가 위천보를 보았다.

"당 기율위원회 지시로 조사가 시작되면 형님도 꼼짝 못 하게 될 거요. 그러니까 빨리 피신하는 게 낫습니다."

"그, 그러면 CK TV는…."

"미련 갖지 말고 떠나야지요."

화영기가 자르듯 말했다.

"아이구, 어디 계셨습니까?"

수화기에서 홍문의 목소리가 울렸다. 밤 9시, 홍문이 자리에서 벌떡 일어나 말을 잇는다.

"제가 오후에 계속 여기 있었는데요."

호텔 커피숍 안, 홍문은 저녁밥도 안 먹고 김승구를 기다리던 중이었다. 그때 김승구가 말했다.

"아, 내가 핸드폰을 꺼놓고 중요한 일들을 처리하고 있었습니다."

"회장님이 만나시려고 베이징에 계셨습니다. 저기, 사장님도…."

"아, 그래요."

"지금 어디십니까?"

"지금 호텔로 가는 중인데요."

"아."

"회장께 연락하실 수 있지요? 회장님만 말입니다."

"저기, 사장님은 왜…?"

그때 김승구가 짧게 웃었다.

"이번에도 사장이 회장 대신 역할할 겁니까?"

"아, 아닙니다."

"회장한테 제 전화로 전화를 하라고 해주세요. 지금 기다리고 있다고 말입니다."

"알겠습니다. 바로 연락하겠습니다."

정신을 차린 홍문의 목소리는 밝다.

잠시 후.

"뭐? 나한테 직접 전화하라고?"

차 안에서 위천보가 버럭 소리쳤다. 화영기를 만나고 돌아가는 중이다.

"지금까지 그 자식 뭐하고 있었다는 거냐?"

"중요한 일들을 처리하고 있었다고…."

숨을 고른 위천보가 마침내 말했다.

"그놈 전번 찍어."

피할 이유도 없다. 그리고 시간도 없다.

"옴 바라 마니다니 사바하."

중생의 죄업을 소멸해 주는 진언.

거리를 걸으면서 김승구가 진언을 외웠다. '아성장'에서 나와 호텔로 가는 중이다. '아성장'에서 호텔까지는 도보로 10분쯤의 거리다. 밤 9시 20분, 오후에는 바쁘게 움직였다. 이곳은 명품 거리여서 쇼윈도에 진열된 상품이 화려하다. 쇼윈도 안쪽이 어두웠기 때문에 김승구의 모습이 비쳤다. 말쑥한 양복 차림에 호남형 얼굴, 바로 위천보의 계원 화영기다. 김승구가 화영기의 모습을 보더니 걸음을 멈췄다. 그러고는 쇼윈도를 향해 빙그레 웃었다.

"옴 염만타자 사바하."

지장보살의 마음을 나타내면서 부르는 진언이다.

그 순간 화영기의 모습이 김승구로 바뀌었다. 오후에 동분서주했다. 오소병을 만난 후에 하건상이 되어서 전종영을 혼비백산시키고 나서 화영기의 모습으로 위천보를 만난 것이다. '변신'은 '다섯 개의 능력'에 자연스럽게 따라붙은 부속 능력이라고 보면 된다, 하건상이 되었을 때는 하건상의 목소리로 전종영을 대했으니까. 화영기가 되었을 때? 그때는 위천보와의 모든 기억이 머릿속에 들어 있었던 것이다. 다시 발을 뗀 김승구가 중생이 이익 되라는 진언을 외운다.

"옴 암마타 암마니 구필구필 사만다 사바하."

위천보의 전화가 걸려왔을 때는 호텔이 눈앞에 보일 때다. 밤 9시 35분이다. 앞쪽의 도로 가운데에 분수가 있고 관광객들이 모여 서 있다. 분수로 다가간 김승구가 석조 난간에 기대서서 전화를 받는다.

"여보세요."

중국어로 대답했더니 놀란 위천보가 물었다.

"당신, 팩스코 팀장이야?"

중국어로 물었기 때문에 김승구가 쓴웃음을 지었다.

"그래, 지금 집으로 가는 길인가?"

"중국어 잘하는군."

"지금 그런 거 이야기할 때가 아니지. 내일 당장 공안이 집이고 사무실이고 수색할지 모르는 상황에 말이야."

"뭐, 뭐라고?"

숨을 들이켜는 소리를 낸 위천보가 다시 묻는다.

"너, 누구야?"

"팩스코 대리인이라니까."

"네가 어떻게 알아?"

"당신이 베이징 TV에 CK TV를 넘긴다는 정보가 한국에까지 퍼진 거야."

"뭐, 뭐라고?"

"그래서 내가 사장 특명을 받고 온 건데 시간만 소비했군. 별로 시간이 안 남았어, 위 회장."

"사, 사장이 뭐라고 했는데?"

"베이징 TV에 3500만 불을 받으려고 했지? 꿈 깨, 이 양반아."

"이, 이놈이…"

"지금 욕한 거야?"

"아니, 그게 아니라…"

"차 돌려서 호텔로 와. 나하고 오늘 밤 끝내게 말이야."

"아, 멈춰! 세워!"

"뭐라고?"

"운전사한테 한 소리야."

"그렇지."

"지금 나한테 뭐라고 했지? 오늘 밤 끝내자고?"

"그래야 내일 도망가지, 가족들 데리고 말이야."

"지금 어디야?"

마침내 위천보가 그렇게 물었다.

밤 10시 35분, 김승구의 방에 들어선 위천보가 두리번거리는 것은 누가 있는지 찾는 눈치였다. 불안한 것이다. 아무도 없는 것을 확인했지만 위천보가 눈동자를 굴리면서 앉지 않았다. 김승구도 위천보에게 문을 열어주면서 고개만 끄덕였을 뿐이지 말은 뱉지 않았다. 조금 전에 엘리베이터에 탄 위천보하고 다시 통화를 했으니까 새삼스럽게 악수를 할 것도 없다. 이윽고 창가의 의자에 앉은 위천보가 길게 숨을 뱉었다.

"팩스코까지 소문이 나다니 믿기지 않는군. 나하고 강자양 둘이 추진해왔던 일인데 말이야."

"베이징 TV에 말이 빠른 놈들이 있지."

"그렇군. 유호귀 그놈."

위천보가 눈을 치켜떴을 때 김승구가 혀를 찼다.

"우리 사장이 CK TV 운영권을 넘기면 보상을 해준다고 했어."

"누구한테 넘기는데?"

"오소병 전무."

"오소병이면 잘하겠지."

위천보가 대번에 고개를 끄덕였다.

"그놈이 나 같은 장사꾼 만나서 고생했지. 권한만 주면 잘할 거야."

"내가 2천만 불을 만들어 줄 테니까 그걸 갖고 도망가."

"현금이면 당장에 양도증 쓸게."

"오소병한테 넘겨. 그럼 뒤탈이 없을 테니까."

"돈은?"

"돈 걱정은 말고."

서경아가 빼낸 돈을 우선 쓸 작정이다. 돈은 돌고 돈다지 않는가?

밤 12시 반, 김승구가 방에서 전화를 받는다, 발신자는 임하경.

"무슨 일이오?"

핸드폰을 귀에 붙인 김승구가 물었다. 아직 김승구는 임하경에게 '예의'를 갖추고 있다. 전(前) 상관이었기 때문이 아니다. 거리감을 유지하려는 의도다.

"지금 어디세요?"

임하경이 되물었고 김승구가 대답했다.

"호텔방 안."

"주무세요?"

"아니, 안 잡니다."

"제가 가도 돼요?"

"이 시간에?"

"어때서요?"

"자는 시간인데?"

"안 잔다면서요."

"바쁜 일이오?"

"오늘 하루 종일 뭐 하셨는데요?"

"바빴어요."

"일 이야기라면 해주실 수도 있죠?"

"아니, 지금 말할 일이 아니라서."

"술 한잔하실래요?"

마침내 여기까지 왔다. 숨을 들이켠 김승구가 천안통(天眼通)을 보고 싶은 욕구가 솟구쳤지만 어금니를 물고 참았다. 미래는 스스로 개척하자. 남의 미래라면 모를까 나와 관련된 미래는 놔두자. 답안지부터 보고 그대로 써내는 것처럼 인생을 살 수는 없지 않은가? 김승구가 입을 열었다.

"와요, 한잔하게."

"미안해요."

위스키 병을 삼분의 이쯤 비웠을 때 임하경이 붉어진 얼굴로 말했다. 둘은 창가의 의자에 마주보고 앉아 있다. 옆쪽으로 베이징 도심의 야경이 펼쳐져 있었는데 웅장하고 화려했다. 김승구의 방은 27층이어서 시야가 탁 터졌다. 창으로 흘러들어온 불빛에 임하경의 얼굴이 모자이크 되어 있다. 아름답다. 임하경이 말을 이었다.

"팀장을 다시 끌어올린 건 내가 아녜요. 클라크에게 보낸 내 메일을 직접 봤는데 내가 쓴 것이 아니라고요."

"…."

"내 회사 메일을 열 수 있는 건 클라크뿐이니까 클라크가 장난을 쳤을 수도 있겠지요."

"장난을 왜 쳤을까요?"

"글쎄요, 팀장한테 호감을 가졌거나 내가 거짓말을 한 것을 짐작했든지."

"거짓말 했어요?"

"그래요, 그냥 싫어서 모함했어요."

술잔을 든 임하경이 이를 드러내고 웃었다.

"진심으로 사과드려요, 잘못했어요."

임하경의 눈을 본 김승구가 타심통(他心通)을 쓸 것도 없이 진심이라는 것을 알았다. 이 말을 하려고 온 것인가? 그때 김승구가 고개를 끄덕였다.

"받아들이죠."

"고맙습니다."

"이제부터는 그 이야기 그만 합시다."

"열심히 할게요."

임하경의 웃는 얼굴이 화사했다.

다음 날 오후 3시, 김승구의 방으로 오소병과 왕문상이 들어섰다. 왕문상은 '법률가집단'인 '성운회' 대표다. 변호사법인 대표인 셈이다.

"수속 다 끝냈습니다."

60대 초반인 왕문상이 김승구에게 말했다.

"취임식도 필요 없지요. 이제 오소병 씨가 대표이사 사장으로 등록되었으니까요."

고개를 끄덕인 김승구가 서류를 보았다. 대주주는 지분 43퍼센트를 보유한 김승구로 되어 있고 김승구는 오소병에게 대표이사를 위임한 것이다. 모두 법적으로 완벽하다. 왕문상이 웃음 띤 얼굴로 김승구를

263

보았다.

"하루아침에 소유주, 사장이 바뀌었지만 절차는 다 갖췄습니다."

"수고했습니다."

서류를 챙긴 김승구가 눈으로 왕문상 옆에 놓인 핸드폰을 가리켰다.

"확인해 보시지요."

왕문상이 핸드폰을 보더니 잊었다는 표정을 지으면서 집어 들었다. 입금 확인을 하려는 것이다. 왕문상은 당 간부들과 긴밀한 유대를 갖고 있는 실력자다. 이윽고 입금 확인을 마친 왕문상이 만족한 얼굴로 자리에서 일어섰다.

"어려우신 일이 있으면 언제든지 말씀하십시오."

왕문상이 만면에 웃음을 띠면서 손을 내밀었다. 그러나 앞으로 그럴 일은 드물 것이다. 시간을 절약하기 위해서 거금을 주고 고용했지만 앞으로는 '다섯 개의 능력'을 적절하게 운용할 테니까.

왕문상을 배웅하고 방으로 돌아온 김승구와 오소병이 마주앉았다. 먼저 오소병이 말을 이었다.

"취임식은 내일 하겠습니다. 취임과 동시에 내부 인사 조치를 단행할 예정입니다."

오소병이 말하자 김승구가 고개만 끄덕였다. 이제 전(前) 회장, 사장이 된 위천보, 강자양은 주식을 내놓고 물러난 것이 되었다.

"앞으로 6개월 후에는 새 디자인, 새 성능을 갖춘 신제품을 출하할 계획을 세우고 일하겠습니다."

오소병이 결의에 찬 표정으로 말하자 김승구가 입을 열었다.

"나도 그동안 재고 판매, 시장 개척에 전력투구할 테니까 잘해 봅시다."

"CK TV를 중국 제1, 세계 제1의 전자 회사로 만들겠습니다."

오소병이 번들거리는 눈으로 김승구를 보았다. 그 순간 김승구의 심장 박동이 빨라졌다. 그렇다.

'옴 암마타 암마니 구필구필 사만다 사바하.'

세계 중생을 모두 이익 되게 하리라.

돌아오는 비행기 표 티켓을 유지나가 끊었다. 항공사 대리점에 가서 가져올 것이다. 그런데 김승구와 유지나가 나란히 앉는 좌석 배치다. 그걸 누가 신경이나 썼나? 김승구, 임하경 말이다. 유지나가 손을 쓴 것 같다. 비행기가 정상 궤도에 진입했을 때 유지나가 옆에 앉은 김승구에게 낮게 물었다.

"어젯밤 언니하고 잤죠?"

순간 숨을 들이켠 김승구가 유지나를 보았다. 입이 반쯤 벌어졌다. 옴 염만타자 사바하. 김승구가 근래에 이렇게 놀란 건 처음이다.

"무슨 말이야?"

애써 평정을 찾고 그렇게 물었더니 유지나가 힐끗 앞쪽을 보았다. 임하경의 좌석은 통로 건너편 세 줄 위쪽이다. 유지나가 나쁜 년이다.

"어젯밤 언니가 팀장 방으로 간 것 알아요."

"네가 어떻게 알아?"

엉겁결에 이렇게 말이 나왔다. 유지나가 눈을 흘겼다.

"언니가 없어져서 팀장 방으로 갔더니 안에서 목소리가 들렸어요."

"거짓말."

이번에는 김승구가 째려보았다.

"방음 장치가 그렇게 허술할 것 같으냐? 안에서 돼지를 잡아도 안 들

265

린다."

"문에 귀를 붙이면 다 들려요."

"네가 그랬단 말이야?"

"그랬어요."

"어휴. 그래, 자는 소리가 들렸어?"

"잤어요?"

"내가 그럴 것 같으냐?"

"말해요, 믿을 테니까."

김승구가 유지나의 눈이 번들거리고 있는 것을 보았다. 색기(色氣)다. 옴 바라 마니다니 사바하. 그때 유지나가 다시 묻는다.

"대답해요, 팀장. 안 했다면 안 했다고, 믿을게요."

"안 했어."

"믿을게요."

"참, 내."

"근데 너무 늦게 들어왔어요."

"뭐?"

"아뇨."

"너 까불면 혼나."

"언니는 남자 있어요."

김승구가 한숨을 쉬었을 때 앞쪽의 임하경이 고개를 돌려 이쪽을 보았다. 유지나가 입을 다물었고 그때부터 임하경 이야기는 하지 않았다. 임하경이 남자 있다는 건 거짓말이다. 없다.

귀국한 다음 날 아침, 김승구가 클라크에게 CK TV 인수 이야기를 했다. 김승구가 말하는 동안 숨을 멈췄다, 쉬었다 하면서 듣기만 하던 클라크가 김승구의 말이 끝났을 때 물었다.

"네가 인수했어?"

"응."

"돈은 어디서 난 거야? 43퍼센트 지분을 2천만 불로 매입했다니."

"만들었어."

"넌 진짜 귀신이야 뭐야?"

"무슨 말이야."

김승구의 시선을 받은 클라크가 빙그레 웃었다.

"바버라가 널 신(神)으로 불러. 마이 갓, 김(My God, Kim)이야. 근데 난 널 귀신으로 부르지."

"귀신이 맞다."

"진짜 돈 준 거야? 위조지폐가 아니라?"

"진짜야, 커크."

그러고는 김승구가 정색했다.

"나중에 그 돈 이야기를 해주지. 지금은 CK TV를 우리가 제대로 굴러가게 해야 돼. 당장 재고 400만 대 가량이 생길 텐데 그걸 팔아야 한다고."

"그걸 어떻게 파나?"

"미국으로 넘기면 어때?"

김승구가 말하자 클라크가 다시 숨을 들이켰다. 놀람의 연속이다.

"미국 본사로 말이야?"

"그래 미국에는 1200개나 되는 팩스코 매장이 있지 않아?"

"난 그 생각을 못 했는데, 그건 역수출 아닌가?"

"중국에서 한국으로 가는 것이나 미국으로 가는 것이나 마찬가지야."

"좋아, 해보지."

"지금까지 CK TV는 한국 시장용이었지만 미국, 그리고 세계 팩스코 시장 전체를 상대로 해야겠어, 커크."

"그게 네 회사라면 해보지."

"커크."

정색한 김승구가 클라크를 보았다.

"그건 네 회사이기도 해. 내가 회장이면 넌 사장이야."

인간은 아무리 인간관계가 깊고, 혈연이라고 하더라도 대가가 있어야 한다. 대가 없는 일은 의미가 없다. 그리고 받는 상대를 모욕한 것이 된다. 이것은 양심과 성격이 있는 인간을 대상으로 하는 말이다. 시선을 마주쳤던 둘은 제각기 몸을 돌렸다. 이곳은 건물 밖으로 튀어나온 베란다다. 전에는 직원들의 흡연 장소로 쓰였다가 지금은 의자만 몇 개 놓인 곳인데 둘은 이곳에서 밀담을 나눴다. 도청을 조심하는 것이다.

"납치합시다."

루카스가 흐린 눈동자로 존을 보았다.

"그게 가장 간단하고 확실한 방법이죠, 보스."

존은 눈만 껌뻑였고 루카스가 말을 이었다.

"그놈이 의심스럽다면 끌고 가서 고문을 하는 겁니다. 그럼 30분 안에 실토시킬 수 있어요."

"그게 낫겠어요."

해리스가 거들었다.

"이거, 뭐, 노랭이들 시켜서 노랭이 뒤를 캐는 것도 답답하고 돈만 나

갑니다, 보스."

오후 1시 반, 존의 사무실에는 심복 부하 셋이 모여 있다. 모두 존을 따라서 온 사내들이다. 그때 잠자코 있던 패터슨이 입을 열었다.

"김승구는 현재 영업부의 영웅입니다. 대영전자에서 3억 불이 넘는 오더를 따고 사장과 직접 딜을 하는 위치란 말입니다."

패터슨이 고개를 저으면서 말을 잇는다.

"우선 중국에서 그년부터 찾는 것이 우선이오. 중국이 아무리 넓다지만 공안을 통하고 있으니까 연락이 오겠지요."

"아무래도 내가 가야 할 것 같다."

존이 잇새로 말하더니 셋을 둘러보았다.

"경찰 놈들의 감시를 받고 있어서 한국에서는 일하기가 힘들어. 난 이곳을 떠났다가 거기서 중국으로 뛸 거다."

존은 아직 출국금지 상태인 것이다.

"보스, 어떻게 떠나려고 그럽니까?"

해리스가 묻자 존이 쓴웃음을 지었다.

"내가 이런 일 한두 번이냐? 패터슨만 여기 남고 루카스, 해리스는 날 따라와."

"5억 8천만 불은 입금되었습니다."

머피가 생기 띤 얼굴로 말했지만 눈동자가 흔들렸다. 포크너의 컨디션이 요즘 계속 좋지 않기 때문이다. 5억 8천만 불은 보험금이다. 지난번 화재의 보상금이 입금된 것인데 이것으로 팩스코 회장 킹스턴은 '대박'을 쳤다. 가짜 골동품, 그림을 몽땅 태우고 진품 가격을 보상받았기 때문이다. 그러나 '팩스코 한국 사장' 포크너가 저기압인 이유는 횡령 사건 때문이다. '생돈' 750억이 하루아침에 증발되었다. 그리고 아직 그 범인 서경아는 물론 일당을 찾지 못한 것이다.

"회장님께 보고하시지요."

머피가 말했을 때 포크너가 손목시계를 보았다. 밤 11시 반, 뉴욕은 오전 9시 반이다. 포크너는 전화기를 들었다.

"무슨 일이냐?"

킹스턴이 대뜸 묻자 포크너의 어깨가 늘어졌다. 그러나 대답을 했다.

"보험금이 입금되었습니다, 회장님."

"그건 워렌 회장한테서 들었어."

런던의 보험회사 회장이 미리 전화를 한 것이다. 김이 빠진 포크너가 멈칫했을 때 킹스턴이 물었다.

"그 사건은 해결되었나?"

750억 사건이다. 도청을 염려해서 구체적인 언급은 안 한다.

"예, 지금 조사 중입니다."

"무능한 놈들."

"죄송합니다, 회장님."

"요즘 같은 시대에 CCTV에도 찍히지 않는 사건이 어디 있어?"

"예, 회장님."

포크너가 어느새 이마에 번진 땀을 손등으로 닦았다. 은행 6개에 갔던 인출자들의 CCTV 영상이 모조리 증발한 것을 말한다. 존이 수집했지만 그 시간대의 영상은 다 지워져 있었던 것이다. 킹스턴의 목소리에 화난 기색이 섞였다.

"두고 보겠다. 책임져라."

그러고는 통화가 끊겼기 때문에 포크너는 어금니를 물었다.

"어머니."

오피스텔 안, 밤 12시가 되어가고 있다. 소파에 앉아 있던 김승구가 TV쪽으로 고개를 돌렸다. TV에서 그 소리가 들렸기 때문이다. '어머니' 소리에 반응한 것 같다. 화면에 젊은 사내가 집 안으로 들어서면서 어머니를 부른 것이다. 50대쯤의 여자가 사내를 맞는다. 그 순간 김승구는 소파에 몸을 눕혔고 영혼이 날아갔다.

'이런 젠장.'

방에 선 김승구가 투덜거렸다. 눈앞에 갑옷을 입은 사내가 중년 여인 앞에 앉아 있다. 여인의 얼굴은 눈물범벅이다.

"현중아, 가거라."

"어머니, 부디 건강하십시오."

"오냐."

더 이상 말을 잇지 못한 여인이 손으로 얼굴을 가렸다. 전장으로 떠나는 아들이 어머니께 작별인사를 하는 장면이다. 벽에 붙어 선 김승구가 사내의 얼굴을 유심히 보았다. 많이 본 것 같은 얼굴이다. 이놈이 내 전생(前生)인가? '어머니'를 찾는 TV 화면의 목소리에 문득 숙명통(宿命通)이 움직여 제멋대로 나를 '어머니' 앞에 데려다 놓았다. '의도하지' 않았던 일이었기 때문에 김승구는 화가 났다. 물론 이 두 모자는 김승구가 보이지 않는다. 화가 난 김승구가 허공에 대고 소리쳤다.

'신경질나면 이놈 운명을 바꿔버릴 거야!'

그리고는 벽에서 몸을 떼어 사내에게로 다가갔다. 사내는 마침 일어서는 참이어서 김승구가 거침없이 사내의 몸에 붙었다. 어라? 투명체인 자신의 몸이 스며드는 것처럼 사내의 몸 안으로 순식간에 들어갔다.

'어?'

놀란 김승구가 손바닥으로 제 얼굴을 만지고는 기겁을 했다. 촉감이 느껴지는 것이다.

'안 돼!'

소리친 김승구가 몸을 빼었고 상반신을 일으켰다. 소파 위에서 김승구의 상반신이 일어났다.

김승구가 고개를 돌려 오피스텔 방 안을 둘러보았다. 주위는 조용하다. 현세(現世)다. 중국에서 돌아온 첫날 밤, 엉겁결에 과거 세상으로 돌아갔다가 나오는 바람에 정신이 났다. 그때 옆에서 목소리가 울렸다.

"1500년 전이지."

지장보살 할머니의 목소리다.

"걔가 백제국의 장수였다."

"아, 백제."

김승구가 알은체를 했다.

"내가 거기 계백 장군을 잘 아는데."

"뭘 안단 말이냐?"

"황산벌, 5천 결사대, 김유신의 5만 대군을 4번 격파시켰고, 전장에 나가기 전에 처자식을 죽였고…."

"신라 놈들이 찌질했지."

"지장보살님이 그런 말투를 써도 돼요?"

"병신아, 다른 이야기도 엄청 많아."

"그럼 진실이 뭐란 말이오, 할머니?"

"지금도 과거는 진행 중이라니까?"

"그게 무슨 말이오?"

"너도 조금 전에 보았잖아."

"언제요?"

"네가 숙명통으로 1500년 전으로 내려가서 현중이가 출전하는 걸 보았잖냐?"

"그래서요?"

"이 병신, 머리가 잘 안 돌아가네."

"이보셔, 할머니."

"니가 조금 전에 그런 생각을 했지?"

"뭘요?"

"현중이가 되어서 적국의 왕을 죽일까 하고 말이야."

딱 맞혔기 때문에 김승구가 숨만 쉬었고 지장보살의 말이 이어졌다.

"네가 현중이한테 들어가서 그렇게 했을 경우에는 새 역사가 써진다. 물론 승자의 역사지만."

"그럼 지금 역사는 없어지는 겁니까?"

"아직도 이해를 못하는군."

지장보살이 혀를 끌끌 찼다.

"세상에는 수억 개, 수십억 개의 역사가 펼쳐지고 있어. 그래서 억천만 겁의 세월이라고 하는 거다."

광대하다는 건 알겠지만 김승구는 할머니의 사설에 은근히 짜증이 났다. 그러나 지장보살의 목소리가 이어진다. 머릿속에 넣어주려고 작심을 한 것 같다.

"현재, 과거, 미래란 개념은 우리에게 없다. 너는 조금 전에 발견했을 뿐이지. 오늘 현세에서 사라진 영혼이 과거로 뛰어 들어가 새 역사를 쓰고 과거의 영혼이 미래로 넘어가 나타난다. 이 억천만겁의 역사를 총괄하는 분은 부처님뿐이시다."

젠장, 골치 아프군. 하지만 조금 이해는 간다. 나도 역사를 쓸 수 있겠구나, 몇천억 개 역사 중의 하나가 되겠지만. 그렇구나, 세상은 돈다.

오전 7시, 전화벨 소리. 핸드폰 발신자는 고윤희. 고윤희나 이 시간에 전화를 하지. 김승구가 전화를 받는다.

"어, 근무 끝났어?"

어머니 장례 잘 치렀느냐고 묻고 싶지만 참는다. 아직 고윤희가 말해 주지 않았으니까 모른 척해야 이치가 맞다.

"응, 자기, 몇 번 전화했는데 안 받던데?"

"중국 갔다가 어제 왔어."

"그랬구나."

"피곤한 것 같구나."

"자기야, 나, 엄마가 사고로 돌아가셨어."

"저런, 언제?"

"자기하고 같이 있던 날, 그날 가셨어."

"저런, 어쩌다가. 이걸 어쩌나."

"교통사고, 뺑소니, 잡혔어."

"바로 가셨어? 고통 없이?"

"응, 119 구급차 안에서."

"지금 어디야?"

"병원."

"언제 나와?"

274

"내일 오후에."

"그럼 내일 나도 일찍 퇴근할게."

"자기야, 고마워."

"뭐가?"

"엄마 장례식 잘 치렀어."

"기운 내라, 응?"

"고마워."

"내일 보자."

통화가 끝났을 때 김승구가 길게 한숨을 쉬었다. 죽음은 돌릴 수가 없다, 현재 과거 미래가 돌아가는 원동력이 바로 죽음이니까. 죽음으로 기름칠을 해야 세상이, 우주가 돌아간다.

오전 9시 정각, 4팀 회의. 회의실에는 7개 조가 다 모였다. 총원 13명, 배기남 하나만 병가로 빠졌다. 김승구가 조원들을 둘러보았다.

"본부장한테도 건의했지만 우선 우리 4팀에서 중국의 CK TV를 적극적으로 판매할 예정입니다. 본부장은 CK TV를 한국의 다른 매장뿐만 아니라 미국의 팩스코 매장, 전 세계의 매장까지 판매하도록 건의할 겁니다."

그러자 조장들이 서로의 얼굴을 보더니 수군거렸다. 그때 35조장 권형수가 물었다.

"판매 계약을 한 다른 업체도 많은데 CK TV한테만 그런 특혜를 주는 이유는 뭡니까?"

"정책품목으로 선정했기 때문이지."

김승구가 말을 이었다.

"재고가 400만 대 가량 되는 데다 현재 월별 50만 대 가량 생산되고 있는데 판매 성과금제를 시행할 거요."

"성과금제요?"

놀란 조장 하나가 되물었다. 각 조별, 팀별 실적 경쟁이 치열했지만 품목의 판매 성과금제는 시행하지 않았기 때문이다. 김승구가 고개를 끄덕였다.

"판매가의 5퍼센트를 판매 사원에게 즉시 지급하는 방식을 택할 거요."

"그, 그 농담이 진담입니까?"

누가 떠들썩하게 묻자 웃음이 일어났다. 1백만 원짜리 TV를 팔면 5만 원이 성과금으로 지급되는 것이다. 실적도 오르고 상금도 탄다. 일거양득이다.

제1팀장 오근호는 34세, 팩스코 영업부 근무 8년 차로 지금까지 발군의 실력을 올려왔다. 작년 1팀의 매출액 즉 판매액은 7200만 불, 7개 조로 구성된 1팀의 영업 실적은 클라크 휘하의 9개 팀 중 항상 1위다.

"무슨 일이야?"

오전 10시, 이곳은 상담실 안. 김승구와 마주앉았을 때 오근호가 대뜸 물었다. 김승구가 팀장이 된 후로 오근호와 둘이 마주앉기는 처음이다.

"오 형한테 말씀드릴 일이 있어서."

김승구가 정색하고 말했을 때 오근호의 이맛살이 찌푸려졌다.

"오 형? 팀장으로 특진이 되더니 이제 나하고 맞먹는 수준이군."

"내가 나이도 한참 적지만 앞으로 그래야 될 것 같아서."

"이 말 하려고 만나자고 했나? 그렇다면 난 받아들일 수 없으니까 그만 끝내자고."

그러면서 오근호가 몸을 일으켰을 때 김승구가 혼잣소리처럼 말했다.

"내가 도와줄까 하고 불렀는데 동진 엄마하고는 끝나겠군."

"뭐?"

깜짝 놀란 오근호가 선 채로 김승구를 노려보았다.

"지금 뭐라고 했어?"

"동진 엄마 유시애 씨 말이야, 오 형."

"뭐라고?"

오근호의 얼굴이 하얗게 굳어졌다.

"누구?"

"오 형 부인 유시애 씨."

"아니, 이 자식이."

"지금 애 데리고 집 나갔잖아? 한 달 반 되었나? 친정에도 안 들어가고."

"이, 이런…."

어깨를 부풀렸던 오근호가 털썩 다시 앉았다.

"너, 어, 어떻게 알아?"

"오 형, 나한테 화낼 것 없잖아?"

"남의 가정사를 뱉는데 화가 안 나?"

"내가 도와주겠다고 했잖아, 못 들었어?"

"네가 뭘 도와줘?"

"지금 어디 있는지도 모르잖아? 경찰에 신고하면 동진이하고 죽는다고 해서 신고도 못 하고."

"어, 어떻게 아는데?"

"내가 고스톱으로 팀장된 것 같아?"

김승구는 이 방법밖에 없다고 생각했다. 클라크와 마찬가지로 초능력을 보여주는 수밖에 없다. 그것이 오히려 현실적이다. 그때 입 안의 침을 삼킨 오근호가 김승구를 보았다. 얼굴은 굳어졌고 눈의 흰자위가 붉어져 있다.

"내가 집중하면 상대방의 내면이 보여."

다섯 가지 능력을 말할 필요는 없다. 김승구가 말을 이었다.

"상대방의 고민이나 그 원인까지."

"…"

"일종의 예지 능력이지."

"…"

"오 형한테서 그런 장면을 보고 안타까웠어. 그래서 결심을 하고 도와주려고 부른 거야. 생각해 봐, 이런 예지 능력을 떠벌려서 좋은 일이 있겠어?"

"…"

"안 그래?"

그때 오근호가 눈동자의 초점을 잡고 물었다.

"정말이야?"

"유시애 씨가 갑자기 가출한 게 아냐. 1년쯤 전부터 퇴적물이 쌓인 것처럼 가슴에 응어리가 쌓였다가 터진 거야."

"아니, 왜…"

"1년 전 11월 말에 오 형이 박인서 씨 만난 것을 동진 엄마가 알게 된 거야. 카톡을 우연히 보게 된 것이지."

그 순간 오근호가 입을 딱 벌렸다. 숨을 쉬는 것 같지도 않다. 김승구가 말을 이었다.

"그 후부터 동진 엄마는 오 형이 늦거나 애매한 시간 계산을 할 때, 출장 갈 때는 말할 것도 없고 의심을 하게 된 거야."

"나, 나는 그 후에 한 번도…."

겨우 그렇게 말한 오근호가 가쁜 숨을 고르고 나서 김승구를 보았다.

"큰일 났네, 시애 성격이…."

"방법이 있어, 오 형."

"제발, 알려줘."

이제는 오근호가 두 손을 모으고 김승구를 보았다. 박인서는 오근호가 유시애와 결혼 전에 만났던 여자다. 박인서가 다른 남자를 만나 헤어지게 된 사이인데 둘의 관계를 알고 있었던 유시애는 충격을 받았던 것이다. 1년 전에는 박인서가 갑자기 연락을 해 와서 만났고 그 후로는 연락도 하지 않았다.

"야, 내보내."

서장 최기병이 외면한 채 말했다.

"확실한 증거도 없이 그만큼 잡아놨으면 됐어."

"서장님, 며칠만 기다리면 또 제보가…."

"제보?"

최기병이 고개를 돌려 유건창을 노려보았다.

"너, 경찰이냐 아니면 전화 교환수냐?"

"무슨 말씀이신지…."

"제보만 기다리고 전화기만 쳐다보고 있는 놈이 전화 교환수 아냐!"

서장실이 찌르릉 울렸다. 유건창이 어깨를 움츠렸다가 폈다.

"서장님, 이 사건은 도무지 의문투성이입니다. CCTV가 증발한 것도 그렇고 주모자라는 여자의 증거도 없는 데다…."

"아, 그만."

손을 저은 최기병이 나가라고 손짓을 하면서 말했다.

"존인지 뭔지 그놈 출국금지를 내일 자로 해제시킬 테니까 그렇게 알고 있어."

자리로 돌아온 유건창에게 강만수가 다가와 물었다.

"반장님, 좋은 소식 있습니까?"

"지금 뭐라고 그랬어?"

눈을 가늘게 뜬 유건창이 되묻자 강만수가 주춤 상반신을 젖혔다.

"아니, 요즘 진급 이야기가 많아서요."

"떨어져 인마, 네가 옆에 있으면 재수 없어."

"예, 알겠습니다."

그때 유건창의 전화벨이 울렸기 때문에 둘이 숨을 죽였다. 오후 12시 반, 점심시간이 되면서 강력계 사무실은 오가는 사람들이 줄어들고 있다. 유건창이 핸드폰 발신자를 보더니 귀에 붙였다. 모르는 번호다.

"예, 유건창입니다."

그때 사내가 바로 말했다.

"존의 숙소가 남산 하이드파크텔 707호실인 거 알고 계시지요?"

제보자다, 사이몬이란 이름의 제보자가 말을 이었다.

"지금 영장 갖고 집을 수색해 보시지요. 냉장고 냉동실에 헤로인 1500 그램이 있을 테니까."

숨을 들이켠 유건창의 두 눈이 반짝였다. 대박, 이게 사실이면 진급은 따놓았다. 그렇지만 어떤 이유로? 영장 청구 사유는? 그때 사내의 말이 이어졌다.

"뜬금없이 영장을 청구할 수는 없겠지요. 존은 마피아하고 연결된 인물로 이번에 중국산 헤로인을 받아서 마피아에 넘길 계획이라고 하면 됩니다. 마약은 어젯밤에 받았는데 내일 아침에 미국 대사관 외교행낭 편에 숨겨 넣어서 뉴욕으로 반출할 예정이지요."

대박, 숨을 들이켠 유건창이 입을 열었다.

"만일 빈손이 되면 내가 옷을 벗어야 되는 거, 알고 계시죠?"

"압니다."

"내가 얼굴도 모르는 당신 말을 믿어야 할까?"

"내가 유 반장을 골탕 먹이려는 것 같습니까?"

사내가 되묻자 유건창이 쓴웃음을 지었다.

유시애가 핸드폰의 음성녹음 버튼을 누른다. 지금까지 수없이 오근호가 메시지를 남겼지만 듣지도 않고 다 지웠다. 그런데 이번은 왠지 듣고 싶다. 그때 오근호의 목소리가 울렸다.

"작년에 박인서를 만난 후에 내가 좀 방황했어. 박인서가 위암 말기로 죽기 전에 날 보고 싶다고 했거든. 박인서 남편하고 같이 만났는데 나한테 미안하다고 하더라고. 남편 앞에서 사과했어. 그러고 나서 열흘쯤 후에 죽었어. 난 장례식에도 안 갔지만, 가만 생각하니까 그때부터 당신이 방황했던 것 같아. 내가 말도 안 해주고 있었으니까 말이지, 돌아와."

유시애는 녹음의 중간 부분부터 아예 숨도 안 쉬고 있었는데 녹음이 끝났을 때 주르르 눈물을 쏟았다. 민박집 방의 벽에 기대선 김승구가 그 꼴을 본다. 신족통(神足通)으로 와 본 것이다. 침대 위에는 4살짜리 오동진이 깊게 잠들어 있다. 이윽고 벽에서 등을 뗀 김승구가 다시 제 몸으로 돌아왔다. 상반신을 든 김승구가 손목시계를 보았다. 오후 2시 반, 회사 근처의 호텔방 안이다. 누가 보면 낮에 호텔방에 들락거리니 이상하게 생각하겠지만 신족통을 쓰려면 몸을 조용한 곳에 둬야 한다.

회사로 들어섰더니 오근호가 허겁지겁 다가왔다. 눈을 크게 뜬 것이 무슨 일이 생긴 것 같다.

"나 좀 봐."

오근호가 김승구의 팔을 잡고 옆쪽 상담실로 끌었다. 그것을 넓은 사무실에 앉아 있던 절반쯤의 사원이 보았다. 오근호가 김승구를 우습게 여기고 있다는 것을 경비까지 알고 있었기 때문이다. 상담실에 들어서자마자 오근호가 상기된 얼굴로 말했다.

"동진 엄마한테서 방금 전화 왔어."

오근호의 눈에 눈물이 가득 고였다.

"막 울더군, 자기가 나쁜 년이라고 말이야. 앞으로 잘 할 테니까 용서해 달래."

"거봐, 그렇게 푸는 거야."

김승구가 뻐기듯이 말했다.

"박인서는 두 번 다시 나타나지 않을 테니까 이젠 잊고 잘 살아."

"김 팀장은 내 은인이야."

오근호가 김승구의 두 손을 잡았다. 오근호에게 녹음 내용을 불러준 것이 김승구다. 박인서를 죽은 여자로 만들자고 했던 것이다, 그것이 유시애에게 죄책감과 함께 오해까지 풀리게 만들 테니까. 물론 박인서는 두 번 다시 나타나지 못한다. 그때 김승구가 정색하고 오근호를 보았다.

"오 형, 이 일은 절대 비밀이야."

"물론이지."

오근호가 커다랗게 고개까지 끄덕였다. 이제는 오 형이 아니라 야자를 해도 될 것이었다. 클라크에 이어서 이렇게 심복을 심어 나간다.

"책임질 거지?"

최기병이 다짐하듯 묻자 유건창은 길게 숨부터 뱉었다.

"예, 사표 쓰겠습니다."

"좋다."

고개를 끄덕인 최기병이 외면했다.

"가봐."

"감사합니다, 서장님."

"나한테 감사할 것 없고."

몸을 돌린 유건창의 등에 대고 최기병이 말을 이었다.

"만일 헤로인이 안 나온다면 여럿 다친다는 거 명심해라."

방금 유건창은 수색영장을 받은 것이다.

"응, 잘 되나?"

건성으로 김승구에게 말한 포크너가 앞쪽을 손으로 가리켰다.

"대영 커미션이 60만 불이더군."

"예, 사장님."

자리에 앉은 김승구가 포크너를 보았다. 대영전자로 나가는 첫 커미션이다. 지난달에 대영에서 입금된 600만 불의 10퍼센트다. 포크너가 물었다.

"커미션은 어떻게 지급해달라던가?"

"이 계좌로 보내달랍니다."

김승구가 포크너 앞쪽 책상에 쪽지를 놓았다. 대영전자 구매부장 조창수의 계좌가 적힌 쪽지다. 고개를 끄덕인 포크너가 김승구를 보았다.

"중국 CK TV를 미국 매장에 내놓자고 했어? 클라크한테 들었는데 경쟁력이 있나?"

"예. 현재 같은 종류의 제품보다 가격이 15퍼센트 가량 싼 데다 품질이 우수합니다. 그리고 계속해서 새 스타일로 출하할 것입니다."

"클라크도 그러더군. 그런데 이번에 사장이 바뀌었지?"

"예, 사장님."

"믿을 만하나?"

"미국에서 공부한 생산, 경영 전문가로 CK TV는 그 사람이 만든 것이나 같습니다."

"우리 회사에 도움이 된다면 밀어줘야지."

포크너가 쪽지를 집더니 김승구를 보았다.

"요즘 회사가 뒤숭숭해, 알고 있나?"

"소문은 들었습니다."

"경리부에서 자금 횡령 사건은 진실이야."

"…"

"750억을 교묘하게 빼 갔어, 흔적도 남기지 않고 말이야. 경리부 대리급 여직원 하나의 소행이 아냐."

"…"

"공모를 한 경비팀 직원들이 있었지만 이놈들도 헛발질을 했고 그 돈을 강탈하려던 타운은행의 차장 놈도 마찬가지야."

"…"

284

"배후에 엄청난 세력이 있어."

김승구가 소리죽여 숨을 뱉고는 마침내 타심통(他心通)을 썼다. 도대체 이놈이 왜 이렇게 털어놓는가?

'이놈이 지나간 자리마다 큰 일이 터진단 말이야. 대영전자 빅 오더도 그렇고, 본사로 내려갔을 때 통근버스 사고, 서울 복귀와 동시에 750억이 빠져나간 데다 이번에는 베이징에 가자마자 CK TV 경영자가 바뀌었어. 이놈을 감시하던 존이 출국금지가 된 것도 그렇고, 이놈 주위에 무슨 귀신들이 붙어 있는 것일까? 할 수 없어. 감시를 붙이는 수밖에. 임하경은 지난번 사수, 조수 관계로 껄끄러울 테니까 다른 부서에서 데려와야겠군.'

포크너의 머릿속 생각이 주르르 쏟아지듯이 김승구에게 들렸다. '감시'까지 붙일 작정이구나. 고개를 든 김승구의 입에서 딴 말이 나왔다.

"사장님, 이럴수록 열심히 일하겠습니다."

"이게 뭐요?"

그 시간에 존의 아파트 안에서 사내의 외침이 울렸다. 형사의 손에는 비닐주머니가 들려 있다. 그것을 본 존이 눈을 치켜떴다.

"이런 개 같은."

상황을 알아차린 것이다.

"너희들이 갖고 온 것이지?"

존이 소리쳤을 때 형사가 비닐주머니를 흔들면서 옆쪽 사내에게 물었다.

"이봐, 다 찍고 있지?"

"예. 집 안에 들어왔을 때부터 찍고 있습니다."

경찰의 증거 보완용 촬영팀이다. 특별한 경우에는 피의자가 항의할 때를 대비해서 촬영팀을 동행하는데 오늘은 전경을 고용했다.

"자, 확인해보자."

안방에 들어갔던 유건창이 비닐을 들고 선 형사에게 말했다. 유건창의 두 눈이 번들거리고 있다. 신고 받은 대로 비닐봉지 무게가 1500그램이 될 것 같다. 엄청난 분량이다. 12년 전 이태원에서 2킬로를 압수한 이후로 이만한 분량은 처음이다. 그때 비닐봉지 안의 흰색 분말을 검사한 형사 하나가 유건창에게 소리쳐 보고했다.

"헤로인! 순도 99퍼센트!"

김승구가 식당에서 나왔을 때는 오후 1시 10분, 오늘은 혼자 점심을 먹었다. 김승구가 택시 정류장 앞을 지날 때다.

"네가 봉국사에 좀 가야겠다."

할머니 목소리다. 깜짝 놀란 김승구가 두리번거리다가 앞쪽 인도에서 유모차를 밀고 가는 할머니를 보았다. 허리가 기역자로 굽었고 허름한 바지를 입었는데 이쪽에 뒷모습을 보이면서 한 걸음씩 힘들게 가고 있다. 김승구가 다가갔더니 할머니의 목소리가 다시 울렸다. '쨍쨍한' 목소리다.

"가깝게 오지 마, 인마."

"아니, 왜요?"

이건 김승구가 마음속으로 묻는 거다. 그러자 할머니가 대답했다.

"니가 옆에 있으면 어색해져."

"글쎄, 왜요?"

"나하고 토킹(talking)하는 것을 다 보잖아?"

"어라?"

"어라라니?"

"영어 썼어요, 지금?"

"곤니찌와."

"아이고."

"글쎄 가깝게 오지 말라니깐, 이 새끼야."

"알았어요."

김승구가 할머니 뒤쪽으로 5미터쯤 간격을 두고 따르면서 물었다.

"어디가요?"

"그냥 걷는다."

"왜요?"

"나를 봐라."

"할머니 궁딩이를요?"

"야, 이 새꺄, 내 주변을 봐, 같이."

"무슨 지장보살님이 이래?"

"나를 보는 연놈들이 있냐?"

"안 보는 사람들도 많은데요?"

"날 보면서 안쓰럽고 불쌍하다고 여기는 인간들이 있을 거다."

"귀찮고 무심하게 보는 인간들이 더 많은 것 같은데요."

"나한테 동정심을 느끼는 인간들은 복을 받는다. 진언을 외워 봐라."

"옴 암마타 암마니 구필구필 사만다 사바하."

"날 찾는 진언."

"옴 염만타자 사바하."

"옳지. 모든 죄업을 사하는 진언."

"옴 바라 마니다니 사바하."

"너, 지금 봉국사에 가서 나를 찾는 여자를 만나라."

"지금요?"

"그래, 나를 간절히 찾고 있다."

지장보살이 말을 이었다.

"내가 너한테 들어가 있는 건 팩스코인지 섹스코인지 그 일만 하라는 게 아녀, 이 새꺄."

욕을 먹고 성질이 난 김승구가 고개를 들었더니 지장보살은 보이지 않았다. 사라졌다.

그 시간에 포크너는 존의 연락을 받는다. 존은 마약사범으로 현장 구속이 되어서 지금 경찰서에 잡혀 있는 것이다. 구속되기 전에 존한테서 연락을 받은 포크너는 황당했지만 서둘러 대사관에 통보를 했고 변호사를 보냈다. 그리고 미국 본사 회장 비서실에도 보고를 해놓았던 것이다.

"존, 괜찮아?"

일단은 그렇게 물었지만 포크너는 이 녀석이 '재수 없는' 놈이라고 믿어졌다. 존은 마약이 집 안에서 발견된 것은 모함이고 공작이라고 펄펄 뛰었지만 지가 무슨 대단한 인물로 아는 것 같았다. 포크너는 존이 마약을 갖고 있다가 들켰다고 믿는 입장이다. 그때 존이 말했다.

"포크너, 회장님한테 연락했지요?"

"아, 그럼. 바로 했는데."

"연락 왔습니까?"

"시차 때문인지, 아직."

"연락 오면 난 무고하다고 전해줘요."

"아, 그거야."

"이건 모함이오, 음모요."

"글쎄, 누가 그랬다고 하지?"

"내가 불편한 놈이지."

"그게 누군데?"

"당신도 알잖소?"

짜증이 난 포크너가 입을 다물었고 존이 말을 이었다.

"회장님께 난 억울하다고 말해 주시오. 내가 왜 마약을 갖고 있겠소?"

"알았어, 존."

통화를 끝낸 포크너는 놔두겠다고 마음먹었다. 저런 케이스는 빼내려고 애를 쓰면 쓸수록 의심을 받는 법이다.

클라크가 앞에 앉은 여자를 지그시 보았다. 여자 이름은 정미나, 25세. 사장 직속의 기획조정실 대리였다가 이번에 클라크의 유통본부로 발령이 난 것이다. 그리고 사장은 소속까지 결정해주었다. 현재 병가 상태인 김승구의 조원 배기남을 대기발령 상태로 내놓고 그 자리에 정미나를 임명한 것이다. 이런 경우는 처음 있는 일이어서 클라크는 당황했지만 인사는 사장의 권한이다. 따질 수는 없고 해명은 들어야 한다. 오늘 오전에 인사 내용을 통보받고 정미나가 본부장 인사를 온 상황이다. 우선 인사부터 받고 나서 포크너한테 이야기를 듣겠다고 마음먹었을 때 정미나가 말했다.

"제가 영업부로 보내달라고 했습니다. 가능하면 김승구 팀장의 팀으로 보내달라고 부탁했지요."

정미나는 팩스코한국의 최고 미인이다. 미인일 뿐만 아니라 머리도 좋아서 입사 시험에서 수석을 차지했다. 그래서 본인이 원했던 기조실 시장분석과에 발령을 받았는데 그곳은 최고 엘리트가 모인 부서다. 클라크의 시선을 받은 정미나가 말을 이었다.

"마침 김 팀장 파트너가 병가로 쉬고 있더군요. 그래서 김 팀장 조에 발령을 받게 된 거죠."

"김승구가 여자들한테 인기가 많군."

마침내 클라크가 어깨를 늘어뜨리며 말했다. 포크너한테 물어볼 필요도 없는 일이다. 다만 이 '요물 같은' 기집애가 김승구를 홀려서 '작업'에 지장이 있지 않을까 조금 염려가 될 뿐이다. 하지만 '조금'이다, 김승구는 신인(神人)이니까.

봉국사 뒷마당에는 탑이 있다. 7층짜리 석탑인데 탑 주위를 돌면서 소원을 빌면 이루어진다는 소문이 났다. 그런데 그 영험이 별로 없는지 한두 명이 돌거나 어떤 날은 탑만 우두커니 서 있다. 오후 3시, 김승구가 뒷마당에 왔을 때는 여자 하나가 돌고 있었는데 입술만 달싹이며 진언을 외우고 있다.

"옴 염만타자 사바하."

소리가 밖으로 나오지 않았지만 지장보살을 찾는 진언이 김승구에게는 우렁차게 들려왔다.

'젠장 시끄러 죽겠네.'

이건 김승구의 '마음속' 말이다. 여자에게 다가간 김승구가 뒤를 따라 돌았다. 평일 한낮이어서 봉국사 뒷마당에는 그들 둘뿐이다. 이곳은 평소에도 '탑돌이' 외에는 사람이 안 온다. 여자의 진언을 듣는 순간 김승구가 숙명통(宿命通)으로 옮겨갔다. 숙명통도 억천만겁의 과거가 깔려 있겠지만 이제는 요점만 찍어서 간다. 이 여자가 이렇게 절실하게 '지장보살'을 찾는 이유부터.

'어머니, 잘 될 것 같아. 그러니까 걱정 마.'

장진성이 말하자 한미선이 고개를 끄덕였다. 한미선이 바로 지금 탑돌이 하는 여자다.

"잘 될 거야. 지장보살님이 널 도우실 거다."

"회사에서 곧 연락을 한다는군."

"연락 오겠지."

봉천동 연립주택의 지하 셋방, 방 2개짜리인데 통풍이 안 되어서 비린내가 가득 찼다. 장진성은 33세. 재작년 5년 동안 다니던 합판회사가 부도나는 바람에 2년 가깝게 실직 중. 그동안 25평 아파트 전세금을 까먹고 석 달 전에 이곳으로 옮겨온 후에 처 양신자와 4살짜리 아들은 친정으로 보냈다. 공기가 나빠서 살 수 없기 때문이다. 지금 한미선과 장진성은 지난주에 이력서를 낸 테이프 제작 회사의 취업 연락을 기다리는 중. 그동안 수백 개 회사에 이력서를 냈지만 전문대 중국어과 졸업 학력으로는 요즘 같은 불황에 오라는 데가 없다. 갑자기 한미선의 '소원'이 김승구의 귀에 울린다.

'옴 염만타자 사바하. 지장보살님, 진성이가 이력서 내지 않은 것을 알고 있습니다. 진성이가 이제는 이력서도 내지 않고 자신감을 잃은 지 오래됩니다. 옴 염만타자 사바하. 친정에 간 며느리한테도 연락을 끊고 있습니다. 아이구, 옴 염만타자 사바하. 이렇게 지내다가 무슨 일이 일어날까 무섭습니다. 진성이가 처자식하고 정을 떼려고 하는 것입니다. 아이구, 지장보살님, 전화 안 받고 안 하는 이유가 무엇 때문이겠습니까? 그렇게 처자식을 아끼던 놈이 말입니다. 옴 염만타자 사바하. 제가 옆에 없었다면 진즉 무슨 일이 일어났을 것입니다. 옴 염만타자 사바하. 저를 데려가시고 진성이한테 힘을 주십시오.'

"아줌마."

지하 셋방 계단을 내려가려던 한미선이 뒤에서 부르는 소리에 고개를 돌렸다. 훤칠한 용모의 사내 하나가 서 있다.

"뉘시오?"

한미선은 68세, 자식을 셋 낳았는데 장진성의 위아래 형과 여동생이 어릴 때 죽어서 하나 남았다. 참 기구한 팔자다. 그때 다가온 사내가 주위를 둘러보면서 말했다.

"아이구, 이 동네 첨이네."

이곳은 산비탈이다. 찻길도 없어서 구불구불한 계단을 헐떡이며 올라와야 한다. 한미선의 시선을 받은 김승구가 다가섰다.

"지장보살이 보내서 왔어요."

김승구가 그렇게 말해버렸다. 한미선에게는 그렇게 말해야 바로 '통'할 것 같았기 때문이다. 한미선이 숨만 들이켰을 때 김승구가 물었다.

"안에 장진성 씨 있어요?"

"있, 있을 건데, 오늘은 일이 없어서."

일이란 공사장 잡부 일이다. 그것도 요즘 일감이 없어서 새벽에 나갔다가 공치고 돌아왔다. 고개를 끄덕인 김승구가 한미선을 보았다.

"들어가서 장진성 씨하고 같이 이야기 하십시다."

292

"우, 우리 아시오?"

"아, 지장보살이 보냈다고 했지 않습니까?"

"그, 그래도…."

"아니, 그럼 뭐 하러 봉국사에서 탑돌이를 해요?"

"그, 그렇지만."

"그래서 내가 장진성 씨 이름도 알지, 아줌마 이름은 한미선 아뇨? 지장보살이 아줌마한테 가라고 해서 온 거요."

"옴 염만타자 사바하."

"갈 거요, 안 갈 거요?"

"가십시다."

마침내 한미선이 계단으로 발을 떼면서 말했다.

"옴 바라 마니다니 사바하."

그때 김승구도 저도 모르게 진언을 외운다.

"옴 암마타 암마니 구필구필 사만다 사바하."

"누구십니까?"

고개를 든 장진성이 억양 없는 목소리로 물었다. 파리한 얼굴, 좁은 어깨, 가늘고 긴 팔, 일당 잡부로 데려갈 사람도 없을 것 같다.

"진성아, 지장보살님이…."

보낸 사람이라고 말하려다가 만 한미선이 김승구를 가리켰다.

"글쎄, 너한테, 아니 우리한테 할 이야기가 있다는구나."

"무슨 일인데요?"

장진성의 눈빛에 적의가 끼어 있다. 집 안은 우중충했고 물이 썩는 냄새가 가득 찼지만 잘 정돈되었다. 한미선이 방석을 벽 옆에 갖다놓고 김승구에게 앉기를 권했다. 집이 좁아서 소파도 없다.

"여기 앉으시지요."

"글쎄, 누구신데요?"

앞에 선 장진성이 다시 물었기 때문에 김승구가 입맛을 다시면서 자리에 앉았다.

"거기 앉아요, 장진성 씨."

"앉아라."

한미선의 재촉을 받은 장진성이 찌푸린 얼굴로 앞에 앉았다. 좁은 거실이라 장진성과는 한 발짝 거리밖에 안 된다. 그때 김승구가 물었다.

"중국에 CK TV라고 있어. 장진성 씨가 거기서 근무하면 어때?"

불쑥 말했더니 장진성은 눈만 껌벅였고 김승구의 말이 이어졌다.

"내가 사장한테 말할 테니까 총무과장쯤이면 되겠지. 임직원이 1만 명쯤 되는 회사야. 어머니 모시고 가."

아예 반말을 해버리는 것은 지장보살의 대리인이기 때문이다. 장진성이 전문대 중국어과를 졸업한 것이 '인연'으로도 생각되었다. 세상은 인연으로 얽혀 있다는 것이 실감난다. 장진성의 표정이 차분해진 것은 가슴이 가라앉았다는 증거다. 이것도 감동(感動)이다.

시내 나갔다가 지장보살을 만난 바람에 회사로 돌아왔을 때는 오후 5시가 되어갈 무렵이다. 클라크가 회사에 오는 대로 방에 들르라고 했기 때문에 김승구는 곧장 본부장실로 들어섰다.

"무슨 일이야?"

둘뿐이어서 그렇게 물었더니 클라크가 눈으로 앞쪽 자리를 가리키면서 말했다.

"네 조원으로 직원 하나가 배당되었어."

"내 조원?"

"그래, 배기남은 장기 병가라 대기발령 상태로 내놓고."

자리에 앉은 김승구가 이맛살을 찌푸렸다.

"누군데?"

"기조실 소속의 여직원이야. 본인이 지원했다는데 네가 체크해 봐."

"사장이 감시역으로 보낸 모양이군."

"내 생각도 그래."

클라크가 방 안을 둘러보는 시늉을 했기 때문에 김승구가 머리를 저었다.

"도청장치는 없어, 커크."

"기다리고 있으니까 만나 봐, 회사 최고 미인이야."

클라크가 웃음 띤 얼굴로 말을 이었다.

"미인계에 넘어가지 마라."

잠시 후에 상담실에서 김승구가 정미나와 마주앉아 있다. 김승구는 정미나를 처음 본다. 같은 빌딩에서 근무하고 있었지만 기조실은 18층으로 다른 엘리베이터를 쓰는 데다 김승구의 경력이 짧기 때문이기도 할 것이다. 김승구가 먼저 입을 열었다.

"내 조원으로는 너무 벅찬데. 이런 미인에다 학력, 솔직히 내가 꿈도 못 꾸던 일이야."

"겸손하신 말씀이에요."

정미나의 얼굴에 쓴웃음이 번졌다. 긴장하고 있다가 풀린 것이다.

"팀장님의 실적은 팩스코 역사 이래 최고라고 들었습니다."

"그건 우연히 받은 거야."

"인연이 있었던 것 같습니다."

옴 염만타자 사바하. 이것은 김승구의 마음속에서 솟아난 말이다. 그 때 김승구의 귀에 할머니의 코웃음 소리가 들렸다. 놀란 김승구가 정신을 차리고는 정미나를 보았다. 그때 타심통(他心通)이 발동되면서 정미나의 '마음'이 들렸다.

'병신, 제 분수를 알긴 아는군. 그래, 우연이야. 한마디로 재수가 좋았던 거지. 어디, 그 재수가 앞으로 이어질지 내가 옆에서 지켜볼 거다.'

김승구가 고개를 끄덕였다. 그렇지, 세상에 우연이 없다고 한 것은 입에다 침 바르고 한 소리구나. 문득 임하경이 전생에서 자신의 발 닦는 종이었다는 사실이 떠올랐다. 정미나의 전생은 아직 알 필요가 없다. 선입견이 작용될 테니 필요한 것만 들여다보기로 하자. 그때 정미나가 다시 말했다.

"열심히 할게요."

고개를 끄덕인 김승구가 잠깐 현실의 숙명통(宿命通)을 작용한다. 그 순간 포크너하고 마주앉은 정미나의 모습이 보였다. 포크너가 말한다.

'이상한 일은 바로 보고하도록. 그리고 이 업무는 나하고 정미나 씨 둘만 아는 것으로 해야 돼.'

'네, 사장님.'

긴장한 정미나가 말을 이었다.

'잘 알겠습니다.'

'정미나 씨는 장래가 가장 촉망되는 사원이야. 그래서 내가 이 일을 맡긴 거야.'

'감사합니다.'

296

'어느 정도 기간이 되면 내가 진급을 시켜서 원하는 직책을 줄 테니까. 미국 본사도 가능해.'

'알겠습니다.'

'그놈이 얼마나 재수가 좋은지 그것을 지켜보라고.'

김승구가 둘의 대화를 다 듣고 나서 고개를 끄덕였다. 앞에 앉은 정미나는 저한테 끄덕인 줄 알았을 것이다.

"정미나가?"

눈을 크게 뜬 임하경이 유지나를 보았다. 둘은 회사 아래층 커피숍에 들어와 있다. 유지나가 고개를 끄덕였다.

"그래요, 오늘 자로 발령 났어."

임하경은 외출했다가 돌아오는 길에 회사 현관 앞에서 유지나를 만난 것이다. 유지나가 말을 이었다.

"정미나가 팀장의 조로 보내달라고 했대요. 아주 노골적이야."

"…"

"별것도 아닌 것이 잘난 체하고 있어. 안 그래요?"

"그럴 수도 있지."

"뭐가요?"

"팀장 조가 비었잖아? 이왕 영업부에서 뛸 바에는 팀장 조원이 되는 게 좋지."

"언니는 오지랖도 넓네."

"나라도 그렇게 했겠다."

"정미나가 여우라는 소문이 났어요. 사장을 어떻게 했는지도 몰라."

"미쳤냐?"

쓴웃음을 지은 임하경이 자리에서 일어섰다.

1팀장 오근호는 지난번 사건 이후로 김승구의 심복이 되어 있다. 물론
다른 사람에게는 드러내지 않는 심복이다. 오후 6시 10분, 퇴근시간이 되
었지만 오근호가 상담실에서 핸드폰 버튼을 눌렀다. 상담실 밖에는 '상
담 중' 팻말을 붙인 터라 아무도 들어오지 않는다. 신호음 세 번 만에 김
승구가 전화를 받았다.
"아, 오 형, 웬일이오?"
오근호가 목소리를 낮췄다.
"김 형, 오늘 정미나가 팀원으로 왔지?"
"그래요, 내 조원으로 발령이 났어."
김승구의 목소리에 웃음기가 띠어졌다.
"열심히 하겠다고 했어, 미인이야."
"이봐, 좋아하지 마. 그 기집애는 사장이 보낸 간첩이야."
오근호가 말을 이었다.
"내가 기조실에 친구가 있어. 그놈한테서 들은 정보야. 사장이 정미나
를 불러서 김 형 감시역을 맡겼다는 거야."
"이런 감시역이라면 많을수록 좋겠는데."
"조심해야 돼."
"오 형, 집안 괜찮지?"
"아, 그럼. 내가 신세 잊지 않을 거야."
핸드폰을 귀에서 뗀 김승구의 얼굴에 웃음이 떠올랐다. 하나씩 동조
자를 늘려가는 것이다. 정미나도 감시역으로 붙여졌지만 동조자로 만들
것이다.

"윽!"

갑자기 가슴을 칼로 찔린 것 같은 통증이 왔기 때문에 김승구가 신음을 내질렀다. 회사 지하 주차장, 차에 타고 시동을 걸기 직전이다.

"으으으!"

통증이 더 심해졌고 김승구가 핸들을 움켜쥔 채 이를 악물었다. 오후 7시 40분, 퇴근 차량들이 드문드문 앞을 지나고 있다. 그때다.

"나다."

사내의 목소리에 김승구가 숨을 들이켰다. 악마다. 악마가 나왔다. 몸속에 있던 악마가 나온 것이다. 그러나 형체는 보이지 않고 목소리만 들린다.

"그놈의 할망구한테 휘둘리느라고 요즘 고생이 많더구나."

가슴 통증이 조금 가셨기 때문에 김승구가 몸을 세웠다.

"왜 이러는 거야?"

"나는 할망구처럼 자세하게 보살피지 않아. 무슨 말인지 곧 이해가 갈 거다."

악마의 목소리에 웃음기가 섞여 있다.

"다만 내가 왔을 때 너한테 이런 신호를 보낼 뿐이야."

욕정, 눈이 뜨거워졌고 심장 박동이 빨라진다. 손에 쥔 술잔이 떨리고 있었기 때문에 김승구는 탁자 위에 내려놓았다. 밤 9시 반, 이곳은 테헤란로의 뉴톤호텔 클럽 안이다. 김승구는 회사에서 곧장 이곳으로 온 것이다. 위스키를 병째 시켜 혼자서 반병쯤 마시는 동안 목표를 정했다. 왼쪽으로 3미터쯤 거리의 자리에 앉은 두 남녀. 그중에서 여자가 목표다. 지금 그 여자에 대한 욕정으로 온몸이 부글부글 끓고 있는 것 같다. 신경을 곤두세우고 있었더니 여자의 목소리가 선명하게 들린다.

"아냐, 정수 씨. 우리 그냥 전셋집에서 살아. 전셋집만 해도 어디야?"

"그러지 마, 은지야. 내가 대출받으면 돼. 좀 무리하더라도 내가 절약하면 되니까. 체면이 있지."

사내의 부드러운 목소리. 둘은 석 달 후에 결혼할 예정이고 지금 신혼집 이야기를 하고 있다. 여자는 단발머리에 깔끔한 용모, 홀어머니 밑에서 고생하고 자랐지만 바르게 성장했다. 그때 여자가 말했다.

"그러지 마. 남들이 뭐라 하건 난 상관없어. 내 말대로 해, 응? 그럴 거지?"

"아이구, 좀 생각해 보자."

남자가 웃으며 말하더니 자리에서 일어섰다.

"나, 물 버리고 올게."

남자가 화장실로 사라졌을 때 김승구가 자리에서 일어섰다. 클럽 안은 어둡다. 은근한 조명이 비치고 있을 뿐이다. 손님도 드문드문 해서 조용한 분위기다. 김승구가 다가가자 여자가 고개를 들었다. 그 순간 시선이 부딪쳤다. 맑은 눈이다. 검은 눈동자가 반짝이고 있다. 그때 김승구가 시선을 떼지 않은 채 말했다. 물론 '마음속' 말이다.

'따라와.'

그러고는 고개를 돌리고는 여자의 옆을 지났다.

엘리베이터 앞에 선 김승구가 버튼을 눌렀을 때 여자가 서둘러 다가와 옆에 섰다. 엘리베이터 문이 열렸고 둘은 나란히 안으로 들어섰다.

아래층 호텔 프런트에서 키를 받아든 김승구가 호텔용 엘리베이터로 다가가자 여자가 잠자코 뒤를 따라온다. 엘리베이터에 나란히 탄 김승구가 버튼을 누르면서 물었다.

"이 호텔에서 자는 거, 처음이야?"

"네, 처음이에요."

여자가 억양 없는 목소리로 대답했다.

"이름이 뭐야?"

"서은지."

"나이는?"

"스물여섯."

"어때? 지금 기분이?"

"흥분돼요."

김승구의 시선을 받은 여자의 두 눈이 반짝이고 있다.

"나가셨습니다."

카운터에 있던 여직원이 안정수에게 말했다.

"그런데 왜 그러시죠?"

"아니, 내가 화장실에 갔다 온 사이에 말도 없이 나가서요."

그때 다른 손님이 계산하러 왔기 때문에 여직원이 몸을 돌렸고 안정수가 밖으로 나왔다. 그러다 지배인이 계산하라고 부르는 바람에 다시 들어갔다가 나왔다. 서은지의 핸드폰은 꺼져 있다. 제 발로 나갔다니 서둘러 호텔 밖으로 나온 안정수가 택시정류장까지 뛰어갔다가 가쁜 숨을 몰아쉬며 멈춰 섰다. 급한 일이 있었던 모양이라고 자위했지만 연락도 안 한 것이 이상했다. 그래서 30분만 더 기다렸다가 서은지의 어머니한테 연락해봐야겠다고 생각했다. 어머니도 모른다면 경찰에 신고해야겠지.

가쁜 숨을 몰아쉬면서 서은지가 김승구의 가슴에 얼굴을 붙였다. 사지가 김승구의 몸에 문어처럼 붙어 떼어지지 않는다. 김승구가 서은지의 어깨를 당겨 안고 이마에 입을 맞췄다. 방 안은 뜨거운 열기로 덮여 있다. 폭풍이 휩쓸고 지나간 것 같다. 그때 서은지가 숨을 고르면서 말했다.

"나 찾겠는데, 그 사람이."

"누구?"

"내 약혼자."

그 순간 김승구가 숨을 들이켰다. 그럼 지금 제정신이란 말인가? 알고도 나하고 이렇게 있는 거야? 그때 서은지가 말했다.

"너무 좋았어, 자기야."

"나도 그래."

"나, 여기서 자고 갈까?"

김승구가 서은지를 보았다. 시선이 마주쳤고 서은지의 열기 띤 두 눈이 보였다. 그 순간 김승구는 어금니를 물었다. 아, 오염되었구나. 악마에 오염되면 알면서도 죄를 저지른다, 나처럼. 내가 지금 죄책감이 없지 않은가? 눈을 치켜 뜬 김승구가 천장을 노려보았다. 지장보살을 찾는 진언을 외우려는 것이다. 그러나 떠오르지 않는다. 대신 가슴에 통증이 일어나기 시작했다. 기억하려고 할수록 통증이 심해진다. 그때 서은지가 뜨거운 몸을 붙이면서 소곤댔다.

"자기야, 다시 한 번 안아줘."

눈을 뜬 김승구가 고개를 돌렸다. 탁자 위에 놓인 핸드폰이 울리고 있다. 핸드폰 소리에 잠에서 깬 것이다. 울리도록 놔두고 옆쪽을 보았더니 서은지가 깊이 잠이 들었다. 헝클어진 머리, 알몸의 상반신이 드러났다. 순간 정신이 든 김승구가 벌떡 몸을 세웠다. 창밖이 환하다. 어느덧 핸드폰의 벨소리가 꺼졌고 시간이 찍혀 있다. 오전 8시 반이다. 출근 시간이 지났다. 이곳은 뉴톤호텔. 서은지와 이곳에서 밤을 새운 것이다. 침대에서 나온 김승구가 씻고 나왔을 때도 서은지는 깨어나지 않았다. 김승구는 침대 옆에 서서 물끄러미 서은지를 내려다보았다. '죄'를 지었다는 의식은 있다. 그러나 '죄책감'이 들지 않는다는 것을 깨달은 김승구가 이를 악물었다.

"옴 염만타자 사바하."

회사로 오는 차 안에서 김승구가 핸들을 쥔 채 소리쳐 지장보살을 불렀다. 그러나 대답 소리는 들리지 않는다. 죄의식을 느낀 것을 보면 '악마'는 '외출'한 것 같다. 그렇다면 지장보살도 '동반 외출'인가? 다시 진언을 외웠지만 대답은 없다.

"좋다, 다 나가라."

김승구가 차에 속력을 내면서 말했다.

"둘 다 없는 것이 낫다."

그때 차 안을 가득 메우는 목소리가 울렸기 때문에 김승구가 기절초풍을 했다. 부처님.

"지장보살의 도움은 없다. 너 혼자서 해결해라."

부처의 목소리가 이어졌다.

"네가 둘을 상대하면서 사는 것이지, 둘이 너를 차지하려고 싸우는 것이 아니다, 이 나쁜 놈아."

"나쁜 놈이라니요?"

김승구가 대들었다.

"내가 왜 나쁜 놈입니까?"

"그럼 병신이라고 불러줄까?"

"내가 왜 병신입니까?"

"어젯밤 악마에게 넘어갔잖냐?"

부처의 목소리가 차가워졌다.

"그래놓고 도와달라고 지장보살을 찾아? 너 혼자서 극복해야지. 그게 병신이 아니고 뭐냐? 남에게 의존하는 나쁜 놈이지."

"아니, 그것이…"

말문이 막힌 김승구가 입을 다물었다. 맞다. 그래서 '지장보살'을 찾았다. 지장보살, 악마 둘을 싸움 붙여서 앞으로 이런 일이 없도록 '시스템'을 만들려고 했다. 그런데 스스로 극복하란다.

오전 10시 반, 조장 회의. 오늘은 김승구가 늦게 출근해서 조장 회의가 늦었다. 물론 외부 업체에 들렀다가 왔다고 핑계를 댔지만, 호텔방에 누워 있을 때 전화를 한 것은 정미나다. 회의에는 정미나가 팀장 조원의 특권으로 조장들 사이에 끼어 앉았다. '조장급'이 된 것이다. 31조장 장수철이 먼저 입을 열었다.

"팀장, 하니백화점에서 베이징 TV를 구입한다고 합니다. 내일 계약을 한다는데요."

어깨를 늘어뜨린 장수철이 고개까지 저었다.

"담당자한테 공을 들였는데 윗선에서 그렇게 결정한 겁니다."

"나하고 오후에 하니백화점에 갑시다."

김승구가 대뜸 말했다.

"약속 잡기도 힘들 테니까 구매부장이나 담당 중역이 있는가만 확인해 봐요."

"예, 팀장."

지난번 GM5 압구정 매장 납품으로 김승구의 심복이 된 장수철의 눈빛이 밝아졌다.

"바로 시간 체크해서 보고하겠습니다."

고개를 끄덕인 김승구에게 이번에는 36조장이 말했다.

"팀장, 이번에 베트남 공장에서 생산한 오토바이 5천 대 오더를 국도상사에 넘겼지 않습니까?"

김승구의 시선을 받은 36조장이 말을 이었다.

"그런데 1팀에서 국도상사에 5퍼센트 가량 싼 가격으로 오퍼를 했습니다. 벌써 2만 대 오더를 받았다고 합니다."

팀별 경쟁이 타 상사와의 경쟁보다 더 치열한 것이다. 이것쯤은 일도 아니다. 실적이 떨어지면 가차 없이 도태되는 상황이라 항의한다고 해도 코웃음만 친다. 그때 김승구가 고개를 끄덕였다.

"내가 1팀장 만나서 해결하지."

"어, 어떻게 말입니까?"

36조장도 물론 김승구보다 고참이고 연장자다. 팀 분위기가 조금씩 김승구에게 호의적으로 변하고 있지만 아직은 미심쩍다. 36조장의 의심스러운 시선이 그것을 증명하고 있다. 31조장 장수철을 제외한 나머지, 34조장 임하경도 마찬가지. 그때 김승구가 정미나에게 말했다.

"가서 1팀장 있는가 보고 와."

정미나가 엉겁결에 자리에서 일어섰다. 모두의 시선이 '확' 모였기 때문에 정미나의 얼굴이 빨개졌다.

"지금 계세요."

잠시 후에 돌아온 정미나가 김승구에게 보고했다. 그러자 자리에서 일어선 김승구가 웃음 띤 얼굴로 7명을 둘러보았다. 6명 팀장과 정미나다.

"5분만 기다려요. 갔다 올 테니까."

그러더니 궁둥이를 들썩이는 정미나에게도 말했다.

"정미나 씨도 여기 있어."

김승구가 회의실을 나갔을 때 먼저 입을 연 것이 36조장이다.

"힘들 텐데, 팀장이 무리하는 것 아녀?"

주위를 둘러본 36조장이 말을 이었다.

"내가 그쪽 3조장 놈하고 대판 싸웠거든. 하지만 가격 내려서 오더 받는 건 누가 뭐라고 할 것도 아니고 팀 내부 사정이니까 할 말이 없거든."

"하긴 누구 사정 봐준다는 게 병신 짓이지. 팀장이 오버하는 것 같은데."

33조장이 맞장구를 쳤다.

"가서 어쩌겠다는 거야? 1팀장한테 망신이나 당하고 오겠지."

잠자코 있던 37조장이 쓴웃음을 짓고 말하더니 힐끗 정미나를 보았다. 가만있는 건 31조장 장수철과 34조장 임하경뿐이다. 김승구는 32조장 겸임이니까 7개 조 중 4개조 조장이 비웃거나 회의적이다. 무안해진 정미나가 손목시계를 보았을 때는 4분 40초가 지났을 때다. 김승구가 왜 5분이라고 했는지 모르겠다고 생각했을 때 회의실 문이 열렸다. 김승구가 들어섰고 회의실이 조용해졌다. 그때 김승구가 자리에 앉으면서 말했다. 정미나 옆자리다.

"1팀장한테 말했어요. 곧 1팀장한테서 직접 연락이 올 거요."

"1팀장이 그럴 리가 있습니까?"

믿기지 않는다는 표정으로 36조장이 김승구를 보았다.

"3조장하고 대판 싸웠다는 것도 알 텐데요."

그때 김승구가 테이블 위에 놓인 전화기를 눈으로 가리켰다.

"전화가 오면 스피커폰으로 해요."

"그러죠."

쓴웃음을 지은 36조장이 대답했을 때 벨이 울렸다.

"여보세요."

36조장 고필재가 전화를 받는다. 말도 안 되는 임무를 맡은 것처럼 어깨를 젖힌 고필재는 쓴웃음까지 짓고 있다. 어느덧 제 '일'은 잊어먹고 팀장의 '헛짓'을 보게 되는 기대감에 차 있다고 할까, 어쨌든 그런 수준이다. 그때 스피커폰 버튼을 눌렀기 때문에 1팀장 오근호의 목소리가 울렸다.

"나, 1팀장 오근혼데, 누구여?"

"아, 저."

당황한 고필재가 상반신을 세웠다. 1팀장 오근호는 '독종'이다. 선임 팀장이어서 위압적인 분위기가 풍기는 인사다.

"제가 36조장 고필재입니다."

고필재가 대답했을 때 오근호가 헛기침부터 했다.

"방금 당신 팀장 만났는데."

"예, 1팀장님."

"우리 3조가 오더한 것 취소하겠어. 그냥 취소하면 저쪽이 이상하게 생각하니까 당신한테 인계하겠어."

"예?"

"조금 후에 3조장이 가서 인계할 테니까 오더 그대로 받아, 알겠지?"

"아아."

"알아들어?"

"알겠습니다."

"잘 진행해, 알았지?"

"알겠습니다."

그러고는 통화가 끊겼기 때문에 회의실에 잠깐 정적이 덮였다. 그때 김승구가 주위를 둘러보며 말했다.

"오늘 회의는 이만. 자, 일들 합시다."

오후 12시 10분, 김승구와 정미나가 고려호텔 로비로 들어서고 있다. 1층 양식당에서 러시아 대사관의 상무관 톨스토이하고 점심 약속이 있기 때문이다. 정미나는 김승구하고 처음으로 외부 인사를 만나는 상황이다. 러시아 대사관 상무관 톨스토이하고 블라디보스토크와 하바로프스크에 팩스코 매장 설립에 대한 상의를 하려는 것이다. 김승구는 영업본부장 클라크의 대리인 자격으로 톨스토이를 만난다. 양식당의 예약된 방으로 들어선 둘이 자리에 앉아 톨스토이를 기다린다. 오후 12시 15분, 약속시간은 12시 반이다. 정미나는 원탁의 옆자리에 앉아 무심한 표정을 짓고 있었지만 속으로는 쉴 새 없이 생각이 '난무'했다.

'학력이래야 무슨 2년제 전문대 중국요리학과 1년 수료 아냐? 기가 막혀. 오직 미군 특수부대인가 뭔가에서 5년 복무, 훈장 몇 개 타고 미국 시민권을 받았다는 것인데. 하는 짓을 보니까 뭔가 있기는 있어. 1팀장을 금방 설득한 것도 그렇고. 대영전자에서 빅 오더를 받았다는 것도 사실이긴 하고.'

"미스터 김이시죠? 클라크 씨한테서 이야기 들었습니다."

영어다. 거기까지는 옆에 선 정미나도 알아들었다. 그때 김승구가 러시아어로 대답했다.

"반갑습니다, 톨스토이 씨. 내가 이번에 러시아 지역까지 맡게 되어서요. 그래서 클라크가 저를 보낸 겁니다."

"아, 러시아어를 잘하시네."

톨스토이가 얼굴을 활짝 펴고 웃었다.

"그래서 내가 영어 통역까지 데려왔는데 잘되었습니다."

"이 식당에 보드카 여러 종류가 있다고 들었어요. 낮에 보드카 드셔도 괜찮으시다면 시키지요."

"아, 좋지요."

손뼉까지 친 톨스토이가 다정한 시선으로 김승구를 보았다.

"마음에 딱 듭니다, 미스터 김."

러시아어를 하나도 알아듣지 못한 정미나가 '보드카' 소리만 귀에 들어왔다.

"회사에 먼저 들어가."

식당을 나왔을 때는 오후 2시 반, 2시간 가깝게 남자 셋은 보드카를 3병 마셨고 수만 단어의 이야기를 했지만 정미나는 김승구가 물은 한국말에 3번 대답했을 뿐이다. 물론 보드카도 마시지 않았다. 톨스토이가 권했지만 수돗물에 약 탄 것 같은 술이어서 못 마셨다. 톨스토이와 어깨동무를 하고 선 김승구가 말했기 때문에 정미나는 웃음 띤 얼굴로 톨스토이와 그 일행에게 머리를 숙여 보이고는 몸을 돌렸다.

"엉덩이가 알맞게 퍼졌구나, 김."

정미나의 엉덩이를 보면서 톨스토이가 말했다.

"엉덩이가 커야 중심이 잘 잡히는 거야, 그건 알고 있겠지?"

톨스토이가 커다랗게 말은 했지만 다 들렸는데도 정미나는 무슨 뜻인지 모른다.

할 일이 있어서 정미나를 보낸 것이다. 톨스토이와 헤어진 김승구가 술김에 신족통(神足通)으로 도착한 곳은 봉천동의 지하 셋방 앞이다. 계단을 내려가 벨을 눌렀더니 금방 문이 열리면서 한미선이 맞았다. 얼굴에 웃음이 가득 덮였다.

"아이구, 오셨어요?"

뒤에 장진성이 서 있었는데 얼굴에 어색한 웃음이 떠올라 있다. 오늘도 벽에 붙여진 방석에 앉은 김승구가 장진성에게 물었다.

"이력서 팩스로 보냈지요?"

"예, 보냈습니다."

어깨를 편 장진성이 김승구를 보았다.

"팩스로 총무과장 임명장도 조금 전에 받아왔습니다."

고개를 끄덕인 김승구가 물었다.

"대표이사 오 사장하고도 통화했지요?"

"예, 사흘 후에 간다고 말씀드렸습니다."

"거기 숙소도 준비되어 있으니까 몸만 가도 될 겁니다."

"예, 감사합니다."

마침내 장진성의 눈에 가득 눈물이 고였고 한미선은 두 손으로 얼굴을 덮었다. 장진성의 말이 이어졌다.

"조금 전에 집사람한테 이야기했더니 중국에 따라가겠다네요. 그래서 어머니까지 네 식구가 다 가기로 했습니다."

'옴 염만타자 사바하.' 하고 지장보살을 속으로 불렀지만 이번에도 김승구한테는 나타나지 않았다. 김승구가 가방에서 햄버거 봉투를 꺼내 장진성 앞에 놓았다. 햄버거 3개쯤 들은 부피다.

"여기 정착비로 2천만 원 가져왔으니까 알아서 써요."

놀란 장진성과 한미선이 똑같이 몸만 굳혔을 때 김승구가 말을 이었다.

"거기 CK TV 소유주가 바로 나요. 그래서 직원한테 정착비 드리는 것이니까."

그러고는 김승구가 자리에서 일어서자 두 손을 모은 한미선이 커다랗게 말했다.

"옴 염만타자 사바하!"

염병, 속으로 투덜거린 김승구가 발을 떼었다. 재주는 곰이 부리고 돈은 떼국놈이 먹는구나, 옴 바라 마니다니 사바하!

"아, 누구시죠?"

매장 직원하고 이야기를 하던 영업담당 전무 오봉수가 김승구에게 물었다. 오후 4시 반, 김승구는 정미나, 장수철과 함께 '하니백화점'에 와 있는 것이다. 김승구의 뒤에 서 있는 둘은 숨도 죽이고 있다. 김승구가 한 걸음 다가가 섰다.

"팩스코 팀장 김승구라고 합니다."

김승구가 오봉수의 시선을 받고는 빙그레 웃었다. 그 순간이다. 타심통(他心通)의 변형으로 김승구의 의지가 오봉수에게 전달되었다. 김승구의 뜻대로 오봉수가 움직이게 된 것이다.

"아, 오셨군요. 아까 전화하셨지요?"

오봉수는 40대 중반으로 하니백화점 사주인 홍만기의 처남이다. 웃음 띤 얼굴로 오봉수가 손을 내밀었다.

"아, 사무실로 가시지 여기로 오셨습니까? 자, 가시지요."

김승구의 손을 잡은 채 오봉수가 앞장을 섰고 정미나와 장수철은 뒤를 따랐다.

30분쯤이 지났을 때 김승구는 오봉수의 배웅을 받고 하니백화점 현관을 나왔다. 오봉수는 엘리베이터 앞까지 따라 나왔기 때문에 셋은 제대로 말도 나누지 못했다. 현관 앞에 선 김승구가 정미나와 장수철을 번갈아 보았다.

"난 또 일이 있어서 회사에 들어가지 못하겠는데 여기서 헤어집시다."

"아, 예."

장수철이 김승구 앞으로 다가가 섰다.

"팀장, 가슴이 벅찹니다."

"뭐, 그렇게까지는."

쓴웃음을 지은 김승구가 말을 이었다.

"내가 만나기 전에 전화로 이해를 시켜드렸기 때문에 그런 거요."

영업담당 전무 오봉수 사무실로 들어간 후에 일은 일사천리로 진행되었다. 오봉수가 담당 부장, 과장을 부르더니 베이징 TV 계약을 취소하고 CK TV하고 계약하라는 지시를 내린 것이다. 누구 지시라고 '토'를 달겠는가? 그들은 '네' 소리만 10번쯤 하고 물러났다. 정미나는 물론이고 장수철도 듣기만 하고 방을 나온 것이다. 김승구의 시선이 아직도 얼떨떨한 표정의 정미나에게로 옮겨졌다.

"내일은 내가 오후에 출근할 거야."

정미나가 숨을 죽였고 김승구의 말이 이어졌다.

"오전에 각 조 실적 체크를 해 놓도록."

그러고는 대답도 듣지 않고 몸을 돌렸다.

"내일 뵙겠습니다."

장수철이 김승구의 등에 대고 고개를 숙이면서 인사를 했는데 자연스럽다. 장수철은 김승구보다 4살이나 연상인 것이다. 정미나는 고개를 숙이다가 말았다.

"내가 미쳤어."

커피숍에 앉은 서은지가 속으로 말했다. 아마 50번은 같은 말을 했을 것이다. 인사동 골목 안의 커피숍에는 관광객 손님이 많아서 소란스럽다. 서은지의 직장이 길 건너편 화랑이어서 자주 들르는 곳이다. 커피 잔을 쥔 서은지의 머릿속에 다시 김승구의 모습이 떠올랐다. 김승구를 따라 클럽에서 나간 순간부터 생생하게 기억이 난다. 호텔방 안에서 뜨거웠던 순간도 머릿속에 박혀 있다. 미쳤다고 할 수밖에 없다. 어떻게 홀린 것처럼 시선이 부딪친 순간부터 그 남자를 따라갈 수 있단 말인가? 거침없이 호텔방에 따라가서는 짐승이 되었다. 안정수는 생각도 나지 않았던 것이다. 오늘 아침에는 호텔에서 나와 바로 출근을 했다. 어젯밤에 호텔에서 틈을 내어 안정수에게 문자를 보냈기 때문에 소동은 일어나지 않았다. 오후 6시 반이다. 서은지는 한 모금 커피를 삼키고는 고개를 들었다. 앞에서 인기척이 났기 때문이다. 그 순간 서은지가 숨을 들이켰다. 그 사내, 김승구다. 김승구가 찾아왔다. 어젯밤 직장 이야기도 해주지 않았는데, 오늘 아침 눈을 떴을 때 연기처럼 사라졌기에 꿈을 꾼 것 같았는데, 그

사내가 다시 꿈처럼 나타났다.

"어떻게 어, 여기를…."

눈을 크게 뜬 서은지가 말까지 더듬었을 때 김승구가 앞쪽 자리에 앉으며 말했다.

"어제 말 해줬잖아?"

"언제?"

"호텔에서."

숨을 들이켠 서은지가 기억을 더듬었지만 생각나지 않았다. 그러나 호텔방에서는 원체 정신이 없었으니까 말했는데 기억나지 않을 수도 있을 것 같다. 그때 김승구가 말했다.

"내 이야기 잘 들어. 난 지금 진심으로 말하는 거야."

서은지가 긴장해서 숨을 죽였을 때 김승구가 말을 이었다.

"난 악귀야. 인간에겐 선과 악의 양면이 함께 존재하고 있어."

김승구가 손바닥으로 제 가슴을 짚었다.

"난 색귀(色鬼)야. 그 색귀가 어젯밤 너를 홀린 거야."

서은지가 눈썹을 모았고 김승구는 말을 이었다.

"너를 보고 욕정을 참지 못해서 홀린 것인데 인간하고 똑같은 모습, 똑같은 몸을 갖고 있기 때문에 네 기억에 생생하게 박혀 있겠지."

그러고는 김승구가 길게 한숨을 뱉었다.

"네 기억을 지워줄까 했지만 이미 주변 사람들에게 어젯밤 네가 모습을 감춘 것이 다 드러난 터라 할 수 없구나. 내 신분을 밝히고 너한테 이 상황을 벗어날 방도를 말해주는 수밖에…."

"도대체 무슨 말이에요?"

참다못한 서은지가 물었을 때 김승구가 정색했다.

314

"어젯밤 색귀한테 홀린 거야. 불가항력이었으니까 잊도록 해. 꿈을 꿨다고 생각해."

"…."

"내가 나타나지 않으려고도 했지만 네가 죄책감으로 비뚤어질 것 같아서 이렇게 나타난 거야."

"믿기지 않아."

서은지가 고개를 저었을 때 김승구가 옆을 지나는 여종업원에게 오라는 손짓을 했다. 그러자 20대의 종업원이 쟁반을 든 채 다가왔다. 앞에 선 종업원이 김승구의 시선을 받더니 웃음 띤 얼굴로 말했다. 서은지하고 안면이 있는 여자다.

"옆쪽 골목에 '창선장'이 있어요. 거기로 가요. 옷 갈아입고 올게."

여자가 교태 어린 얼굴로 말을 이었다.

"밖에 나가서 기다려요. 바로 나갈게."

서은지가 숨을 들이켰고 김승구가 고개를 끄덕이자 여자는 몸을 돌렸다. 그때 김승구가 서은지에게 물었다.

"어때? 이제 알겠어?"

"당신은 누구야?"

서은지가 떨리는 목소리로 물었다. 눈동자의 초점이 흐려졌고 입술은 하얗게 굳어져 있다. 그때 김승구가 길게 숨을 뱉었다.

"색귀라고 했지 않아? 그 색귀가 지금 잠깐 제정신이 들어서 어젯밤 행동을 해명한 거다. 네 신세를 망치지 않으려고 말이야. 그러니 죄책감 느끼지 말고 잘 지내. 귀신을 당할 수는 없으니까."

자리에서 일어선 김승구가 서은지의 시선을 받고는 고개를 저었다.

"나로서는 이게 최선이다. 미안하다."

다음 순간 김승구의 몸이 그 자리에서 그대로 사라졌다. 일부러 신족통(神足通)을 썼다. 그래야 서은지가 더 믿을 것 같아서.

'땡' 하고 오피스텔 방 안으로 돌아온 순간, 김승구는 벌떡 쓰러졌다. 가슴에 창이 박힌 느낌이 들었기 때문이다. 단도가 찔린 것이 아니라 아예 창이 가슴을 뚫고 등으로 나온 것 같다. 엄청난 고통이 덮쳐 오자 김승구는 엎드린 채 신음했다.

"으으윽!"

그때 악마의 목소리가 울렸다.

"그대로 둬야 했어. 네가 지장보살과 함께 있는 대가다."

"으아악!"

이런 고통은 처음이다. 몸통이 토막토막 끊어지는 것 같고 그 고통은 몇 배로 더해졌다. 악마의 목소리가 방을 울렸다.

"놔둬야 했다. 그래야 서은지는 색욕을 즐긴 대가로 두고두고 고통을 받고 주변 인간들을 불행에 빠뜨리게 되었을 테니까. 너는 오늘 차라리 죽는 것이 나을 것 같은 고통을 받아야겠다."

다음 날 아침 8시 정각에 출근한 김승구 앞으로 정미나가 다가와 섰다. 정미나는 분홍색 꽃무늬가 박힌 정장 투피스 차림이다. 주위가 환해지는 분위기.

"어디 아프세요?"

김승구의 얼굴을 본 정미나가 물었다.

"아니."

"얼굴색이 창백해요."

316

책상 앞쪽에 앉은 정미나가 정색했다.

"어젯밤 책을 늦게까지 읽었더니."

"무슨 책요?"

"백제사."

정미나가 고개를 끄덕였다. 어젯밤을 꼬박 새우면서 악마의 고문을 당했다고 말할 수는 없다. 차라리 이 순간에 숨이 탁 끊어졌으면 좋겠다는 생각이 수백 번 들었다가 나중에는 짐승처럼 신음만 뱉었다. 생각도 끊긴 것이다. 고통이 그친 것은 오전 6시쯤 되었을 때니 밤이 새도록 '악마의 고문'을 당했다. '악마의 벌'이라고 해야 맞다. 악마의 몸이 되어 자연스럽게 색욕을 채우고 끝났으면 되는 것을 상대방에게 상처를 치유해 주려는 시도를 했던 '벌'이다.

"어제 러시아 상무관 상담 보고서를 써야겠는데 구체적인 내용을 몰라서요."

정미나 얼굴에 쓴웃음이 번졌다.

"러시아어를 공부하겠습니다."

"내가 보고서 쓸 테니까 출장 준비나 해."

"출장요?"

놀란 정미나가 김승구를 보았다.

"러시아 출장인가요?"

"나 혼자 갔으면 좋겠는데 우리가 같은 조라 말이야."

"그러네요."

"불편하면 안 가도 돼."

"같이 가겠습니다."

대번에 말한 정미나가 똑바로 김승구를 보았다.

"같은 조인데 불편하다는 생각은 지워야죠."

고개를 끄덕인 김승구가 문득 어젯밤의 '벌'을 떠올렸다. 서은지는 '색욕'을 쏟기 위해서 끌고 간 것이다. 정미나는 다른 경우가 되지 않을까?

"존은 마약 소지 죄로 여기서 재판을 받아야 돼."

포크너가 머피에게 말했다.

"그 자식, 회장의 '특명'을 받았다고 떵떵거리더만 마약 사업을 하려고 서울에 온 것이군."

"참 알 수가 없습니다."

머피의 얼굴에 쓴웃음이 번졌다.

"어떻게 마약 거래를 한단 말입니까? 이건 완전히 회장님 얼굴에 똥칠을 하는 것 아닙니까?"

"글쎄 말이야. 비자금 횡령을 수사하러 온 놈이 도대체…"

"우리는 그놈하고 손 떼는 거죠?"

"당연하지."

"그런데요."

목소리를 낮춘 머피가 말을 이었다.

"지난번 750억 횡령 사건이 터진 후에 비자금 2억 불이 묶여 있습니다. 원화로는 2천3백억 정도인데요."

"저런."

입맛을 다신 포크너가 이맛살을 찌푸렸다.

"그거 골치 아픈데 다른 나라에서 세탁하면 안 되나? 인도네시아나 필리핀 같은 곳에서 말이야."

"그곳은 은행이 위험해서요. 은행 놈들이 도둑놈들입니다. 한국만큼

318

안전한 곳이 없어요."

"여기서도 털렸지 않아?"

"그건 회사 직원이…."

말을 그친 머피가 길게 숨을 뱉었다.

"비자금이 쌓이는데 이거 스트레스도 엄청 쌓입니다."

"그래도 자네는 다행이다."

포크너도 목소리를 낮추고는 지그시 머피를 보았다.

"비자금 처리하는 데 자네가 꼭 필요한 존재라서 말이야. 그렇지 않으면 지난번 사건으로 넌 목이 3개쯤은 잘렸을 거다."

이곳은 플로리다의 '킹스턴'섬. 육지와는 1백 킬로쯤 떨어진 이 섬은 킹스턴의 사유지다. 섬을 통째로 산 것이다. 둘레가 5킬로 정도의 작은 섬이지만 3백 미터 높이의 산도 있고 그 아래쪽으로 초원에 이어서 백사장이 넓게 펼쳐진 그림 같은 섬이다. 본래 30여 가구의 주민이 살고 있었지만 킹스턴이 시세의 3배까지 가격을 지불하고 다른 곳으로 이주시키고 나서 '킹스턴'섬으로 이름을 바꿨다. 본래 이름은 '하이네'섬이다. 섬의 산중턱에 세워진 대저택은 중세의 '성곽'을 모델로 삼아 지었는데 3층 건물에 방이 65개, 종업원이 18명이나 된다. 섬의 경비원은 45명, 아래쪽 숲 속에 부속채 3동이 숨듯이 세워졌다. 부두에는 요트와 대형 모터보트 3척, 뒤쪽에 6백 미터 활주로가 있는데 18인승 쌍발 제트기와 헬기 2대가 항상 대기 중이다. 한 개의 왕국이다. 이곳 대저택에서 도날드 킹스턴은 1년 중 8개월을 보낸다. 저택의 2층 집무실, 컴퓨터 모니터에서 시선을 뗀 킹스턴이 앞쪽 소파에 앉은 비서실장 푸시킨을 보았다.

"존 그놈은 놔둬."

"알겠습니다."

예상하고 있었다는 듯이 푸시킨이 바로 대답했다.

"존이 데리고 있던 패터슨, 해리슨 등 세 놈은 한국을 빠져나왔습니다."

"한국에서 재판받으면 몇 년 형을 받을 것 같나?"

"물량이 커서 5년쯤 받는다고 합니다."

"거기서 늙어 죽겠군."

혼잣소리로 말한 킹스턴이 푸시킨을 보았다.

"그놈이 마약 거래한 것은 사실이지?"

"뉴욕에서도 거래한 전과가 있으니까요."

"개자식."

어깨를 부풀렸다가 내린 킹스턴이 정색했다.

"이번, 콜롬비아 제품 판 대금을 빨리 처리해야 될 거 아냐? 언제까지 창고에 쌓아둘 거냐?"

"곧 조치하겠습니다."

푸시킨이 고개를 들고 킹스턴을 보았다.

"이번에도 머피를 이용해야겠지요?"

딜레마다. 지난번의 750억 책임을 묻지 않고 다시 새 자금의 세탁을 맡긴다는 것은 이쪽이 급하다는 증거. 책임 소재를 분명히 가리지도 않았다.

<2권에 계속>